WARRIORS

貓戰士

幽暗異象

六部曲之III

破碎天空

Shattered Sky

艾琳・杭特（Erin Hunter）著
謝雅文 譯

晨星出版

特別感謝基立・鮑德卓

鴿翅：綠色眼睛的淺灰色母貓。
櫻桃落：薑黃色母貓。
錢鼠鬚：棕黃乳白相間的公貓。
琥珀月：淺薑黃色母貓。
露鼻：灰白相間的公貓。
暴雲：以前叫法蘭奇，灰色虎斑公貓。
冬青叢：黑色母貓。
葉蔭：雜黃褐色母貓。
雲雀歌：黑色公貓。
蜂蜜毛：帶有黃色斑點的白色母貓。
火花皮：橘色虎斑母貓。

見習生（六個月大以上的貓，正在接受戰士訓練）
嫩枝掌：綠色眼睛的灰色母貓，導師：藤池。

貓后 （懷孕或照顧幼貓的母貓）
黛西：來自馬場的雜黃褐色長毛母貓。
花落：雜黃褐色和白色相間的母貓，有花瓣狀的白色斑塊。

長老 （退休的戰士或退位的貓后）
波弟：肥胖的虎斑貓，曾是獨行貓，鼻口灰色。
灰紋：長毛的灰色公貓。
蜜妮：藍色眼睛的條紋灰虎斑母貓。

本集各族成員

雷族 *thunderclan*

族長　**棘星**：琥珀色眼睛的暗棕色虎斑公貓。

副手　**松鼠飛**：綠色眼睛的暗薑黃色母貓，有一隻腳爪是白色。

巫醫　**葉池**：琥珀色眼睛、有白色腳爪和胸毛的淺棕色虎斑母貓。

松鴉羽：藍色眼睛的盲眼灰色虎斑公貓。

赤楊心：琥珀色眼睛的暗薑黃色公貓。

戰士　（公貓，以及沒有子女的母貓）

雲尾：藍色眼睛的白色長毛公貓。

亮心：帶著薑黃色斑點的白色母貓。

刺爪：金棕色虎斑公貓。

白翅：綠色眼睛的白色母貓。

樺落：淺棕色的虎斑公貓。

莓鼻：乳白色公貓，尾巴只剩短短一截。

鼠鬚：灰白相間的公貓。

罌粟霜：雜黃褐色母貓。

煤心：灰色虎斑母貓。

獅焰：琥珀色眼睛的金色虎斑公貓。

玫瑰瓣：深乳色母貓。

薔光：暗棕色母貓，後腿癱瘓。

百合心：雜黃褐色和白色相間的母貓。

藤池：深藍色眼睛的銀白相間色母貓。見習生：嫩枝掌。

影族 *shadowclan*

族長　**花楸星**：薑黃色公貓。

副手　**虎心**：暗棕色虎斑公貓。

戰士　**褐皮**：綠色眼睛的雜黃褐色母貓。

風族 *windclan*

族長　**一星**：棕色虎斑公貓。

副手　**兔躍**：棕白相間公貓。

巫醫　**隼翔**：毛色斑駁的灰色公貓，身上的白色斑點很像隼的翅膀。

戰士　（公貓以及沒有子女的母貓）

金雀尾：藍色眼睛的淺灰白相間母貓。

鴉羽：暗灰色公貓。

葉尾：暗色虎斑公貓。

燼足：灰色公貓，有兩隻暗色腳爪。見習生：煙掌貓。

雲雀翅：淺棕色虎斑母貓。

莎草鬚：淺棕色虎斑母貓。

燕麥爪：淺棕色公貓。

羽皮：灰色虎斑母貓。

見習生

煙掌：灰色母貓。導師：燼足。

長老　（退休的戰士和退位的貓后）

白尾：體型嬌小的白色母貓。

惡棍貓陣營 （暗尾的大家庭）

首領　**暗尾**：有著發達肌肉的強壯公貓，一身白毛，而尾巴是黑色的。眼睛周圍有黑色的斑點。

巫醫　**水塘光**：有著白色斑點的棕色公貓。

戰士　（公貓以及沒有子女的母貓）

雨：綠色眼睛的灰色長毛公貓。

渡鴉：黑色長毛母貓。

蟑螂：銀灰色公貓。

蕁麻：棕色虎斑公貓，有蓬鬆的長尾巴。

針尾：銀色母貓。

光滑鬚：毛皮光滑的黃色母貓。

刺柏爪：黑色公貓。

曦皮：乳白色母貓。

焦毛：暗灰色公貓，耳朵被砍過，其中一隻裂開。

莓心：黑白相間的母貓。

苜蓿足：灰色虎斑母貓。

漣漪尾：白色公貓。

麻雀尾：魁梧的虎斑公貓。

霧雲：毛髮如刺蝟狀的淺灰色母貓。

樺樹皮：米色公貓。

獅眼：琥珀色眼睛的黃色母貓。

草心：淺棕色虎斑母貓。

松鼻：黑色母貓。

紫羅蘭掌：黑白相間的母貓，黃色眼睛。

河族 *riverclan*

族長　**霧星**：藍色眼睛的灰色母貓。

副手　**蘆葦鬚**：黑色公貓。

巫醫　**蛾翅**：有斑紋的金色母貓。
柳光：灰色虎斑母貓。

戰士　（公貓以及沒有子女的母貓）
薄荷毛：淡灰色虎斑公貓。
塵毛：棕色虎斑母貓。
蔭皮：暗棕色母貓。
錦葵鼻：淺棕色虎斑公貓。
花瓣毛：灰白相間的母貓。
甲蟲鬚：棕白相間的虎斑公貓。
捲羽：淺棕色母貓。
豆莢光：灰白相間的公貓。
鷺翅：暗灰和黑色相間的公貓。
狐鼻：赤褐色虎斑公貓。
鱸翅：灰白相間的母貓。
蕨皮：雜黃褐色母貓。
鴞鼻：棕色虎斑公貓。
冰翅：藍色眼睛的白色母貓。

長老　（退休的戰士或退位的貓后）
苔皮：雜黃褐色和白色相間的母貓。

蓍草葉：黃色眼睛的薑黃色母貓。

薊：灰毛惡棍公貓，藍色眼睛。

貓后　（懷孕或照顧幼貓的母貓）

雪鳥：綠色眼睛的純白色母貓，毛色光滑、身手敏捷、肌肉發達（生了小松果、小鷗、小蕨葉）。

長老　（退休的戰士或退位的貓后）

橡毛：體型較小的棕色公貓。

鼠疤：棕色公貓，背上有條很長的疤。

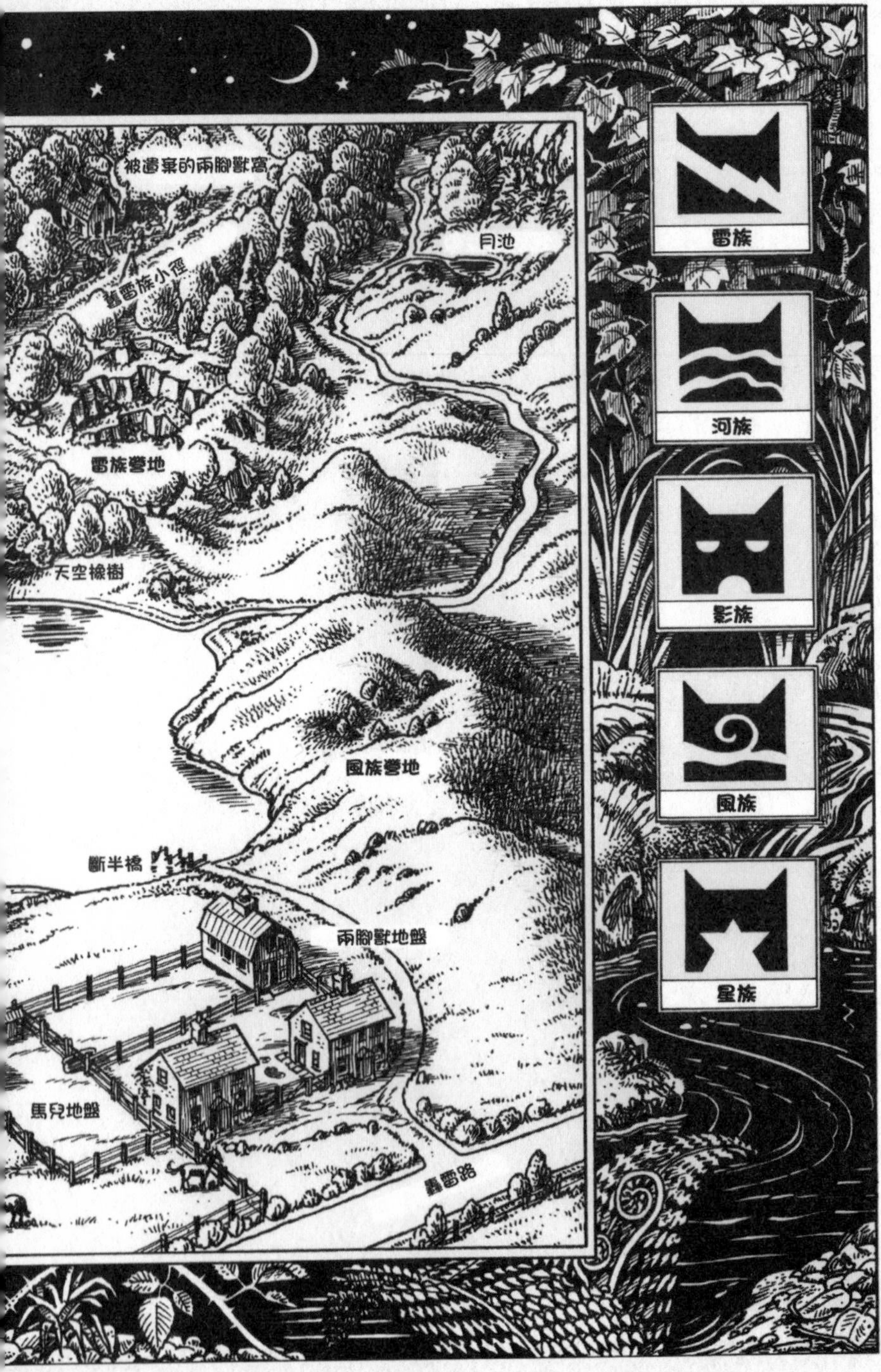

被遺棄的兩腳獸窩
月池
舊雷族小徑
雷族營地
天空橡樹
風族營地
斷半橋
兩腳獸地盤
馬兒地盤
轟雷路
雷族
河族
影族
風族
星族

綠葉
兩腳獸地盤
兩腳獸窩
兩腳獸小徑
空地
兩腳獸小徑
影族營地
半橋
小轟雷路
綠葉
兩腳獸地盤
湖
半橋
小島
小河
河族營地

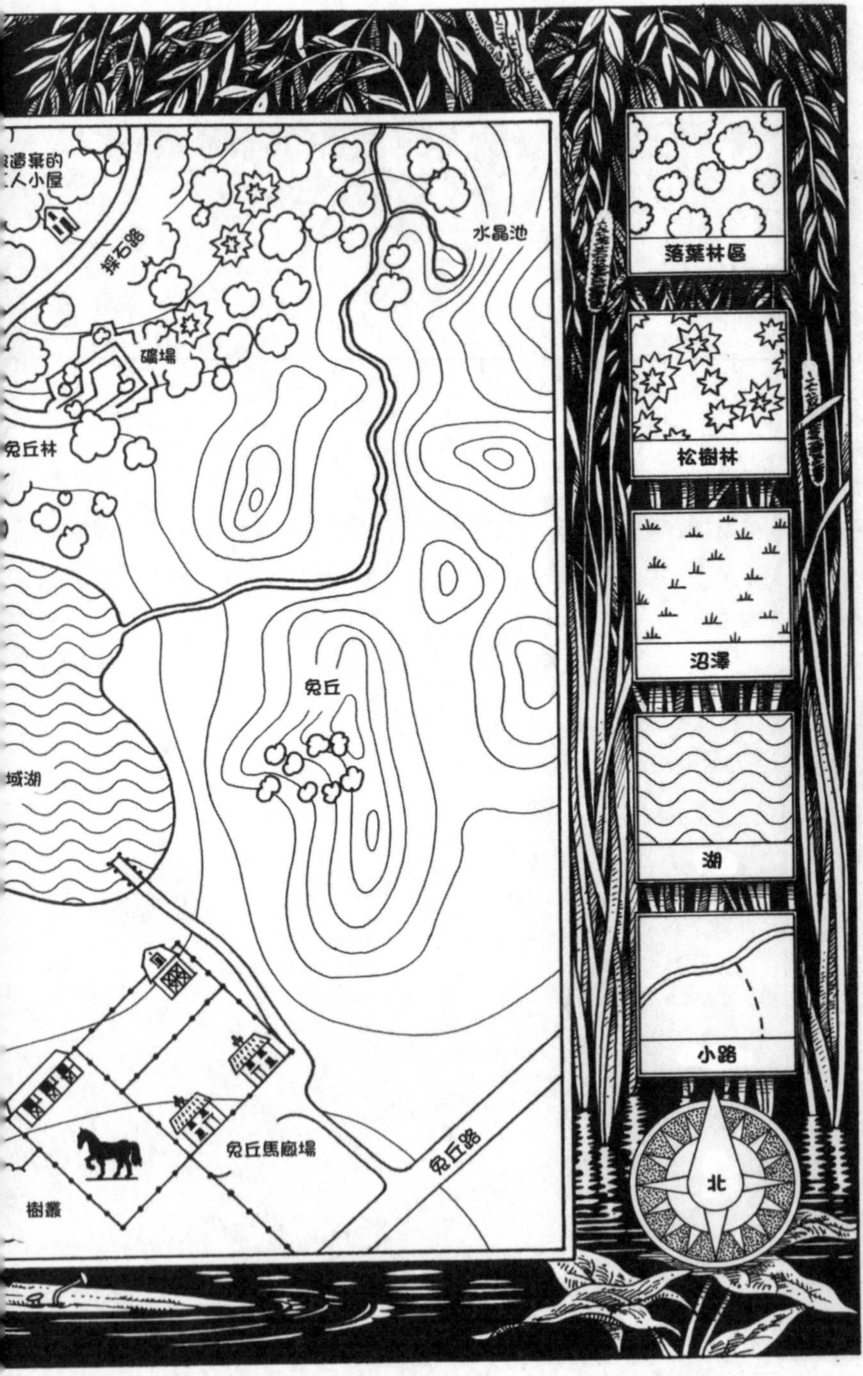

遺棄的
人小屋
採石路
礦場
水晶池
兔丘林
域湖
兔丘
兔丘馬廄場
兔丘路
樹叢
落葉林區
松樹林
沼澤
湖
小路
北

觀兔露營區
聖域農場
塞德勒森林區
小松路
小松乘船中心
小松島
艾柏河
驪特高奇路

序章

太陽在地平線上徐徐移動，對赤楊心站立的、綠草如茵的山谷投射萬丈金光。

他對眩目的艷陽眨眨眼，環顧四周，想查明自己身在何方。他甚至不記得自己來過這個山谷，於是開始懷疑他是不是不知不覺晃出了雷族的領土；想到這裡他不由得心頭一怔。

谷底有座小池塘，池面在陽光的照耀下波光瀲灩。水池周圍蔓生著一圈零散的矮樹叢，赤楊心定睛一看，發現有一群貓擠在樹枝下的庇蔭處。一隻銀灰色的虎斑小母貓伸直身子，躺在他們中央。赤楊心覺得和她似曾相見，不過其他貓對他來說則完全陌生。

赤楊心拖著猶豫不決的腳步走下斜坡，來到山谷的中央。「大家好！」他走向這群貓，大聲問好。「可不可以告訴我這裡是……？」

他的話愈說愈小聲，因為沒有半隻貓對步步逼近的他有任何反應——彷彿看不見他的身影，也聽不到他的聲音。赤楊心興奮地像是有電流穿過身體。

我一定是產生異象了！這些是天族貓嗎？可是沒有一隻是我認得的……

赤楊心急著知道異象的寓意，再往那簇樹叢走幾步，驚覺被他踏過的青草一根都沒有彎折。

赤楊心向前走的同時，發現那隻銀灰色的虎斑貓脅腹上有道深長的傷口。周圍的皮肉腫脹，傷口也滲出膿汁。虎斑貓相當瘦弱，毛皮黯淡無光；她的呼吸又淺又急，兩眼像是高燒似地呆滯無神。似曾相識的感覺又出現了，彷彿他應該認得她才對。

真希望可以幫忙這隻貓，赤楊心揣想著。**山蘿蔔和金盞花可以預防感染，有的琉璃苣葉能夠幫她退燒……**

問題是在異象中，他愛莫能助，沒辦法跟這些貓溝通，也無法為他們找藥草。只能看著虎斑貓的其中一位同伴將一小塊青苔沾進水池，再銜到她的嘴裡，讓她喝水。

「有什麼是我們能幫上忙的嗎？」另一隻貓問她。

銀毛虎斑貓疲憊地搖搖頭。「大概蒲公英或琉璃苣吧，」她呢喃道。「不過我不知道可以在哪兒找到這些植物。我的時日無多。傷口感染得太嚴重了……就算是神醫也難救了。」

她閉上眼。另一隻貓在她面前低著頭，輕輕舔她耳朵幾下。

赤楊心差點以為虎斑貓死了，沒想到過沒多久，她再次甦醒過來。

「我希望自己有能力保護你們，」她用充滿內疚的顫抖嗓音說。「我們已經離峽谷十萬八千里了……卻還是找不到星族應許的家園。」她突然一怔，望向族貓身後。「斑願！妳終於找到我們了？」

其他貓兒滿腔熱望，朝她的視線看過去，但一隻貓也沒有，失望有如烏雲籠罩他們的雙眸。赤楊心曉得虎斑貓發高燒，所以產生幻覺。那隻一直舔她的貓輕聲說：「她的魂魄已經不在了。你們也知道，自從我們被趕出峽谷，就再也沒能找到斑願。恐怕她早就死了。」

另一隻貓點點頭。「我們什麼地方都找遍了。」

赤楊心這才明白垂死的虎斑貓是他們的巫醫。他對她族貓的同情好似利爪抓耙著他：他們看起來如此瘦弱狼狽，聽起來好像歷經了千辛萬苦，卻始終找不到一個安身立命的新家園。

他們受了好多苦，他暗忖道。**再折損一名巫醫，無疑只是雪上加霜。**

那隻貓的名字到了赤楊心嘴邊，卻又一時想不起來；他忽然覺得記起這個名字是突破僵局的一大關鍵。可是看見銀灰色虎斑貓呼出一口氣，掙扎著起身，他又分心了。她瞪大眼，目光緊盯著地平線的某個東西。赤楊心想要轉身看她在注視什麼，但無法將自己的視線從她臉上移開。

「他們來了……」她彷彿放鬆了，輕聲呢喃，後來又強打精神、挺直身子；她的腿在顫抖，不停揮動尾巴。「你們一定要尋找天邊的血痕！跟著血痕走！」她扯著粗嘎的嗓音說。

虎斑貓已用盡全身所有的氣力。她再次倒向草地，閉上的眼皮急顫，氣息緩了下來，最後停止呼吸。

「回颯！」她周圍的貓全轉頭過來，朝天空發出悲鳴。「回颯！」

回颯！赤楊心的疑惑得到驗證。怪不得她看起來這麼眼熟——我曾在異象中見過她！也知道她叫什麼名字……沙暴提起過她。她是天族的巫醫……這表示他們是天族的遺孤。

異象漸漸消逝，成了旋轉的一團灰色迷霧，赤楊心雖已看不見這群哀悼的貓，卻相當肯定天族仍然急需幫助——現在又失去巫醫，救援更是刻不容緩。

赤楊心睜開眼，重回見習生的窩，看見蒼白的曙光濾過門口的蕨類簾幕。他靜靜躺了一會兒。這個異象使他堅信不但雷族必須援助天族，天族也絕對跟預言脫不了關係。

是時候有所作為了，赤楊心暗忖，勉強起身，抖落身上的青苔和蕨葉。**我要盡快找棘星談談。不過恐怕得等今早的仗打完之後再說了……**

第一章

四族的貓全都在影族邊界齊聚一堂。嫩枝掌聽見周圍傳來微弱的窸窣聲，那是大夥兒的腳掌在草間挪移，並在口中聞各族交雜的氣味。「這麼多戰士啊！」她低嘆道。「四大貓族都來了……」

雷族的貓在嫩枝掌的周圍聚攏，他們眼眸閃著微光，毛髮倒豎，表示已做好開戰的準備。嫩枝掌的目光在各個族貓身上遊移：雷族的族長棘星，以及隨伺在側的副族長松鼠飛；獅焰的肌肉在金色虎斑色的毛髮下波動；雲尾和他的伴侶亮心，以及他們的女兒白翅；雲雀歌和他的同窩手足：葉蔭和蜂蜜毛正自豪地迎接他們首次以戰士身分為族貓打仗的機會。

嫩枝掌湊到藤池身邊，緊張的她不斷縮收爪子。曙光漸漸轉強，但暗影依舊潛伏在樹下，使前方影族的領土看起來比平常更幽暗更恐怖。

藤池低頭在嫩枝掌的耳畔輕聲細語。「繼大風暴之後，棘星提議為戰士守則新增一條法規。」她目光炯炯有神，寫滿對族長的驕傲。「他說雖然四大貓族不該遺忘各自的歷史與傳統，但是在危急存亡之秋，大家應該萬眾一心，這樣各族才不會殞落。倘若現在不是危急存亡之秋，」她諷刺地補了一句：「我還真不知何時才是。」

「妳真的認為我們有辦法把惡棍貓趕出影族的領土嗎？」嫩枝掌問道。她努力不讓嗓音顫抖，可是口乾舌燥，心臟怦怦捶擂，強到她覺得每隻貓都能聽見她的心跳。

藤池安慰嫩枝掌，用尾巴拂掠她的肩膀。「第一次上戰場總是艱難，」她說。她那銀白色的毛髮光潔，像是剛梳過似的，她的嗓音充滿了信心。「跟緊我就對了，我會照顧妳。」

嫩枝掌頓覺如釋重負，她滿懷感激地對導師眨眨眼。她心想：**真高興可以當藤池的見習生。她總是支持我。**

「各族的鄉親父老兄弟姊妹……」棘星的嗓音在群聚的貓之間響起。「是時候發動突襲，把那群惡棍貓殺個措手不及，趕出影族的領土。」

「沒錯，」花楸星贊同。影族族長嗓門雖小，卻沒引來任何異議。他站在群眾的面前，薑黃色的毛隨著日光漸強而開始閃耀。他的伴侶褐皮緊貼在他身旁。「我們勢必要一舉剷除那群惡棍貓。貓族的未來就靠這一仗了！」

風族的族長一星怒視花楸星，惱怒地彈了一下尾巴。「這個指令還真有意思，」他說：「允許惡棍貓在他的領土一住就是幾個月，逼得多數族貓不得已寧可追隨暗尾！花楸星，」他再補一句：「或許你不該再對那些替你收爛攤子的貓發號施令了。」

花楸星頸毛倒豎，噘起嘴唇準備咆哮。「或許，」他刻薄地反擊：「風族的貓不該多管閒事。」

「是你把家務事搞大，連累全貓族的！」一星厲聲回罵。

「夠了！」河族的霧星擠到兩隻怒氣沖天的族長中間，擺出權威的架子。「自己人起內鬨還有什麼希望可言？花楸星說對了一件事：我們一定得把惡棍貓趕走。他們害死荊豆皮，慫恿影族的戰士背棄族貓，現在又侵占影族的領土。是時候把這些惡徒一網打盡了。」

「說得對，」棘星語氣平靜地表示贊同。「所以，請大家停止相互責怪，同心協力地趕走這些惡棍貓，好嗎？」

他的視線在花楸星和一星身上遊移。一星低頭默許，花楸星則把頭撇到一邊，喘著粗氣，抖散一身毛髮。

看到各族族長吵架只是讓嫩枝掌更焦慮；她覺得自己肚裡好像有一群老鼠在互追彼此的尾巴。

「準備好了嗎？」藤池問她。

嫩枝掌猶豫不決。「我很擔心我妹，」最後她說出心底話。「可憐的紫羅蘭掌和惡棍貓在一塊兒，她勢必會受到牽連。萬一受傷了怎麼辦？」

「紫羅蘭掌堅強聰慧。」另一隻貓插嘴說道；嫩枝掌轉頭一看，發現影族的副族長虎心站在她背後，他的旁邊則是族貓鴿翅。「她不會有事的，」虎心繼續安慰她。「況且我們都會對見習生手下留情。」

「謝謝。」嫩枝掌感激地瞥了這隻深褐色虎斑貓一眼，同時卻發現導師的尾梢煩躁地來回抽搐。**不曉得為什麼，藤池好像不喜歡虎心。**

棘星揮動尾巴，號召全體貓族動身。他帶頭走，肌肉在深色的虎斑毛皮下波動。四大貓族聯軍，上下一條心，跟在他身後，靜靜穿過長草，走進影族的領土。邊界記號的惡臭飄送而來，嫩枝掌聞到不禁打了個寒顫。

在樹蔭下行走的眾貓保持靜默，腳掌無聲地踏過覆滿地面厚厚松針。他們在邁向影族營地時散開。

不過，圍繞營地的灌木叢還沒映入眼簾，嫩枝掌便發現前方的樹林有些動靜。一支巡邏隊現蹤：那是四隻自願跟惡棍貓留在自己領土的影族貓。他們以光滑鬚為首。

巡邏隊瞧見這群貓別有居心地偷偷走來，立刻停下腳步。他們看得目瞪口呆，彷彿不敢相信眼前的景象。

光滑鬚第一個從驚嚇中回過神。「入侵者！」她尖叫道。「我們遭到攻擊了！各位——立刻回營！」

她調頭隱沒在樹林間，她的巡邏隊也緊跟在後。

風族的副族長兔躍望著自己的腳搖搖頭。「出奇制勝的機會飛了。」他咕噥道。

「各自歸隊！」棘星下令。

離開雷族營區前，每隻貓都被分配到不同的隊伍，在戰場上併肩作戰。嫩枝掌很清楚自己該往哪兒走。雖然心情還是很緊張，她一邊跟著獅焰向前衝，一邊為快速發展的情勢驚愕。疾風吹過毛髮，她的腳掌迅速挪移，幾乎要離地了。藤池、鴿翅和虎心也在她身旁狂奔。

眾貓混雜的氣味告訴嫩枝掌他們已相當靠近影族的營地了。在此同時，貓兒開始從前方的灌木叢湧出。嫩枝掌瞪大雙眼，飛馳的腳掌一度遲疑，因為她發現有許多前任影族貓加入惡棍貓的行列——數量遠比她聽聞得多。

兩軍交鋒，鬼哭神號劃破寂靜的森林。嫩枝掌發現刺柏爪出現在面前。她猶豫了一下，不知該如何是好，沒想到那隻影族的公貓伸出利爪朝她揮擊，咧嘴咆哮。嫩枝掌出於本能，鑽到他伸長的腿底下，用爪子劃過刺柏爪的下腹部，她和藤池上的格鬥課浮現腦海。

刺柏爪氣得嘶嘶叫，以後腿直立，往嫩枝掌身上撲；嫩枝掌往旁邊一閃，想抓他的脅腹。不過，刺柏爪及時躍起，所以嫩枝掌撲了個空。影族的戰士想往她肩膀劃幾爪，嫩枝掌見狀發出獅吼、躍向敵人，伸出一隻腳阻擋這位影族戰士的攻擊。

嫩枝掌興奮地渾身是勁，培訓時期學的每個格鬥招式，身體都還記得。**感覺很自然……感覺合情合理。我在為自己的部族戰鬥！**

她再次衝向刺柏爪，隆起肌肉，準備躍到他背上。沒想到最後一刻，刺柏爪用後腿直立，扭到一邊，將嫩枝掌壓倒在地。這位影族戰士的銳眼和獠牙離她的臉不到一隻老鼠的身長。

「見習生，妳很行嘛，」他嘶聲說。「但跟我比，差得遠了。」

嫩枝掌被他壓得喘不過氣，想抬後腿踹影族貓的肚子，可是刺柏爪太重了；嫩枝掌沒辦法把他推遠，再出力攻擊他。

我該怎麼辦？她擊退驚慌，暗自揣想。

轉眼間，銀白相間、模糊不清的一團毛閃過嫩枝掌的視線，原來是藤池從她身上一躍而過，把刺柏爪撞開。這隻影族貓跌落地面，胡亂揮舞著四隻腳；藤池躍起之後又朝他肩膀重擊兩拳。

「滾開，跳蚤貓！」她咆哮道。

刺柏爪手忙腳亂地起身逃跑，隱沒在短兵相接的眾貓間，嫩枝掌再也找不著了。

「藤池，謝了。」她氣喘吁吁地說，逼自己挺直腰桿。

「我的榮幸。」藤池立即回她一句，隨後加入正在和三隻惡棍貓作戰的獅焰和鴿翅。

嫩枝掌胸膛不停起伏，想辦法喘口氣，並趁機環顧四周。放眼望去，每隻貓都身陷激戰。她察覺四大貓族似乎正在領先，心情大振。她看見棘星把雨撂倒在地；櫻桃落左一下右一下，朝光滑鬚揮擊，對方抵擋的力量隨著每分每秒愈加薄弱。

嫩枝掌準備重新投入戰場時，發現一星把暗尾壓在地上。一星的腳爪連續擊打暗尾的臉，在他的臉頰留下斑斑血痕。暗尾連掙扎的力量都沒有，只能不停喘氣。

一星想必在為他失去的一條命復仇吧，嫩枝掌揣想。

然而，她觀望兩位族長打鬥，看見暗尾硬是起身，把一星撞倒在地。他蹣跚地走向一星，嘴巴貼近風族族長的耳朵，對他咕噥了幾句。一星驚懼地睜大雙眼，站起來從惡棍貓面前退開。無論信息為何，暗尾把信息講完，又再度倒地。嫩枝掌發現他的白毛盡被側身和胸膛的傷染得殷紅。

她繃緊神經，以為一星會撲向暗尾，給他致命的一擊。沒想到這位風族族長竟然撤離了。**一星怎麼不把暗尾的命給了結呢？**嫩枝掌很納悶。**這不是整場戰爭的意義嗎！**

一星只是仰天高聲長嘯。「風族眾貓！撤退！回營！」

嫩枝掌倒抽一口氣。她無法理解為什麼一星要叫族貓撤離戰場，更何況先前他意志這麼堅定，誓言要將惡棍貓趕跑。

暗尾到底跟他說了什麼？

「風族！撤退！」一星再次嚎叫。

風族貓紛紛從與惡棍貓扭打的混戰抽身，撤軍的景象嫩枝掌還看不到一眼，就感覺背後遭到重擊；她被擊倒在地，一時之間喘不過氣。早知道不該只盯著一星，而忘了留意周遭的戰況。

嫩枝掌鼓起所有的勇氣，猛一轉頭，只見蓍草葉正目露兇光地低頭瞪她，這隻充滿敵意的母貓把爪子插進她的肩膀，呼出的氣也吹拂著嫩枝掌的鬍鬚。嫩枝掌把身子往上挺，設法移動影族貓，這樣才有辦法伸後腿耙她肚子。但是蓍草葉仍把她抓得很緊，低頭張開血盆大口，把利齒插進嫩枝掌的喉嚨。

嫩枝掌設法不讓對方接近，也做好心理準備迎接疼痛。後來，藤池再次現身，她用爪子掐住蓍草葉的脖子，活生生地把她拽開。

藤池先是將蓍草葉扔到一旁，再蹲伏在地，準備往她身上撲；但她還來不及行動，虎心出現了，擋在兩隻貓中間，給蓍草葉機會落荒而逃。

藤池挺直身體瞪虎心。「我以星族之名問你，你到底在幹嘛？」她咆哮道。「蓍草葉已經跟你不同族了。你應該站在我們這一邊！」

虎心朝逃跑的蓍草葉哀痛地瞥了一眼。他張嘴想辯解，但話還沒說出口，就被獅焰的怒嚎打斷。風族貓正跟著首領的步伐湧出影族的營區，使剩餘的戰士陷入嚴重劣勢。

「不准走！」棘星嚎叫。

「不可以拋下我們！我們都講好了！」霧星附和道。

花楸星怒髮衝冠，用爪子撕裂幾簇野草。「叛徒！」他在離去的風族貓背後尖嘯。「懦夫！」

嫩枝掌發現有隻惡棍貓趁各族長分心之際，悄悄逼近霧星身後。她焦慮地胃部緊扭、驚聲尖叫，只可惜警告來得太遲。那隻魁梧的公貓衝向霧星，以一連串迅雷不及掩耳的飛刀爪把她撞到地上。幾隻河族貓飛奔而來保護他們的族長，引來更多惡棍貓加入混戰，狠狠攻打河族的勇士。

藤池和虎心迅速互換一個眼色，決定暫時不吵了，重回戰場。

嫩枝掌左右張望，看戰場上衝鋒陷陣的族貓看得她心急如焚。就連她這個初次打仗的見習生都看得出來風向轉了。四大貓族節節敗退。風族逃之夭夭，河族戰士敵不過惡棍貓的連番進攻，至於影族的貓則跟虎心一樣，狠不下心攻擊前任族貓。

這實在太糟了！她絕望地想。**我們計畫得這麼天衣無縫！怎麼會全盤皆輸？**

嫩枝掌轉身，思考能怎麼幫助族貓的同時，發現有隻黑白相間的貓從一叢灌木的樹蔭下現身。「紫羅蘭掌！」她驚呼道。

她的妹妹止步，兩隻母貓一度兩兩相望。嫩枝掌看得出來妹妹比上次見面時更高更瘦。有道鮮血從妹妹耳朵的抓傷流淌而下，但令嫩枝掌寬慰的是，她幾乎毫髮無傷。

「妳還好嗎？」過了一秒，嫩枝掌忍不住關心。

這個問題嚇得紫羅蘭掌瞪大眼。她沒答腔，接下來的兩秒鐘，她們誰也沒有動靜。嫩枝掌雖然明知應該躍起進攻，但一想到要傷害妹妹，她身上的每根毛都往裡頭縮。

「我想妳。」她輕聲說。

紫羅蘭掌張開嘴，彷彿想說些什麼，但這時她身後傳來一聲咆哮。

「妳還在等什麼？」

灰色的長毛惡棍貓雨從同一個樹叢底下鑽出來，後頭跟著針尾，她長得比嫩枝掌上回見到的更大、更令人畏懼。他們分散開來，分別移到嫩枝掌的兩側，流露出恐嚇的眼神。嫩枝掌往後退縮，努力讓三隻貓都留在視線範圍內。

「她是敵人。」針尾對紫羅蘭掌嘶聲說。

嫩枝掌幾乎不敢相信她聽到的話。**這還是孩提時期曾帶紫羅蘭掌找我玩的那隻貓嗎？**

雨將尾巴搭在紫羅蘭掌肩上。「現在我們才是妳的家人。」他破口大罵。

紫羅蘭掌絕望的目光在針尾和雨的身上來回遊移，然後鼓起勇氣撲向嫩枝掌，她張開利爪耙她肩膀。

嫩枝掌一度被嚇得不知所措，只能目瞪口呆地望著她，後來稍微回過神，踉踉蹌蹌地往後走，閃避對方的攻勢。可是她再走兩步，其中一條後腳竟卡在身後的洞裡。她扭到腿，往旁邊重重一摔，渾身發燙劇痛，忍不住驚聲尖叫。紫羅蘭掌站在她面前，露出利齒俯視她。

嫩枝掌知道自己沒辦法繼續打鬥了。**我同星族一塊狩獵的時刻到了。哦，紫羅蘭掌，我們怎會落到今天這步田地？妳真的要下手殺我嗎？**

接著，她背後傳來一聲嚎叫，獅焰飛奔而過，直衝雨和其他影族貓。面對他凌厲的攻勢，他們三個全都往後閃。

嫩枝掌目送妹妹撤退的身影。她哀戚地想：**紫羅蘭掌再也不在乎我了。她把我當作敵人！還攻擊我！**

嫩枝掌周圍的戰火依舊蔓延。她眼睜睜地看見四大族貓不斷往後撤，卻很難打起精神在乎。罪惡感將她淹沒，她明知自己應該為貓族聯軍的敗仗而驚慌，滿腦子想的卻只有妹妹。

第二章

夕陽沉入窪地頂端的樹後，斜倚的餘暉透進巫醫窩，赤楊心把最後一塊蜘蛛網鋪在樺落的傷口。「傷口會痊癒的，」他安慰這隻年長的戰士。「要不要再來顆罌粟籽止痛？」

「不行，」葉池原本忙著把新鮮的青苔塞在昏睡的嫩枝掌周圍，現在轉過身來。「我們需要留罌粟籽給那些傷勢更重的貓。」

「沒關係，」樺落說。「反正也不怎麼痛了。赤楊心，謝了，」他補充道。「我會好起來的。」他撥開寢室門口的刺藤簾子，走進營地。

赤楊心和葉池作伴，來到嫩枝掌的身邊，只見她在青苔和蕨葉的窩裡半睡半醒、不太安穩，她的旁邊是沉睡的薔光。在厚重的床墊中幾乎看不見這位見習生蓬鬆的灰毛。她偶爾會痛得微微呻吟。

「我很擔心她，」赤楊心向葉池坦承。「她的腿扭傷得很嚴重。」

「至少沒斷，」葉池回話。「你跟松鴉羽綁在傷口上的那根棍子，能給她的傷腿一點支撐。反正在傷勢好轉前，這條腿她完全不能使力。」

「那恐怕要等上好幾天。」赤楊心陰鬱地說。

他也很關心嫩枝掌的其他傷勢，她脅腹和臉上的長長抓痕，他已敷上金盞花以免傷口感染。但最令他憂心的，是罌粟籽幫助嫩枝掌入睡之前，她臉上心碎的表情。她哀痛地訴說紫羅蘭掌攻擊她的經過，這些他仍歷歷在目。他知道要是火花皮對他反目成仇，他一定會痛心疾首。

嫩枝掌除了紫羅蘭掌，沒有其他的家人了，他思忖道。**我會盡力照顧她的。**

棘星把頭探進刺藤簾子，打斷赤楊心的思緒。

「我們要準備動身，參加大集會了，」他說。「我要至少一位巫醫與我同行，你們可以決定誰要去。」

他沒等對方答覆就走了。

「你跟松鴉羽去吧，」葉池馬上提議。「松鴉羽！」她呼喚道。「你想不想去大集會？」

松鴉羽正在巫醫窩檢查藥草還剩多少，聽見呼喚便從盡頭的裂縫鑽出來。「應該可以吧，」他意興闌珊地咕噥道。「如果你確定自己搞得定的話。」

「你還是小貓的時候，還不都我自己搞定的？」葉池尖刻地提醒他。「我會檢查戰士們的傷勢，也會留意花落的情況。畢竟她隨時都有可能生小貓。」

「好吧，」松鴉羽同意了。「赤楊心，我們走吧。聽聽一星臨陣脫逃有什麼藉口。」

赤楊心跟著松鴉羽踏入林間空地時，夕陽已西下，薄暮籠罩著石洞。其他準備參加大集會的貓正從各自的窩出來，跟棘星會合。副族長松鼠飛和獅焰及鴿翅在一起，他們全都負著早上激戰的輕傷。赤楊心的前任導師錢鼠鬚背上有一條深長的傷口，他站在妹妹櫻桃落的旁邊，只見這位戰士的尾巴裹著蜘蛛網。火花皮快步走向他們，她的肩膀則少了一塊毛。

我們真是潰不成軍，赤楊心暗忖。**潰不成軍的貓族……**

赤楊心穿過林間空地，加入族貓的同時，發現三位長老正從他們的窩裡鑽出來。灰紋和蜜妮走向圍繞棘星的那群貓，但波弟與他們分道揚鑣，悄悄走向赤楊心。

「我肚子有點疼，」他低聲吐露。「可以在出發前給我一點山蘿蔔或杜松子嗎？」

「你該找葉池，」赤楊心答覆，並把耳朵彎向巫醫窩那頭。「她會留在營地照顧花落和受傷的戰士。」

波弟往後退了一步。「她那麼忙，還是別去打擾的好，」他說。「大集會我還是不去了，待在家睡一覺，或許肚子就不疼了。」

「如果你確定的話……」

「年輕人，我不會有事的，」波弟堅持己見。「集會發生什麼事，你再跟我說，好吧？」

「沒問題，」赤楊心答應他。「波弟，好好休息。」

老虎斑貓步履蹣跚地走回長老窩的同時，赤楊心發現棘星正走向荊棘隧道，領著戰士出營。住在雷族的影族貓：花楸星、褐皮和虎心已和團隊會合，走在棘星的正後方。

赤楊心一邊跟著族貓往湖的方向走，沿著湖畔而行，一邊回顧今晨的戰事傳聞。沒有貓預期會流這麼多血，大部分雷族的戰士都怪罪在一星身上，誰教他下令要風族貓撤退，給了惡棍貓一個意想不到的致勝奇蹟。

霧星傷勢嚴重，許多加入混戰護駕的河族戰士也狀況不佳。葉池聽到這消息，便自告奮勇，要去河族幫蛾翅和柳光照料傷患，但是被棘星阻止。

「蛾翅跟柳光能搞定他們的族貓，」他是這麼說的。「葉池，我們需要妳待在自家營地，照顧自己的族貓。」

葉池低著頭默從，但赤楊心發覺她仍為河族貓憂心忡忡。他想知道他們的傷勢有多嚴重。**霧星的陣營有沒有貓陣亡？**

赤楊心沿著湖畔走，一路上鴉雀無聲，只聽得見波浪舔食鵝卵石的聲音。他可以想像兇殘的貓叫聲淒厲、哀鴻遍野，掀起腥風血雨，尖牙和利爪的光影閃爍。**戰場上血流成河——可是目標卻沒達成。惡棍貓依舊霸占影族的領土。**

雷族貓繞過湖畔的時候，彼此交頭接耳，但一靠近通往島嶼的樹橋盡頭，他們全都靜了下來。赤楊心可以從族貓的表情和肢體看出疲憊，只不過大夥兒還是自豪地昂首走過樹幹，躍向彼岸。他心裡有數，族貓會盡全力隱藏虛弱的痕跡，不讓其他族看出來。

雷族貓穿過圍繞中央林間空地的灌木叢時，發現河族貓已經到了。赤楊心瞧見霧星的傷勢，差點嚇到倒抽一口氣，只能按捺內心的驚懼和同情，只見一條又深又長的傷口從她脖子幾乎一直劃到後腿。每動一下，她就表情猙獰，雙眸也寫滿了痛苦。塵毛、薄荷毛和蘆葦鬚當她的貼身保鑣，他們身上的傷也清晰可見。然而，他們每位都豪氣萬丈地站著，赤楊心很欽佩他們堅毅的決心。

兩族的貓見了面就開始你一言我一語，但下一刻又陷入沉默，因為一星領著風族貓進林間空地了。

他們身上也有不少抓傷，赤楊心嫌惡地凝視著，在心裡暗忖。**可是沒有一個像我們或河族的貓傷得那麼厲害。**

他可以從霧星蔑視一星的憤怒眼神，看出她想的是同一件事。

赤楊心和松鴉羽往空地中央的大橡樹邁進，同時跟已經就座的蛾翅與柳光輕聲打招呼。幾秒過後，風族的巫醫隼翔也和他們會合。赤楊心尷尬地瞥了他一眼；其他貓則索性對他視而不見。隼翔顯然很難為情，什麼話也沒說，在離他們一條尾巴遠的地方蹲了下來。

棘星與花楸星躍上大橡樹的枝頭，緊接著一星也七手八腳地攀上樹枝，選了一根離他倆很遠的棲息地。赤楊心猜霧星八成爬不上去，沒想到她咬牙硬撐，鐵了心要往樹上爬，最後頹倒在一根矮樹枝上。

「花楸星還稱得上是族長嗎？」火花皮對櫻桃落輕聲說。「畢竟族裡的成員只剩下他的伴侶和小孩了。」

赤楊心偷聽到姊姊說的話，不安地挪動身子。他知道她搞錯了。星族賦予花楸星九條命，無論發生任何事都奪不走的：花楸星有權與其他族長平起平坐。雖然這改變不了影族遇上麻煩的事實。

赤楊心思忖道：**過了今天，麻煩更大。**有個可怕的想法充斥他的腦海。一個他不相信會成真的想法。**影族是不是要滅族了？**

「相信大家都知道今晚要討論什麼，」在棘星請林間空地的眾貓肅靜之後，霧星向大家宣布。「一星，你今天早上是不是吃錯藥了？帶著族裡的貓臨陣脫逃，不顧別族在戰場上拋頭顱、灑熱血。尤其河族傷亡最為慘重。」

「妳說了算。」一星回嘴。

「你又知道什麼了？」霧星不甘示弱地回擊。「你這個懦夫，根本不在場！鱸翅死了，我的戰士也有多位負傷。全是為了解決別人引起的無妄之災！」

赤楊心嚇傻了。他原本不曉得有貓陣亡。如今他更能理解霧星面對風族族長時，眼神和嗓音所流露出的不齒。

「或許我也該這麼對你，」霧星繼續說：「只要和其他貓族意見不合，就封鎖邊界。這樣絕對比替他們出兵打仗輕鬆得多！」

「霧星，我們誰也不願妳這麼做，」棘星插嘴，顯然試圖保持冷靜。「但妳有這種念頭，我們也絕不會怪妳。一星，以星族之名，你到底為什麼要下令叫風族撤退？」

「我什麼都不用跟你們交代，」一星頸毛倒豎，築起防禦心。「我這麼做自有理由。」

「對，」花楸星咆哮。「理由在於你是懦夫。」

「我不是！但我說什麼都不該為了影族自己的無能，讓族貓涉險搭救。我只需要對風族負責。」

可是他撤兵不是為了救風族，赤楊心暗想。**根據嫩枝掌的說法，他是因為暗尾說了什麼話才下令撤退的。一星有事隱瞞，我很想知道他藏了什麼祕密。**

「可是你明明答應要幫我們趕走惡棍貓的，」花楸星說。「像你這樣出爾反爾，以後還有誰敢相信你？」

「你還好意思說話啊！」一星咆哮。「照理說應該大開殺戒的，你和身邊的影族貓卻想保護前任族貓！打敗仗別怪在我頭上！」

花楸星肩膀塌了、尾巴垂了，但答話的語音依舊豪氣不減。「一星，你說得沒錯——但我認為不忍心攻打真正的同胞，其實無損我們的榮譽。只要把惡棍貓趕跑，影族——」

「多虧你和一星，」霧星尖酸刻薄地打岔。「看來現在很難趕跑惡棍貓了。一開始，因為預言說的『擁抱你們在幽暗處所找到的』，我們才沒當機立斷驅趕他們。」

「當初四大貓族都同意了。」花楸星點出重點。

霧星嗤之以鼻。「是影族認為可以讓不認識的貓踏上領土的！花楸星，我說句難聽話，這一切都是你咎由自取。」

「可是——」花楸星想要辯解。

「我們等了太久才採取行動驅逐惡棍貓，」霧星反駁。「或許預言曾經令人困惑，但如今寓意已昭然若揭：惡棍貓不是『幽暗處找到的東西』。我們非得要把惡棍貓趕跑，才能重見天日！」

花楸星無言以對，但才沉默一秒，河族的錦葵鼻便一躍而起。

「要怎麼趕？」他問道。「預言似乎也沒提到影族和雷族收留的那些迷途小貓啊，」他指出事實。「我們以為只要擁抱她們，就能得到答案。但是，她們在族裡待得愈久，湖畔的情勢卻愈糟。」

赤楊心不友善地瞄了河族公貓一眼，頸部的毛一根根豎起來。**紫羅蘭掌和嫩枝掌只是無辜的孩子！豈能指望她們跟暗尾一樣解決問題？**

在此同時，赤楊心也不免感到挫折。**我知道預言和天族有關。只是得先說服棘星。**

林間空地的爭論四起，淹沒了各族族長的聲音。聽起來眾貓愈來愈絕望，替預言背後的意涵擔心。

「萬一永遠都沒辦法重見天日呢？」有隻貓哀怨地嚎啕大哭。

赤楊心的周圍響起咆哮和嘶叫。貓兒們一躍而起，抖散毛髮，氣得攤平耳朵。他感覺大集會的休戰協定隨時都可能破裂。

「松鴉羽，我們得——」他打開話閘子。

赤楊心話還沒講完，便察覺林間空地的光漸漸暗了下來。他抬起頭，只見有片烏雲飄過月亮，遮蔽了發亮的銀盤。

「你們看月亮！」棘星的嗓音蓋過林間空地的喧囂。「星族生氣了！大集會宣告結束。」

四族族長旋即從大橡樹跳下來，開始召集各自的族貓。充滿敵意的怒嚎漸逝，貓兒憂心忡忡地仰望暗下來的夜空，匆匆越過樹橋、離開島嶼。只不過，他們互看的眼神怒氣未消，平常開完集會的友善道別已不復見。

赤楊心侷促不安。但願大集會開久一點，讓各族有時間弭平分歧。

不過，話說回來，他暗忖道：**整晚這樣吵下去也不可能取得共識。**

各族之間的嫌隙深到難以撫平。這讓他比以往更堅信一定要說服棘星，把真相告訴其他各族。他想起異象中那些悲慘的貓，默默對自己說：**這也是為了天族。**

直到雷族過橋，沿著風族的湖畔往自家營地走，赤楊心才能安心。接著，他從松鴉羽身邊溜走，加快腳步追上隊伍前頭的棘星。

「可以跟你說句話嗎？」他問道。

棘星驚訝地對他眨眨眼。「當然可以，」他答覆。「如果你對眼下的困境有任何建言，我洗耳恭聽。」

「我認為是時候把天族的事跟其他各族說了，」赤楊心開口說。「不，請聽我把話講完，」棘星看起來準備抗議，赤楊心趕緊往下說。「天族隱沒在陰影下，我們看不見——所以幫助他們就能『重見天日』。對不對？」

他開始焦慮了，因為族長一臉驚愕，完全不贊成他的提議。

「我們在自家領土的問題還不夠多嗎？」棘星反問他：「你還要再接受另一趟艱困的探索之旅？」

「我又看見異象了，」赤楊心對他說。「天族依然流離失所、無家可歸——現在族裡甚至連巫醫都沒有。他們需要我們幫忙。倘若不該我們伸出援手，天族也不會讓我看見異象。」看見棘星陷入沉思，他大受鼓舞，繼續往下說：「假如預言關係到天族，那每隻貓都有權知道。畢竟預言應當公開給全貓族，不該由我守密。」

棘星遲遲沒有答覆，赤楊心煩惱到胃都要打結了。**我相信是時候把祕密公諸於世了**，他暗忖道：**但要是棘星拒絕呢？我可以大逆不道，違抗父親和族長的命令嗎？**

最後，棘星長嘆一聲。「赤楊心，或許你說得對，」他說。「我一直以各族對待天族的態度為恥，不願讓其他貓知道真相；不過，或許在異象的指引下，我們能夠撥亂反正。」

棘星凝視著他，赤楊心在父親的目光中看到敬意，深深以他為榮。**他真的把我的話聽進去了！**信心與慰藉如從禿葉季寒冰中湧出的溪流，在他的心中澎湃。**我們總算可以付諸行動，想辦法實現預言了！**

✦✦✦

日正當中的正午即將到來，赤楊心跟著棘星和松鼠飛涉水，橫越風雷二族邊界的小溪。獅焰和鴿翅殿後。

面對將要翻過的那片荒原，赤楊心精疲力盡，快要走不動了。昨晚他幾乎徹夜未眠。大集會結束返家後，棘星把他和赤楊心所知道的，關於天族的事，全都一五一十地告訴雷族的其他成員和三隻影族貓。眾貓不敢睡覺，等到月亮快要隱沒才散會；其他貓質問棘星和赤楊心故事的每個細節，而且連櫻桃落、錢鼠鬚和火花皮也不放過，因為他們陪同赤楊心踏上探索之旅，天族的事也略知一二。

「我有話想對針尾說，只可惜她不在這兒，」花楸星彈了一下尾巴說。「造訪天族領土的事，她隻字未提！早該知道不能相信她的。」

「是我叫她守密，她才沒說的。」赤楊心試圖為這位前任朋友辯護，主要是因為他仍未放棄希望，但願她會背棄惡棍貓，幫四大貓族把他們趕跑。「我認為守口如瓶才是最明智的決定。」

花楸星並不領情。「她最該效忠的對象是影族。」他咆哮著說。

等黎明昇起，棘星便即刻領著巡邏隊，前往河族說明真相。赤楊心還記得昨晚霧星在大集會上爆怒，雖然情有可原，但仍教他戒慎恐懼。不過，令他寬心的是，這次會面比他預期的順利。

「雷族做這種事，我一點也不意外，」薄荷毛開罵。「不把祕密和別族分享，以為全貓族只有他們重要！」

但霧星甩尾要旗下的戰士閉嘴。「你們是真的找不到天族的下落？」她問赤楊心。

赤楊心點點頭。「目前還找不到。」

「希望以後也找不到，」年邁的苔皮咕噥道。「湖畔聚集的貓已夠多了。」

赤楊心的答覆令霧星如釋重負。「這樣的話，我們也無能為力，」她說完又對棘星補一句：「在這個節骨眼，別奢望河族為全貓族解決問題。我們需要時間舔自己的傷口。」

河族對尋找遺落的貓族沒多大興趣，這教赤楊心很失望；但另一方面，至少他們沒有生氣或懷有敵意。依他看，棘星自從卸下守祕的重擔，心情似乎比較輕鬆，呼吸也比較順暢了。

可是，一星又會有何反應？赤楊心一邊跟隨族長的腳步，賣力爬上荒原斜坡，一邊左思右想。**他最近很陰晴不定。**

荒原頂吹來一陣強風，把赤楊心的鬍鬚都吹貼在臉上。疾風捎來許多貓的氣息，新鮮而遙遠，來自風族營區的那一頭。後來，雷族巡邏隊從邊界小溪走不到幾隻狐狸的距離，又有一股更濃的貓味飄送而來，接著有支風族巡邏隊從一簇岩石後方現身。

帶頭的是鴉羽，後頭跟著雲雀翅、燼足和他指導的見習生煙掌。

鴉羽高視闊步地走來，棘星停了下來，並示意巡邏隊止步。這群風族貓眼神冷酷、不懷好意。

「你們來風族的領土幹嘛？」他質問道。「這裡不歡迎你們。一星不想見到別族的貓兒。」

棘星無視鴉羽的敵意，客氣地對他點了個頭。「我相信一星會想知道——」他話還沒講完。

「那你搞錯了！」鴉羽回嘴。「一星對你們集會上的指控非常不悅。」

「可是我們真的有要事來訪。」棘星爭辯。

「是啊，」松鼠飛也幫腔：「和巫醫的異象有關。鴉羽，別這樣，我們是老交情了。難道你忘了我們曾經一同前往太陽沉沒之地？我們不會騙你的，這你應該很清楚。」

鴉羽一度面有難色，然後用爪子掐緊荒原一簇粗糙的野草。「那是很久以前的事了，」他氣沖沖地頂撞：「況且我得服從一星下的命令。給我轉身，撤離我們的領土。現在就滾。」

棘星挫折地與松鼠飛互換一個眼色。赤楊心擔心他們非得聽鴉羽的話，摸摸鼻子走了，沒想到居然在這時聽見丘頂傳來一聲嚎叫，看到風族另一支巡邏隊奔向他們。

「怎麼了？」帶頭的金雀尾跑到鴉羽旁邊，停下來問他。「這群貓想要幹嘛？」她的同伴燕麥爪和羽皮站在她身後一步遠的地方，警惕地打量雷族貓。赤楊心不禁揣想：**要是打起來，我們將寡不敵眾。**

「他們有話要跟一星說，」鴉羽回答。「但一星不會想理他們的。」

「我們有重要的訊息要告訴他。」棘星趕緊插嘴。

金雀尾多看雷族族長一眼，灰白相間的腳掌掃了一下耳朵。「或許一星會想知道別族的族長有什麼話好說，」最後她悠悠地說。「我們最好護送他們回營地。」

鴉羽看起來怒不可遏。「妳是鼠腦袋嗎？」他質問道。「一星下令，只要是別族的貓，誰也不准踏進領土一步。妳當時明明就站在我旁邊。」

「鴉羽，你才是鼠腦袋咧，」金雀尾回嗆。「如果不是有要緊事非得讓一星知道，棘星也不會來這裡。既然你這麼怕麻煩，責任就由我來擔。」

鴉羽張嘴想要對她冷嘲熱諷，後來顯然選擇作罷。「隨妳便，」他氣惱地聳聳肩，大聲咆哮。「要是一星把妳的耳朵耙掉，可別哭著回來找我。」

「我願意冒這個險。」金雀尾冷冰冰地說。

鴉羽連話都懶得答，尾巴一掃，召集其他巡邏隊員，往下坡的邊界前進。

金雀尾目送他們離開，隨後轉身面向棘星和其他貓。「雷族貓，走吧，」她下令。「你們的訊息最好不要令人失望。」

棘星在燕麥爪和羽皮一左一右的護送下，跟隨她往上坡走；赤楊心和其他族貓則聚成一團，跟在他身後。赤楊心隨著大夥兒愈爬愈高，偶然往馬場的方向瞥一眼，竟發現有第三支風族隊伍沿著湖畔巡邏。

他們的邊界為何戒備如此森嚴？他很納悶。

等他們漸漸靠近營區，金雀尾派燕麥爪當使者，先跑回家通知一星。等棘星和他的巡邏隊穿過風族紮營的洞口，一星已在他的寢室外恭候大駕。他們順著下坡路走向他的同時，愈來愈多風族戰士朝他們聚攏，怒髮衝冠，眼神寫滿猜疑和敵意。

如果輕舉妄動，對方肯定會把我們剝一層皮，赤楊心坐立難安地揣想。

「喲，棘星啊？有何貴幹？」一星質問他，棘星向他靠近，與這位風族族長對峙。

「如果又要拿戰場的事老調重彈，你們現在就可以調頭，滾出我的地盤。」

「這件事跟打仗無關，」棘星鎮定地說。「有件要緊事，你應該要知道。你記不記得，好幾季以前，還在舊森林的時候，火星離開雷族一陣子……？」

赤楊心仔細端詳一星；在此同時，棘星將從未向異族透露的故事對他娓娓道來：火星是如何被天族祖先的異象帶到峽谷，幫助重建遺落的天族。棘星每多講一個字，這位風族族長的怒容就愈加深。

「所以雷族一直以來都在撒謊囉？」棘星一講完，他便高聲嚷道。「我早該知道你們不值得信賴——你跟前任的火星！」

「沒有任何一隻貓撒謊！」松鼠飛被對方激到回嘴。「火星只是覺得沒有理由散布傳言，棘星也抱持同樣的想法——到目前為止。」

一星嫌惡地哼了一聲鼻息。「那是什麼改變他的想法？」

棘星甩尾示意，要赤楊心向前跨步解答。面對目露兇光的風族族長，赤楊心緊張到胃裡波濤洶湧，但他設法穩住嗓音，把異象的來龍去脈說個仔細。

「我認為星族透過預言，叫我們幫助天族。」他做出結論。

一星的嘴唇往後噘，準備咆哮，氣得彈了一下尾巴。「所以你們想尋求我的支持，去幫助一個只有雷族聽過的陌生貓族？」他粗聲粗氣地說。「你們是不是打算把他們帶來這裡，侵占風族的地盤？跟你們說，門都沒有！」

幾個聽到他們對話的風族戰士發出怒嚎。赤楊心看見獅焰和鴿翅亮出利爪，知道他們正做好準備，萬一一星下令攻打訪客，才來得及反擊。

「我們完全沒有這個意圖，」棘星回答；他仍然努力保持鎮靜。「赤楊心，跟一星說說你的探索之旅。」

赤楊心依舊繃緊神經，把他和族貓千里迢迢來到天族紮營的峽谷，卻發現天族已被惡棍貓趕走的歷程，向一星訴說。

「他們跟來風族攻打你的惡棍貓是同夥，」他解釋道。「也跟霸占影族領土的惡棍貓是同夥。」

赤楊心說話的同時，發現一星眼底的怒火已被驚愕與恐懼超越。這位風族族長有那麼一秒嚇得連話都說不出口。「這麼說，天族是被暗尾害得離開峽谷，」最後，他悠悠吐出這幾個字。「幾乎慘遭滅族？」

赤楊心點點頭。

一星又沉默了幾秒鐘。他的怒氣似乎滿盈，如同傾盆大雨，從面朝上的葉片不斷湧出。「風族沒有虧欠天族什麼！」他尖聲叫道。「你們雷族貓都給我滾——離開我的地盤！風族要封鎖邊界！」

赤楊心驚懼地和棘星與巡邏隊其他成員互換眼色。**這是怎麼一回事？**他反問自己。**一星為什麼氣成這樣？**

儘管棘星試著辯駁，一星已聽不進去。他旗下的戰士將雷族族長和巡邏隊團團包圍，將他們趕回洞穴的邊緣、重返荒原。

「我陪你們走到邊界。」金雀尾一邊說，一邊輕彈尾巴，再召喚幾隻貓與她同行。

雷族貓默默地往下坡走；看來也沒必要跟這些風族戰士白費唇舌了。赤楊心與族長肩並肩一起走，但怎麼也忘不了一星臉上驚恐的神情。

他默想著：**之前我就猜到了，現在更證實我預想得沒錯。一星有什麼事瞞著大家！**

第三章

紫羅蘭掌拿一小塊浸溼的青苔，輕拍橡毛身上的其中一隻蝨子，老鼠膽汁的惡臭令她忍不住扮了個鬼臉。

「小姑娘，這樣好多了，」他說。「但願整頓影族能像應付這些討厭的蝨子一樣容易。現在人事已非。花楸星走了以後，貓兒都不懂敬老尊賢了。」

「暗尾說我們已不是影族了，」紫羅蘭掌猙獰地說。「他說我們是一家人。」

「我生是影族貓，死是影族鬼，」橡毛高聲宣告，氣得抽動耳朵；紫羅蘭掌嚇得左右張望，確定沒被惡棍貓聽到。「碧血丹心才真正可貴；這個道理有些青年貓就是聽不懂。」

「沒錯，」鼠疤贊同。他頓了一下，用右腳狂抓耳後，然後繼續說：「世風日下，『貓』心不古。雪鳥剛生的那窩小貓——天曉得他們會在怎樣的世界長大。」

紫羅蘭掌感到畏縮。或許她該擔心水塘光接生的小貓，卻又不由自主地想起那場激戰，以及嫩枝掌被她攻擊時的眼神。她暗想：**我傷了我的親生姊姊！**這樣的內疚她永遠都擺脫不掉。**我是不是真的在她有傷在身的時候打中她了？**令她痛苦的是，這個問題她無法回答。一定被橡毛說中了：像我這樣的青年貓根本不懂何謂忠誠。

這時傳來一陣慌亂的腳步，針尾衝進來，懸在長老窩上的刺藤捲鬚跟著狂顫。「我找妳哪裡都找遍了！」她無視於兩隻老公貓，只對紫羅蘭掌說話。「妳幹嘛亂搞這些噁心的老鼠膽汁跟蝨子？應該跟我一起吃東西才對。」

「曦皮要我過來幫長老的忙。」紫羅蘭掌一面解釋，一面扔掉小樹枝和浸了膽汁的青苔。

針尾輕蔑地彈了一下尾巴。「曦皮已經不是妳的老闆了，」她指出事實。「暗尾和雨說得對——長老們該學著照顧自己了。我們沒有空間留給那些毫無貢獻的貓。」

鼠疤死命地瞪著她看。「影族以前沒有空間留給那些無禮的小跳蚤貓。」他厲聲道。

「我又沒長跳蚤，」針尾譏笑道。「紫羅蘭掌，妳到底來不來呀？」

紫羅蘭掌內疚地瞄了長老一眼。「來。」她說。

「喂，妳還沒除完耶！」橡毛抗議道。「在我背上尾巴旁邊有個大蝨子。我感覺得到！」

紫羅蘭掌很想留下來幫忙，可是針尾在等她，她正不耐煩地抽動尾梢。

「對不起。」紫羅蘭掌低聲道歉，跟著朋友走進營區。

針尾帶路走向新鮮的獵物堆，只見薊這隻肌肉發達的灰毛惡棍貓，正在邊緣東聞西嗅、慢慢挑選。針尾為自己挑了隻畫眉鳥。紫羅蘭掌發現一隻肥美的田鼠，將牠輕輕掃走；她蹲在針尾旁邊準備開動，嘴裡分泌口水。

可是，她才咬了一口，薊就向她們一躍而來。紫羅蘭掌戒慎恐懼地看他。他跟其他幾隻惡棍貓最近才加入，所以她跟他不熟。她不由自主地納悶，不曉得暗尾還要把多少貓當「家人」一般接進營區。

這一切什麼時候才會結束？

薊踱步向前，在紫羅蘭掌身邊停下來，冰藍的雙眸盯著她多汁的獵物。「這是我的，」他吼道，顯然希望紫羅蘭掌退開讓他吃。「是我先看到的。」他往前踏出一步，陰森地站在紫羅蘭掌面前。

為了避免衝突，紫羅蘭掌情願把田鼠讓給他；但她什麼都還沒做，針尾就插手了。「喂，閃開了，疥癬毛！」她回嗆薊，齜牙咧嘴，發出火爆的嘶聲。「獵物拿到手才算你的。」

「好好好，」薊說。「別生氣。」他怒氣沖沖地瞪一眼，隨後調頭回新鮮獵物堆，又開始翻找食物。

「謝了，針尾，」紫羅蘭掌咕噥道。「真希望營區現在沒那麼多惡棍貓。他們有些看起來挺恐怖的。」

「嘀！」滿嘴畫眉鳥肉的針尾哼了一聲。「在我眼裡，他們是只會喵喵叫又沒利爪的溫馴小貓。不過，紫羅蘭掌，妳不用擔心。有我照顧妳。」她又扯掉一塊鳥肉，吞進肚裡，更若有所思地補了句：「話雖然這麼說，但是雨跟妳一樣，覺得某些新來的惡棍貓靠不住。」

紫羅蘭掌不知該如何回應。**我知道針尾對雨有好感，但他可不可靠還很難講。他違抗暗尾，惹上麻煩把眼睛都給弄瞎了。我還是不確定他支不支持暗尾。又或者還是心存質疑？**

她狼吞虎嚥地把田鼠吃掉，一邊吃一邊斜眼偷瞄針尾。

「是不是有什麼心事？」針尾問道。「有話直說！」

紫羅蘭掌遲疑了片刻，然後深吸一口氣。「打傷嫩枝掌的事，我一直耿耿於懷，」她膽怯地吐露心事。「我很難過。我不是有意要傷害她的，她在閃躲我攻擊的時候拐傷了自己的腿。萬一……」在針尾熱切的凝視下，她終於說出內心最大的恐懼。「萬一我害姊姊變成跛子怎麼辦？」

針尾用鼻子蹭了蹭紫羅蘭掌的耳朵，安慰她。「沒有貓因為跌了一小跤就變成殘廢的，」她如是說。「嫩枝掌不會有事的。紫羅蘭掌，妳動手是情非得已。雷族和其他貓先攻打我們的，不是嗎？現在那些貓族是我們的敵人了。其中也包括嫩枝掌。」

紫羅蘭掌默默聽著，知道朋友說的話有其道理，但總覺得有什麼事很不對勁，而且這個預感怎麼也揮之不去。**親生姊姊怎麼可能是敵人呢？**

「妳是不得已才這麼做的，」針尾繼續往下說。「現在妳必須把嫩枝掌忘了。我和這裡的其他貓才是妳的家人。只有我們才在乎妳。」

紫羅蘭掌一時語塞，不知該如何反駁。**但無論針尾說什麼，我都忘不了姊姊！**

「我要把一隻老鼠帶去給水塘光吃，」紫羅蘭掌吃飽後說。「他這麼辛苦地照顧受傷的戰士，一定沒時間好好吃飯。」

「好主意，」針尾說。「我跟妳一起去。我想看看暗尾的情況。」

紫羅蘭掌把薊弄亂的新鮮獵物堆整理乾淨，替水塘光找到一隻看起來汁多味美的老鼠。她銜著老鼠，和針尾一同走進巫醫窩。

水塘光的窩位於營地最遠的角落，那兒的灌木叢和刺藤捲鬚沒有長得那麼密。不過，在歪斜的岩石下，有個遮風蔽雨的空間，地面覆了厚厚一層青苔和蕨葉，讓水塘光和受傷的貓安睡。

紫羅蘭掌和針尾穿過刺藤隧道，窩裡除了水塘光，只有暗尾一位傷患。他伸直身子躺在床墊上，胸膛隨著呼吸起伏。先前紫羅蘭掌聽說一星在戰場上把他傷得很重；如今在他瞇成縫的眼眸看見痛苦。針尾走上前，坐在他身旁；他幾乎無法抬頭，看哪隻貓來拜訪他。

「水塘光，看我給你帶什麼來了。」紫羅蘭掌邊說邊把老鼠擱在巫醫面前。

水塘光用飢渴的目光盯著老鼠。「紫羅蘭掌，謝謝妳！我餓死了——肚子還以為喉嚨被誰抓出洞了！」他蹲下來，狼吞虎嚥地吃鼠肉。

「紫羅蘭掌，」過了一會兒，他不顧滿嘴的食物，含糊地說：「能不能幫我把那些款冬嚼爛？它應該對暗尾的呼吸有幫助。」他用腳掌指向岩石底部的一小簇款冬花。

「好啊。」紫羅蘭掌走向款冬，把幾朵花嚼成泥；這些花有股強烈但相當宜人的味道。

「這樣就夠了。」沒過多久，水塘光走到她那頭，嚥下最後一口鼠肉，用舌頭掃過嘴巴一圈。「可以拿去給暗尾了。」

惡棍貓首領設法起身舔藥泥，隨後咕噥一聲，又跌回床墊上。「一星那個疥癬皮真的把我傷得不輕，」他咆哮道。「他比我們上回交手更凶猛了。」

他深吸幾口氣，彷彿舔完款冬，呼吸比較順了。他轉頭凝視紫羅蘭掌，一看就是好久。她嚇得肉墊有如針扎。**暗尾是怎麼想我的？**

「妳很驍勇善戰，」惡棍貓的首領最後說。「替我們的大家庭增光。」

得知他沒生氣，紫羅蘭掌如釋重負。首領的稱讚使她的毛皮都暖了起來，只是她覺得自己承受不起。

「紫羅蘭掌還擔心把同窩手足打傷了呢！」針尾插嘴道。

這下紫羅蘭掌又緊張起來，全身刺痛得更厲害了。她希望針尾沒這麼多嘴。**要是暗尾動怒了怎麼辦？**

不過，暗尾只是諒解地點了個頭。「我懂要妳在同窩手足和新家人之前做決擇，很令妳為難，」他對紫羅蘭掌說。「妳做了一個正確的選擇，我以妳為榮。」

紫羅蘭掌受寵若驚地微微點頭。**或許，說到底，暗尾並沒有那麼可怕。**她感覺自己對嫩枝掌的內疚減輕了些。**我跟嫩枝掌雖然一同出生，但選我當家人的卻是這群貓。或許暗尾和針尾說得對：我選擇為那些重要的貓而奮戰。**

隧道傳來窸窸窣窣、穿過刺藤的聲音，雨把身子探進窩裡。紫羅蘭掌發現他眼睛的傷幾乎痊癒了。「暗尾，你好，」這隻灰色公貓一邊問好，一邊對首領點了個頭。「現在感覺怎樣？」

「好點了，」暗尾答覆。「很高興你來了；有些事我要跟你討論討論。你覺得草心在戰場上的表現如何？」

雨聳聳肩。「她不是我見過最勇猛的。」他答道。

暗尾的口吻更尖銳了。「依你看，她是不是叛徒？」

雨猶豫了一下，然後搖搖頭。「不是，不過可以再把功夫多練一下。好了，曦皮……有隻貓需要照顧。」

「你是這麼想的啊？」

紫羅蘭掌聽兩隻惡棍貓討論族貓，感到很不安，覺得毛皮發癢，好像有螞蟻在爬。她想知道：**他們是不是也這樣聊我？**

暗尾和雨還在談話，針尾就悄悄溜出窩，不過紫羅蘭掌稍微待久一點，退到後面的陰暗處休息。雖然這兩隻貓談的內容令她很不自在，她還是樂見他們相處融洽。

她思忖道：不久前雨才質疑暗尾的領導能力，暗尾也差點把他弄得全盲。一想到他們為了為數更多的這群貓——暗尾稱為家人的這群貓，能夠捐棄敵意，她便感到溫暖和欣慰。

暗尾對雨的評論和答覆愈來愈短，因為這位負傷的首領漸漸累了，最後準備就寢。

「我該去看看其他貓的傷勢，」等首領安頓好了，水塘光說：「可是我不想留暗尾獨自在這兒。」他轉身面向紫羅蘭掌，好像打算請她留下，紫羅蘭掌也樂意幫忙，但是雨先發制人，搶在他倆開口之前說話。

「水塘光，別擔心。我留在這兒，等你回來。」

「雨，那就謝了。」水塘光撿了一些藥草離去。

紫羅蘭掌跟他一塊兒走，又在營地閒晃了好一會兒，不曉得該不該回去幫長老們捉蝨子。但是她知道自己只會又挨一頓罵，說跟橡毛與鼠疤年輕的時候比，現在的青年貓有多沒用。

最後，她決定找一塊汁多味美的食物，拿去給暗尾，等他醒了以後吃。**他傷得很重，而且很仁慈，對我戰場上的表現讚譽有加。他應該吃好一點，才能在休養期間恢復體力。**

紫羅蘭掌走向新鮮的獵物堆，慢條斯理地挑了一隻肥美的鼩鼱。她瞧見水塘光正在營區的遠處要焦毛伸腿，以檢查他受傷肩膀的復元狀況。她銜著那隻獵物，掉頭回巫醫窩穴。

但是，她一鑽出刺藤隧道，便嚇得停下腳步、瞠目結舌，連鼩鼱都從嘴裡掉出來了。雨壓在暗尾身上，用爪子摀住惡棍貓首領的口鼻。暗尾虛弱地掙扎著，發出窒息的聲音。

紫羅蘭掌雖然怕得要死，卻大氣都不敢哼一聲。她知道雨想要阻絕空氣，把暗尾悶死。**雨從來都沒原諒暗尾！**

紫羅蘭掌被眼前的景象嚇得呆若木雞，只能眼睜睜地看暗尾掙扎地愈來愈慢。等大公貓最後一動也不動，鮮血染汙他口鼻周圍的毛，雨才站起來轉身，看見紫羅蘭掌。他瞇起眼，邁開大步緩緩走向她。

紫羅蘭掌這輩子從沒這麼怕過。心臟在她的胸口怦怦捶擂，她快要無法呼吸。**我不該看見那一幕的**，她暗忖道。恐懼將她的肌肉化作石頭，害她連逃跑的能力都喪失了。

現在他要連我一起殺了！

但雨還沒搆著她，就被一閃而逝的白光攻擊。

原來暗尾還沒死。

紫羅蘭掌攤平在地上，惡棍貓首領在雨的面前直立身子。她不忍觀戰，偏偏目光無法抽離，只見暗尾撲向前，唰地一聲，爪子強而有力地刺穿雨的喉頭。

雨步履蹣跚，張大著嘴，鮮血溢到胸前的毛髮。整個巫醫窩都瀰漫著一股血腥味。雨接著兩腿一軟，倒在暗尾的腳邊。紫羅蘭掌忍住驚叫，身體縮到一邊，免得從他喉頭流出的黏稠血液沾到身上。

暗尾俯視這隻長毛灰色公貓斷續抽搐的身體，然後仰起頭對上紫羅蘭掌驚懼的目光。他開口時，嗓音粗獷沙啞。

「我一直有預感雨會背叛我。」

第四章

赤楊心用腳掌小心翼翼地撫摸嫩枝掌的腿，感覺她的肌肉和底下的骨頭。這隻年輕母貓一點反應也沒有，只是無精打采地發呆。

「她情況怎麼樣？」葉池抬起頭問道。她正忙著幫薔光做伸展復建。

「好多了，」赤楊心答覆。「她的腿扭傷得很嚴重，不過至少沒斷。這樣會不會痛？」他問嫩枝掌，對方只是搖頭回應。

「那就好！」薔光歡喜地說。「可是，嫩枝掌，等妳之後回見習生的窩，我會很想妳的。」

「嫩枝掌一定會回來探望我們的。」赤楊心向她保證。

嫩枝掌只是嘆息；赤楊心無法確定她有沒有把話聽進去，只希望能說什麼或做什麼逗她開心：這位年輕的見習生自從和紫羅蘭掌在戰場上相遇後，就一直鬱鬱寡歡、悶悶不樂。

「花落的事再跟我說一遍嘛，」薔光懇求道。「不敢相信她都當媽了！我跟她在育兒室玩好像是昨天發生的事。」

「她會是一個好媽媽的，」葉池說道。她忍住呵欠。她和赤楊心有半個晚上都在幫忙接生小貓。「看到生命萌芽的感覺真好。即使各族之間紛擾不斷，仍然為我帶來希望。」

「他們眼睛張開了沒？」薔光問道。

「沒，還要再等幾天，」赤楊心跟她說話的同時仍不忘留心嫩枝掌。「不過四隻似乎都很健康強壯。」

「看看我能不能記得他們的名字哦，」薔光呢喃著說。「小莖、小鷹、小梅……還有，第四隻叫什麼？哦——小殼！這些名字好可愛，這些小貓也一定很可愛。我等不及要見他們了！」

赤楊心忍住笑意。「昨晚你應該見過刺爪了。花落在生小貓的時候，我們好不容易才讓他冷靜下來。」

「沒錯。」葉池樂得琥珀色的眼眸閃爍微光。「他雖然是名資深戰士，但這是他的第一胎小貓，所以他緊張得跟初次打獵的見習生一樣。」

赤楊心講話的同時一直注視著嫩枝掌。他本來以為她會對剛出生的小貓很感興趣，但她還是一樣，好像什麼都沒聽進去。

「嫩枝掌，妳不會有事的。」他邊說邊站起來，一起身便感覺累得頭昏。

「把她檢查完的話，就到見習生的寢室睡會兒覺吧，」葉池提議。「我今早能休息一下，但你從月高時分花落開始陣痛起，就一直忙到現在。」

「好。」赤楊心贊同；想到可以倒頭就睡，他感覺無以復加地累。

「請你順路找松鴉羽，叫他回來，」葉池說。「他出去用餐了，可是時間久到可以到馬場再回來。」

赤楊心點點頭，但私底下他懷疑自己——或任何貓——有辦法勉強松鴉羽做他不願做的事。儘管如此，他還是盡職地走去林間空地，左右張望尋找另一位巫醫。

他第一眼瞧見的貓是波弟。他在新鮮獵物堆附近曬太陽打盹兒。赤楊心想起老貓在大集會夜肚子疼，所以急急忙忙走向他。

「波弟，你還好嗎？」他問道。

波弟對他眨眨眼。「好點了，謝啦，」他回答。「你曉得的，肚子疼這毛病就是時好時壞。」

「要不要我給你拿點杜松子來？」

波弟輕彈一隻耳朵。「不了，我行的。我這把年紀肚子疼是小事，用不著操心。只要在新鮮獵物堆旁放鬆個兩天就會沒事了。」

「你確定的話……」赤楊心說。

「我當然確定囉。狂妄小子，藥草又不是什麼都能醫。我記得有一次……」波弟開始話當年，但是剩餘的故事全被大大的呵欠淹沒。

「好吧，疼得厲害的話，一定要來巫醫窩哦！」赤楊心對他說。

波弟發出震耳欲聾的嗚嗚叫。「好……我就知道可以仰賴你。」他把鼻子靠在腳上，漸漸入睡。

赤楊心低頭看了他好一會兒，後來被大嗓門的吵架聲轉移焦點。他轉過身子，看見花楸星和棘星鼻碰鼻地吵得不可開交，忍不住發出一陣呻吟。

「又來了。」他嘀咕道。

「現在擺明了只有這條路可走！」花楸星厲聲說。「我們要再次發起攻勢，收復影族的領土。」

「這點我不否認。」棘星聽起來好像很難控制情緒，在發飆的邊緣。「但是必須從長計議，而不是像狐狸追兔子那樣莽撞。」

花楸星怒目瞪他。「你只是在找藉口。」

「藉口？」棘星的嗓音轉為冷酷。「難道你忘了風族已封鎖邊界，河族暫時拒絕投入任何戰爭？你指望雷族單槍匹馬作戰嗎？」

兩位族長爭鋒相對的同時，赤楊心發現松鴉羽坐在附近，跟他的哥哥獅焰和獅焰的伴侶煤心同坐。松鴉羽和煤心公然聆聽他們的爭論，很感興趣地豎起耳朵；獅焰則是一臉尷尬；這隻金黃色的公貓假裝在整理毛髮，但赤楊心看得出來，仔細留意兩位族長對話的他，聽完每次的唇槍舌劍都可能出面要他們閉嘴。褐皮也在離其他貓兩條尾巴的地方聆聽。

赤楊心走到族貓那頭，往煤心身旁一坐，煤心友善地用尾巴拂過他肩膀。

「我沒想到雷族這麼懦弱。」花楸星惡言相向。

獅焰聽了不再梳毛，馬上準備起身，火冒三丈地瞪這位影族族長。直到煤心湊到身旁，在他耳畔呢喃幾句，他才又坐下。

「花楸星，我也沒想到會從你嘴裡聽到這句話，」棘星回擊。「如果你跟其他影族貓狠下心來打前任族貓，或許我們的勝算會比較大。」他旋而轉身，面向赤楊心和松鴉羽，再補一句：「我的戰士傷重到連再發起戰爭的能力都沒有了，還敢跟我說這是藉口。」

赤楊心點點頭，松鴉羽則答覆：「派還沒傷癒的貓上戰場只是送死，花楸星，你這樣還能問心無愧嗎？」

花楸星還來不及反駁，褐皮便起身向前跨出一步。「一定有別種法子……」她打開話閘子。

她的弟弟與伴侶都瞪她一眼。「妳別插手。」花楸星兇她。

「對，這是族長之間的事。」棘星接著說。

褐皮怒彈一下尾巴。「你們全是鼠腦袋嗎？」她咆哮道。「這是每隻貓的事。你們別忘了，我在那個營地還有家人！」

這時赤楊心發覺更多族貓圍觀了。他們大多氣得吹鬍子瞪眼睛，大概是因為聽到花楸星怪他們懦弱吧。

他掃視眾貓，發現有隻貓正往另一個方向杏眼圓睜：藤池在看虎心和鴿翅，他倆坐在一起，而她看起來焦急氣惱。

不曉得怎麼了。

「花楸星膽子可真大，」煤心靜靜地對獅焰說：「指望雷族幫他打自己的仗。」她甩尾接著說：「倘若影族的貓多半想要暗尾當他們的族長，那或許雷族根本不該替花楸星打仗。你們的家務事與我們何干？」

震驚與困惑從赤楊心的耳朵擴散至尾梢。他默想：**星族選了花楸星當族長，並賜予他九條命。不願捍衛他的權位，形同違背戰士守則。**

赤楊心眼前的營地開始模糊起來。他眨眨眼，想看清視線，這才發覺自己有多累。

「松鴉羽，葉池叫你回巫醫窩，」他說，然後又對其他貓告辭：「待會兒見。」

隨後，他穿過蕨類植物的屏障，那裡是寂靜的見習生寢室，他倒在窩裡，閉上眼。彷彿墜落一座幽暗的湖，立刻進入夢鄉。

✦✦✦

赤楊心睜開眼，發現自己站在一群貓的邊邊。

這些貓骨瘦如柴、毛皮粗糙蓬亂，他們有的伸直身體，有的蜷著，累癱了似的，全都在睡覺。忽然間，赤楊心認出他們了。

他們是天族貓。我又產生異象了！

無論看得再仔細，他還是沒找著回颯。他恍然大悟，不禁悲從中來，上回在山谷水塘邊看到她時，她肯定已經死了。

赤楊心環顧四周，試圖分辨他們的所在位置。起初他很困惑。灰石牆在他四周聳立，光線從接近頂部的狹縫斜射進來。地板也是硬石子做的，覆上許多稻草。

這肯定是某種兩腳獸的巢穴。

後來，他想起他和針尾從峽谷回家的路上，曾在一處躲雨；沙暴來夢裡拜訪他，叫他找另一條路。這可能是同一間黃色穀倉。雖然裡面沒馬了，但把窩做隔間的木板位置一模一樣。

如果真是那間穀倉，那天族貓其實離我們並不遠！

陰影中的動靜吸引了赤楊心的目光，他看見一隻灰毛公貓從其中一個稻草堆後方出現，嘴裡叼著了無生氣的老鼠。他穿過石頭地板，把鼠肉擱在貓后的旁邊；這隻母貓懷了小貓，挺了個大肚子。

赤楊心從沒注意到這隻貓。想必他在先前的異象太專注於回颯受的苦，所以漏掉他了。他身上的毛跟嫩枝掌一樣是灰的，他放下鼠肉抬起頭時，琥珀色的雙眸，在赤楊心看來，跟紫羅蘭掌的眼睛同樣形狀、同個大小。

赤楊心激動得毛髮又刺又疼，心跳愈來愈猛。

大家都很確定嫩枝掌和紫羅蘭掌的母親去世了，他暗忖道。**但這隻貓會不會是她倆的家人？這兩隻小貓是天族失散的成員嗎？**

赤楊心一躍而起，想更仔細地觀察灰毛公貓。可是在此同時，嘈雜的聲音傳入耳裡，他驚醒之後發現他仍在見習生的窩。

屋外揚高的嗓音惹得他嘶嘶叫。這回吵架的換作是藤池和虎心，不過話題依舊沒變：雷族該不該再對惡棍貓發動攻勢。

異象突然中斷，赤楊心很是挫折，更何況他感覺自己快要挖出什麼重要情資了。他緊閉雙眼，將異象裡的每個細節都牢記在心，確保一件事都不會忘掉。

等再次睜開眼，下一步該怎麼走，他已了然於胸。

嫩枝掌和紫羅蘭掌會不會是天族的貓？我必須找棘星談談！

第五章

嫩枝掌躺在見習生窩裡自個兒的床上。陽光已透進蕨類帷幔，可是腿依舊發疼，她也感到昏昏欲睡。

她暗忖：**反正我也沒別的事好做。**在腿傷好轉前，她不用實行見習生的義務；她也提不起勁找東西吃或跟其他貓交談。

我唯一真正想說話的對象是紫羅蘭掌，但這個夢想不會實現了。

嫩枝掌很愛這群和她從小一塊兒長大的族貓，但紫羅蘭掌自始至終都是她生命中最重要的貓。她們是彼此真正的家人。

「這難道不是最要緊的嗎？」她高聲嘆息。她想要親口問紫羅蘭掌是不是真的相信針尾的話。紫羅蘭掌是不是真的覺得她們不是家人了？

嫩枝掌蜷著身子準備睡覺，卻聽見棘星的嗓音傳遍營區。

「年紀大到能獨立狩獵的貓，全都到擎天架底下開貓族大會！」

嫩枝掌雖然悶悶不樂，卻也不免好奇。她穿過蕨類植物，一瘸一拐地走進林間空地，想知道發生了什麼事。

棘星站在他窩外的擎天架，一邊站了松鼠飛，三位巫醫也全員到齊站在另一側。雷族貓聚在岩壁架底下，準備聽族長宣告，他們全都交頭接耳、臆測紛紛。

「肯定是什麼大事，」白翅坐在伴侶樺落身邊，對他說。「或許棘星終於想到趕走惡棍貓的辦法了。」

「會飛的刺蝟不得不防。」樺落繃緊受傷的肩膀，這麼回答。

嫩枝掌走到百合心旁邊坐下，她剛到雷族的時候，百合心就是她的養母。這隻嬌小的虎斑母貓轉過頭，喵喵歡迎她，朝她的肩膀友善地舔了一下。

「好點了嗎？」她問道。

嫩枝掌不想把煩惱告訴別的貓，尤其是百合心。「我的腿傷會痊癒的。」她回答。

「各位雷族貓！」棘星開始發言，林間空地的閒聊聲也漸漸逝。「保密防諜的時代過去了。赤楊心，跟大家說說你最近看到的異象。」

赤楊心向前跨步，從擎天架對全族發表演說，似乎讓他覺得有點難為情。

「我又看到天族貓了，」他向大家宣布。「對他們的具體位置也很確定：他們在我探索之旅回程避雨的穀倉，離這兒不怎麼遠。我認為雷族應該再派一支搜索隊，去找遺落的天族貓。他們各個餓成瘦排骨、累得沒力氣；只怕他們迫切需要我們幫忙。」

對赤楊心描述的那些貓，嫩枝掌憐憫之情油然而生；但是同時，她也不曉得各族該提供怎樣的協助。**我們現在的麻煩還不夠多嗎？**

赤楊心的最後幾個字幾乎要被淹沒，因為林間空地上的貓開始高聲提問抗議。花楸星一躍而起，憤慨地怒目而視。

「我從沒聽過這麼蝙蝠屎的言論！」他驚呼道。「我們該著眼於此時此刻發生在自家的事——惡棍貓接管影族。」

「沒錯，」樺落說，同時也有幾隻族貓低聲表示同意。「我們得先處理眼前的事，不該急著展開新冒險。」

「對，」莓鼻附和道，輕蔑地彈了一下尾巴。「上回貓兒聽了赤楊心的異象踏上旅途，結果並不怎麼理想，不是嗎？」

莓鼻的這番話得到不少族貓贊同，聽在嫩枝掌耳裡，感覺像是內臟被獾耙出來似的。**他們的意思是不是後悔找到我和妹妹？**

她也為赤楊心感到難過，他低頭盯著自己的腳，變得更難為情了。坐在莓鼻旁邊的火花皮用力推了奶油色的貓一下。

「整天待在家吃得肥嘟嘟，只出一張嘴當然容易了！」

莓鼻轉頭對火花皮嘶嘶叫，但沒再多說什麼。

「我不同意。」白翅高聲發言，對伴侶樺落投以充滿歉意的目光。「對我而言，這再明顯不過了──星族預言中的重見天日，一定就是天族。我們自然非得找到他們不可。倘若要說從與黑暗森林交戰的經歷學到什麼，那就是：活著的貓務必得聽從星族的話。」

有些貓連連點頭，感激白翅的一番提醒；不過，嫩枝掌也發現雲雀歌和冬青叢半信半疑地互瞄對方，就連赤楊心也有那麼一秒露出狐疑的表情。嫩枝掌可以理解。年輕一點的貓跟她一樣，在大戰時期都還沒出生。實在很難想像有貓靈和你並肩作戰，更難想像在戰爭中面對這些幽魂的尖牙利爪。

「還不只這樣，」赤楊心繼續說，他揚高音量，以蓋過林間空地七嘴八舌的討論。

「異象裡的其中一隻貓長得很像嫩枝掌，我猜他們可能是親戚。」

嫩枝掌目瞪口呆地望著他，感覺像有一顆巨石落在她的肚裡。她甚至好幾秒鐘無法呼吸。**除了紫羅蘭掌，我可能還有別的親人？**她能確定的是，母親已經走了，她也從未想過其他其人。**說不定我父親還在！或者爸媽有生其他孩子，他們會很高興認識我。**這種複雜的情感暖暖地湧上她的心頭。**或許，我沒有自己想的那麼孤單。**

「假如這隻貓真是嫩枝掌的親人，」赤楊心往下說：「那這些失散的小貓一定和天族離不了關係。預言或許要我們幫助他們重逢。」

嫩枝掌興奮地縮伸爪子。**不只親人，或許整個貓族都和我血脈相連！**

但令她氣餒的是，其他貓似乎並沒有被赤楊心的這番宣言撼動。

「你的話裡有許多假設和不確定性，」雲尾指出盲點，伸出一隻腳檢視爪子。「依我看，我們在這裡談的異象太天馬行空了。你只是做了一個逼真的夢。」

「恕我直言，」站在赤楊心旁邊的松鴉羽厲聲反駁。「巫醫分得清什麼是夢，什麼是異象。」

「對，那我都能變成歐掠鳥了。」雲尾嘀咕著說，但聲音大到能傳至擎天架。

「這個嘛，我認為我們應該認真對待這個異象，」鴿翅說，同時惱怒地瞥了雲尾一眼。「我們該派一支巡邏隊去找天族，盡可能地提供他們幫助。我很樂意帶隊。」

「我跟妳去，」獅焰附和著說，不過他似乎沒鴿翅那麼有信心。「棘星，前提是你認為有足夠的戰士鎮守家園。」

「我可以跟他們去。」火花皮的雙眸興奮地閃爍微光。「我記得那座穀倉在哪裡。」

「我也去。」虎心自告奮勇，用尾梢輕觸鴿翅的肩膀。

花楸星馬上跳起來。「不准你去！」他吼著說。

虎心對族長的憤怒無動於衷。「你難道不希望這件事影族也插上一腳？」他問道。「預言是發給全貓族的，所以不該只有雷族出動調查。」

花楸星唯一的回應是暴怒地哼一聲鼻息。他又坐了下來，尾巴來回抽動。

「我覺得你們都錯了！」藤池起身了。嫩枝掌很驚訝，她的嗓音竟洋溢著這麼強烈的情感。「我跟各位一樣都想找到嫩枝掌的親人，問題是我們無法確定赤楊心看到的貓，是否真的和她有親屬關係。而此刻我們正忙著跟惡棍貓交戰。他們已經占領了影族；萬一接下來找上我們了怎麼辦？雷族對天族沒有任何義務──我們對別族沒有虧欠，所以我覺得我們應該專心解決當下的問題。最初把天族趕出森林的貓族，現在也不在了。」

嫩枝掌的興奮已退潮，徒留無限的傷痛和困惑。**藤池是我的導師欸。我以為她永遠都會支持我的。為什麼她要這樣跟我作對？**

「藤池說得對，」罌粟霜說。「現在不是把戰士派走、減弱我族戰備的時候。」

「沒錯。」坐在育兒室入口的刺爪高聲說。「要是惡棍貓攻進家園，那我的小貓怎麼辦？」

「我們自己陷入這樣的危機，真有餘力去幫助天族嗎？」櫻桃落再補一刀。更多貓贊同藤池的看法，這令嫩枝掌感到更難過。

他們難道不明白這件事有多麼重要——不只對我，而是對全貓族？她的肚子好空，像是一個月沒吃東西。「那我呢？」她毫無預警地脫口而出。幾張震驚的臉孔轉向她——有的稍懂情理，面露罪惡感。「假如我的家人真的流落在外，難道我沒有權力去找他們嗎？」

她的養母百合心往前跨步，同情地望著嫩枝掌。「嫩枝掌，妳當然有這個權力，」她溫柔地說。「可是」——聽到這聲可是，嫩枝掌的內心隱隱作痛——「妳是雷族的一分子，應該要為了部族的整體利益，把個人需求放一邊。或許現在並不是妳尋親的最好時機。」

嫩枝掌感覺耳朵因窘迫和難過而發燙。她盯著地面，不敢相信族貓真的要阻止她尋親。等討論又持續了幾分鐘，棘星跨步向前，抬起一隻腳要大家安靜。「雙方的論點我都聽到了，」他開始說。「赤楊心，謝謝你和大家分享你的異象。最後我們一定要竭盡所能幫助這些貓。還有，嫩枝掌，我真的能理解有朝一日找到家人，對妳來說有多麼重要。但是族貓已經發表意見，我也同意多數戰士的看法。我們目前必須把安全擺第一，所以不會出兵尋找天族。」他再次舉起腳掌，打斷抗議的鴿翅和虎心。「在得知惡棍貓下一步會怎麼做之前，要請每位戰士都留在雷族領土。赤楊心，如果你又看見其他異象，請務必跟我說。」

棘星轉身走回窩內，松鼠飛緊跟在後。三位巫醫則爬下雨花石，其餘的族貓也紛紛散會。

嫩枝掌有好一會兒都動不了。她覺得遭到背叛，痛苦到了極點，彷彿置身於灰暗的暴風雲。然後她瞧見藤池走向她，愁雲慘霧的臉寫滿歉意。可是嫩枝掌不想跟任何貓說話。她起身背對藤池，一瘸一拐地走了。

先是紫羅蘭掌，然後是藤池，再來是百合心，她可憐兮兮地想。**我現在可以確定的是：不能指望任何貓站在我這邊……**

第六章

「再跟我說一次。」針尾的嗓音絕望而緊繃。「再跟我說一次發生了什麼事。」

紫羅蘭掌畏畏縮縮。她不想重溫自己在水塘光窩裡目睹的慘況，但她也知道必須把真相告訴她的朋友。

「雨試圖趁暗尾負傷臥床的時候把他殺了，」她回覆。「他壓在他身上，想讓他窒息。雨以為他成功了，沒想到一轉身，暗尾已用後腳直立……撕裂他的喉頭。」她的嗓音在顫抖，必須費盡全力才有辦法說下去。「針尾，我很遺憾，但暗尾只是在自我防衛，跟他和大家說的一樣。他也保護了我，」她補充道。「我目睹了雨動手的經過，所以他肯定不會放過我的。」

針尾沒吭聲；她只是一臉哀戚，蜷縮在一棵松樹下。

「我知道妳有多在意雨，」紫羅蘭掌繼續說。「我也知道妳一定很難受。走吧，」她試著鼓勵針尾。「我們去打獵。妳也知道，暗尾希望我們帶更多的獵物回來，我們已經抓到不少了。妳是個身手矯健的狩獵者，一定還能抓更多。」

針尾頸部的毛髮一根根豎起來。「我不想因為暗尾叫我們打獵就非打不可。」她咕噥著說。

「可是，在這個節骨眼，向家人展現我們的忠誠很重要。」紫羅蘭掌點出重點。

針尾向上瞥了一眼，綠眼充滿警戒。「妳覺得暗尾懷疑我的忠誠？」她問道。

紫羅蘭掌搖搖頭。「不是啦。」**但願他沒有懷疑**，她暗自對自己說。

針尾一聲嘆息，起身往遠處的樹林走。紫羅蘭掌跟在她身後，豎起耳朵聆聽獵物的聲音，張大嘴嚐空氣的味道。幾秒過後，針尾止步，耳朵轉向平地陷落的一個小洞；洞底有個蕨類植物圍繞的水塘。紫羅蘭掌看見蕨類植物微微地晃動，隨後馬上聞到田鼠的氣味。

針尾呈蹲伏姿勢，無聲地悄悄前進，腳掌似乎懸在地面上，光潔的銀灰色毛皮頂多是一個飄移的影子。等走到洞口，她旋即出招猛撲。她撲向蕨類植物的同時，紫羅蘭掌聽見一聲微弱的驚叫，但叫聲戛然而止。針尾銜著田鼠鬆軟的屍體現蹤。

「抓得好！」紫羅蘭掌崇拜地說。

「這隻應該夠了。」叼著獵物的針尾含糊地說。

紫羅蘭掌和針尾走回原處，她們先前把其他抓來的獵物都藏在松針底下。她很高興針尾答應繼續打獵。她知道針尾對惡棍貓首領的恐懼深到除了打獵，沒辦法做其他事。

我也很怕他，紫羅蘭掌暗忖：**因為我證實他的說法，讓大家知道雨是怎麼死的，他才對我友善。**

每次針尾和暗尾狹路相逢，他對這隻年輕母貓投以的冷酷眼神，都讓紫羅蘭掌無法視而不見；針尾縱使平時再怎麼放肆，雨走了以後，她也從未忤逆過他的指令。

紫羅蘭掌忍住嘆息。從那天起，營地的氣氛就變了樣。暗尾似乎對每隻貓都更猜疑、更不友善。每次他用那陰森冷漠的眼神看針尾，紫羅蘭掌的腳掌就會恐懼地刺疼。

原因再明顯不過了：針尾和雨很親近。暗尾覺得她可能——或將會——像雨一樣背

叛他。萬一針尾是他下一隻賜死的貓怎麼辦？

紫羅蘭掌希望自己能幫上什麼忙，卻又不曉得該做些什麼，只能盡量讓暗尾對她倆感到滿意。她的毛有如針扎，預料災難將至，這種預感一如暴風雲湧上地平線，禍害準備侵犯這個大家庭。

她和針尾肩並肩沿著小溪走，走回她們藏獵物的地方。這時，紫羅蘭掌發現浮在水面的植被有點動靜。青蛙的氣味飄進她的嘴裡。她幾乎不假思索，把腳探進一叢植物。等她把腳抽回，爪子上已插了一隻不停蠕動的青蛙。她敏捷地往牠脖子一咬，結束牠的性命。

「幹得好，」針尾讚許道。「現在真的得把獵物運回營地了。看樣子我們得跑個兩趟。」

紫羅蘭掌跟著針尾穿過樹林，心情稍微舒展了，所有能銜著的獵物都在她嘴邊擺蕩。**我不該把實情告訴針尾的，**她在心裡忖度：**只是我一直覺得雨有點……恐怖。暗尾是不得已才動手殺他的。起碼雨還沒拖累針尾就死了。**她希望她能讓針尾保持低調，等暗尾對她消除疑慮為止。**這樣我倆就安全了，或許一切就能一帆風順了。**

她們抵達影族營區，看見許多貓從反方向走來。薊與蟑螂正護送著三隻紫羅蘭掌從未見過的貓。他們三隻都身材豐腴、毛色光滑，進營區時緊張兮兮地張望周遭環境。

紫羅蘭掌驚懼地與針尾互換一個眼色。「他們是寵物貓！」她驚呼。

「薊和蟑螂是腦袋生蜜蜂啦，怎麼把他們帶來了？」針尾嘀咕著說。

紫羅蘭掌穿過營區，把獵物扔到新鮮獵物堆。這時，暗尾也從他的寢室走出來，她做好心理準備，預料他會大發雷霆。她很慶幸這回惹禍的不是她，也不是針尾。

沒想到，令紫羅蘭掌詫異的是，暗尾居然雀躍地穿過營地，對寵物貓輕輕點了個頭。「你們好，」他說。「歡迎來到我們的營區。」

什麼？暗尾竟然歡迎寵物貓來？

紫羅蘭掌看得出來，影族的戰士並不像暗尾那樣樂見這些新面孔。他們驚愕嫌惡地圍觀。

「來嘛，松鼻。」暗尾雖然語氣輕鬆，但紫羅蘭掌可以聽出話裡的威嚇。「別這麼兇巴巴的。這幾位是我們的貴賓。親切一向是我們這個大家庭的待客之道，對吧？」

紫羅蘭掌只希望她的養母不要反駁，還好松鼻識相，這才令她鬆了一口氣。「我想是吧。」她咕噥著說。

其餘的影族戰士也聽出言下之意；寵物貓出現在營區的事，沒有貓敢出聲抗議了。

暗尾用尾巴示意，要族貓聚攏，然後提高音量向大家演說。「由於住在我們周圍領土的貓——所謂的部族貓——展現敵意、攻打我們——」

紫羅蘭掌發現惡棍貓首領的言論引來影族貓互使眼色，但是沒有一位敢發表意見。

「——所以我認為這個大家庭可以和兩腳獸地盤的貓廣結善緣，」暗尾繼續往下說。「如今貴客上門，我們已做出承諾，教他們狩獵，帶他們冒險；他們將會發現和我們住在一起，生活多麼有趣。」他的目光掃過周遭的貓。「我相信各位一定會帶他們好好玩。」他愉悅地說。

好好玩？紫羅蘭掌立刻提高警覺。她能確定的是，無論暗尾心裡打著什麼主意，帶寵物貓玩絕對不是好選項。

「請跟大家自我介紹一下。」暗尾向寵物貓搖尾巴示意，鼓勵他們走向前和大家說說話。

有隻年輕的黑色公貓靦腆地瞄了周圍一眼，然後低下頭。「我叫洛基。」

「我叫塞爾達。」一隻更年輕的虎斑母貓——她看起來和紫羅蘭掌年紀相仿——說話的時候，雀躍地跳了起來。「來這裡真開心！」

「我叫麥斯。」一隻年紀稍長、黑白相間的公貓跨步向前、挺起胸膛。「有我在，其他那些野貓最好別來招惹你們。」

「蟑螂邀請我們來的時候，我超興奮的。」洛基說，對那隻銀灰色的公貓投以感激的目光。

「對啊，我們有個朋友叫明蒂，她跟我們說湖邊住了好些貓，」塞爾達補充道。「我們朝思暮想要遇見你們，但從沒想過會美夢成真！明蒂主人的窩淹水的時候，她就住在這兒。她說她這輩子從沒玩得這麼開心。」

「這個嘛，」暗尾歡快地說：「我們應該立下友誼的盟約，保護彼此不受湖畔野貓——那些兇惡野貓——欺負。」

這群貓訪客一臉詫異，但沒有反對，甘願跟著暗尾走到營區中央。紫羅蘭掌愈來愈心神不寧了。看樣子暗尾要的不只是和這些寵物貓交朋友。她想知道其他貓兒是否也察覺到他語帶威脅。

「那麼，請跟我說，」暗尾開始宣誓。「我發誓和大家庭結為盟友……與他們分享一切……捍衛他們、幫助他們、成為他們的一分子……至死方休。」

三隻貓覆述暗尾的誓詞。塞爾達的聲音特別清晰響亮，彷彿她說的每個字都發自真心誠意。紫羅蘭掌疑惑的是，**她真的知道自己許諾了什麼嗎？**

「現在讓我們歃血為盟。」暗尾宣告。

三隻寵物貓驚慌地互使眼色，緊張地移動身體的重心，肩膀的毛也一根根倒豎起來。「這樣好嗎……？」麥斯說。

「一滴血就夠了，」渡鴉向他們擔保。「一點都不痛。」

三隻寵物貓遲疑了一下，後來全都點頭同意，唯獨麥斯還是面帶疑惑。紫羅蘭掌不曉得暗尾旗下的惡棍貓是否也經過同樣的入會儀式。這和貓族的命名儀式有天壤之別。

寵物貓輪流抬起腳掌，讓暗尾用爪子輕戳他們的肉趾。他們每隻都揪著一張臉，洛基還發出一聲驚叫，但儀式很快就結束了，而且渡鴉說得沒錯：只是一滴血而已，三隻寵物貓舔著腳掌，眼眸依舊激動地閃閃發光。

「每位都有嚮導，帶你們認識環境，」暗尾說。「渡鴉，由你照顧麥斯。光滑鬚，妳來帶洛基。還有……」他猶豫片刻，然後對紫羅蘭掌點了個頭。「好。紫羅蘭掌……妳跟塞爾達應該能玩得很開心。」他對她說。

紫羅蘭掌驚訝地和針尾互使一個眼色。她很不解，暗尾為什麼會選中她。但她還是走向前，站在寵物貓的旁邊。

✦✦✦

紫羅蘭掌帶著塞爾達，把先前她和針尾捕來的、還沒搬完的獵物叼回家，接下來的時間帶她參觀曾經隸屬影族的領土。她倆一塊兒爬上樹，眺望兩腳獸的地盤；塞爾達試著找出她以前住的兩腳獸窩穴是哪一戶。她還警告紫羅蘭掌附近哪戶兩腳獸窩穴有養大狗。紫羅蘭掌從沒親眼看過狗，於是問她狗長得什麼樣子。照塞爾達的說法，狗是一種愛流口水的兇殘野獸，而且主人似乎難以駕馭。她說這種動物很愛追貓。「幸好牠太胖了，追不上我們！」

紫羅蘭掌謝謝她好意提醒，但另一方面在心裡暗忖：但願我永遠都不必跟狗靠得太近。她試著教寵物貓幾招打獵的技巧，塞爾達的專注令她刮目相看。她或許可以當一名傑出的見習生。雖然塞爾達沒捕到任何獵物，對環境似乎也一無所知，她卻總是興高采烈、興致不減。**我真替她難過**，她暗想。**寵物貓的生活一定很無聊。**

儘管如此，紫羅蘭掌也察覺到有些事比無聊更糟。**現在玩得很開心沒錯……差點要讓我忘了擔心暗尾在打什麼算盤。**然而，啃蝕她胃部的憂慮卻無法徹底消失。

最後，紫羅蘭掌領她回營區，將她帶回新鮮獵物區，一塊兒吃東西。

「我從沒吃過動物欸，」塞爾達說。她興致盎然，大口吃著她選的那隻鼩鼱。「我喜歡！」

紫羅蘭掌驚訝地瞪大眼。「那妳都吃什麼？」她問道。「吃草嗎？針尾跟我說乳牛都吃草。」

塞爾達笑了一聲。「不是啦，我的主人餵我吃硬丸子。很好吃，不過沒這隻鼩鼱美味！」

丸子？紫羅蘭掌揣想道。**好奇怪……好噁心。嚐起來一定跟老鼠屎沒兩樣。**但願塞爾達不用回去，可以永遠待在這個大家庭，當她的朋友。**不過，她是寵物貓，寵物貓還是跟兩腳獸住比較好。**

紫羅蘭掌快要吃完她從新鮮獵物堆叼來的畫眉鳥了；這時，麥斯和洛基在渡鴉的陪同下走過來。

「想吃什麼，儘管拿。」惡棍貓邊說，邊朝獵物堆揮動尾巴。

「謝了！」麥斯道謝，拖出一隻田鼠，開始狼吞虎嚥。「真好吃！」他不顧滿嘴食物，興奮地喊道。

洛基比較猶豫，塞爾達鼓勵性質地戳他一下，他才謹慎地細嚼一隻老鼠。渡鴉觀察這群訪客，一會兒過後，退下去找暗尾說話，這位惡棍貓首領正站在幾條尾巴遠之外。

「你們今天玩得怎樣？」塞爾達問另外兩隻寵物貓。「紫羅蘭掌哪裡都帶我參觀了！真是棒呆了！」

麥斯點點頭。「很開心。」

「我從來不曉得這裡住了那麼多貓，」洛基補充道。「而且你們住的地方超讚的。真高興有機會來這裡參觀。」

「現在我們有故事可以跟明蒂說了！」塞爾達搖著尾巴喵喵叫。

「不過，我們也該告辭了。」麥斯嚥下最後一口田鼠肉，心不甘情不願地說。「天要黑了，主人會開始找我們了。」

洛基發出尖叫。「我回家之後，我的主人八成會餵我吃的，可是我已經吃撐了。」

塞爾達點點頭。「不過我還是會吃。只要我不吃東西，主人就會開始擔心。他們會……一直盯著我看。我總是覺得很不自在。」

紫羅蘭掌漸漸展眉舒心，宛若天空破曉，露出一片魚肚白。**寵物貓現在回家的話，就不會有厄運上身了。**

「帶妳到處繞繞真開心，」她對塞爾達說。「也許之後有機會，我會到兩腳獸的地盤找妳。」

「那就太——」塞爾達可興奮了，話才剛出口卻被逼近她身邊的暗尾打斷。

「現在就走，也太煞風景了吧，」惡棍貓的首領嘟囔著說。「我們還有好多東西，要教這群寵物貓新朋友呢——妳說是不是呀，紫羅蘭掌？」

暗尾面向紫羅蘭掌，眼底閃著不懷好意的目光，彷彿要她不得違抗。雖然她很想叫寵物貓離開大家庭的領土，平安回到兩腳獸的窩，卻只能在他的淫威下妥協，微微點了個頭。

「你們難道不想留在這兒？」暗尾說。他的語氣溫暖而友善；紫羅蘭掌看得出來他正竭盡所能要討好寵物貓。「我們非常歡迎各位。」

「謝謝，但是不必了，」麥斯回絕他。「我們真的該回去了。」

「對，」洛基說。「我家人養的小貓希望我在她床上睡覺。」

暗尾面露驚訝，且微微動怒。「你們難道忘了先前發過誓，要和這裡的貓結為家人嗎？」他問道。

「是沒錯啦，」洛基一臉困惑地回答。「但我們不是你真正的血親，又怎能成為你大家庭的一分子？」

問得好，紫羅蘭掌暗想。

暗尾平靜冷酷地答覆。「維繫親屬關係的血緣，跟貓兒為了保護盟友，隨時準備濺灑的鮮血相比，根本不算什麼。後者有意義得多，你們不覺得嗎？」

寵物貓沉默了兩秒，塞爾達沒把握地和紫羅蘭掌互望一眼。

貓兒準備濺灑的鮮血？暗尾又要計畫開戰了嗎？

後來洛基聳了個肩。「大概吧。」他說。

「我只要你們再待幾天就好，」暗尾油腔滑調地說。「明天你們會開始學格鬥技巧，免得那些壞蛋貓族又來攻打我們。」

聽到要開戰，寵物貓們顯得更加猶豫。「真的可能開打？」塞爾達問道。

「任何事都有可能發生。」暗尾答覆。

「這個嘛，」麥斯遲疑了一下說：「如果只是待個一兩天，那應該沒問題。我記得有次我迷路了，花了兩天時間才回到家。只要我沒離家太久，他們大概不會緊張。」

洛基和塞爾達點點頭。「好吧。」洛基說。

紫羅蘭掌急得胃都要打結了。她還記得，當初她是影族貓的時候，和惡棍貓共處一晚，後來惡棍貓竟然大舉占據影族的領土。

暗尾心裡到底有什麼盤算？她很納悶。

渡鴉和光滑鬚上前陪麥斯和洛基回窩裡過夜，把塞爾達留給紫羅蘭掌照顧。

「走吧，」紫羅蘭掌對她的新朋友說。「我帶妳去寢室。」

「晚安。」暗尾愉快地說。他微微點頭，目送他們離開。

這兩隻母貓躺在紫羅蘭掌用青苔和蕨葉鋪的床。塞爾達蜷著身子，尾巴蓋著鼻子，很快就睡著了，而且還微微打鼾。紫羅蘭掌卻徹夜未眠，直到黎明穿透夜空。有塞爾達窩在身邊的感覺真好，使紫羅蘭掌想起姊姊嫩枝掌和她在影族營地作伴的時光。

樹枝懸在寢室上方，紫羅蘭掌仰望著枝葉間的星斗，愁緒依舊如獾爪般揪緊著她不放。

暗尾到底想要這些寵物貓幹嘛？他為什麼需要更多貓為他濺血？

第七章

清早的晨光斜射，穿透樹林，在林地上散發金色的光點。赤楊心享受毛皮上光照的溫暖，在營地外到處搜索，每叢新長的植物他都跑去嗅一嗅。如今，族貓參戰的傷勢已漸漸復原，巫醫窩也比之前靜得多；赤楊心趁此機會摘藥草補庫存。

他瞧見一簇紫草，用牙齒咬斷幾根莖，再穿過荊棘隧道回營區。途中他經過見習生的窩，躊躇了片刻，然後走過去把腦袋探進遮蔽入口的蕨類屏障。

他的眼睛好一會兒才從外面耀眼的陽光適應黑暗。不過，他認得出嫩枝掌蜷著身子窩在青苔床深處的背影。

昨天棘星決定不要派巡邏隊尋找天族，結果她失望透了。她一直希望在族裡能有自己的家人。我也很失望，但是我能理解。現在各大貓族的紛擾亂如麻。他長嘆一聲。**或許，等解決惡棍貓之後就能去找天族了。**

「你真的覺得異象看見的那隻貓，可能是我的家人嗎？」當時她這麼問赤楊心。

赤楊心在她眼底看到了絕望。「我是真的覺得，」他向她保證。「即使棘星現在還不能派巡邏隊找貓，我們也絕對不會忽視天族。」

只是，赤楊心看得出來嫩枝掌昨晚就寢時，依舊心事重重。所以，如果她想蜷在窩裡愈久愈好，他也不會意外。

微風徐拂，吹動窩口的蕨類，一束陽光從入口照向嫩枝掌熟睡的背影。赤楊心憋住氣，沒被嚇得倒抽一口氣。他溜進窩內，用爪子把床墊往旁邊撥，這才驚覺先前他注視的那堆青苔和樹葉，只不過是空殼。**嫩枝掌不見了！**

赤楊心的心臟撲通撲通跳。他離開見習生的窩，三步併作兩步橫越營區。**別犯傻了**，他對自己說。她一定還在營地的某處。但他念頭一轉，意識到嫩枝掌故意堆好床墊，讓它看起來像是她還躺在床上的樣子。**她一定有事隱瞞！**

赤楊心拂過巫醫窩門口的刺藤簾幕，發現薔光正在運動，用前腳舉起自己的身子，而松鴉羽則在一旁監督。

「再做一下就可以休息了。」松鴉羽指導她。

薔光乖乖照辦，讓自己撲通跌回床上。「呼！我累斃了！」她上氣不接下氣地說。

赤楊心的毛拂過刺藤，松鴉羽心生警覺，轉身面向他。「怎麼了？」他問道。「從你的呼吸聽起來，像是一路從河族跑來似的。惡棍貓又惹是生非了嗎？」

「不是，」赤楊心一邊回答，一邊放下紫草莖。「是嫩枝掌。她不在床上。我以為她可能來這兒了。」

松鴉羽搖搖頭。「昨晚之後就沒來了，」他答道。「你可以去問葉池。她正在育兒室檢查花落的情況。」看見赤楊心轉頭準備要走，他又補了一句：「別擔心。嫩枝掌會出現的。」

赤楊心但願他說得沒錯，離開巫醫窩，穿過石穴，朝育兒室那頭走。他周遭的營區皆甦醒過來，迎接一天的開始。幾名戰士從窩裡出來，對著奪目的陽光眨眼；第一批狩獵隊正返家，將捕來的獵物銜在嘴裡，橫越林間空地，扔到新鮮獵物堆。

赤楊心瞧見莓鼻和虎心在獵物堆附近，鼻碰鼻地站著對峙，肩膀的毛倒豎，尾巴毛量暴增成平常的兩倍。他倆顯然很火大，對彼此咬牙切齒；不過赤楊心聽不出他們在吵什麼。只是想到影族和雷族又吵架了，他的心就往下沉。

他決定別多管閒事，但又看見原本在一小塊地做日光浴打盹兒的波弟起身，擠到兩隻鬥嘴的貓中間。

「夠了、夠了，你們兩個，」他開始勸架。「現在不是內鬥的時候。我們——」

波弟的話戛然而止，又喘著氣多說幾個赤楊心聽不懂的詞。這隻身材豐腴的褐色貓四肢痙攣抽搐，接著像被哪隻貓攻擊似地倒地。可是放眼望去，根本沒貓攻擊他呀。

莓鼻和虎心連忙跳開、發出警戒的嚎叫。這時赤楊心已從營區彼端狂奔而來，他驚慌失措，心跳聲咚咚如雷。愈來愈多貓過來圍觀，有的沮喪哭嚎，有的問波弟怎麼了。赤楊心得從群眾間左推右擠，才能到老貓身邊。

「退後！」他厲聲喝道。「讓他呼吸！」他面向莓鼻，問他：「發生什麼事了？」

答話的是虎心。「我們在吵架，波弟叫我們別吵了。然後，他突然說其中一隻前腳很痛，結果他……他就倒下來了。」

赤楊心蹲下來，鼻頭湊到波弟的鼻子前。老公貓的眼皮亂顫，不過意識仍舊清楚。赤楊心這才漸漸寬心。**或許他會好起來。**

「怎麼了？是不是消化不良？」赤楊心想起長老曾抱怨過肚子疼，於是問他。「要我怎麼幫你？」

波弟沒回答，只是想要勉強起身，後來還是放棄，撲通側倒在地。「辦……辦不到，」他喘著氣說。「太疼了。」

赤楊心開始檢查他的身體，用腳掌撫摸波弟的胸腔和側身，但是病因為何，他也摸不透。他能感覺老貓的心跳吃力且不規律，他內心深處相當恐懼。

「我最近一直不太舒服，」波弟氣若游絲地說，連字都很難吐出口。「不過，我以為……這很正常。畢竟我年紀大了，身體有些疼痛也在所難免……族裡的紛擾已經夠多了，我不想給大家添麻煩。」

「給你治病一點都不麻煩！」赤楊心持反對意見。他意識到在他和長老身邊圍成一圈的焦慮面孔，努力用自信的口吻說道。「但是，波弟，你別擔心。我這就來把你醫好。」

要是我跟他坦白，只會讓波弟的病情更糟，他忖度。**事實是：我不曉得他怎麼了，也不知道波弟要我幫什麼忙。**

「找松鴉羽來！」他使喚莓鼻跑腿。莓鼻隨即擠過圍觀的貓，飛奔越過營地，直搗巫醫窩。

赤楊心回頭望向波弟，恐懼到達高峰，因為他那琥珀色的雙眸眼神恍惚，幾乎像是他已踏進星族的領土。然而，他仰望赤楊心時，卻不改往常的冷靜和愉悅。

「少年仔，你是一名優秀的巫醫，」他咕噥道。「或許前輩的成就讓你自嘆弗如，但我認為你以後會有一番作為。」

然後他長嘆一聲，一動也不動地癱在原地。他的眼睛依然睜著，彷彿在凝視遠方的某物。

不！他不會死的！赤楊心在心裡吶喊；他的每根毛髮都豎了起來，否定擺在眼前的事實。「波弟……」他哽咽地說。

松鴉羽已趕來他的身邊，葉池也是，她想必是從育兒室直奔而來。

「怎麼回事？」她問道。

「不曉得，」赤楊心按捺內心失落小貓的嗚咽，輕描淡寫地回答。「之前波弟曾抱怨消化不良——剛剛又說前腳痛。後來倒地不起，然後……然後沒有呼吸了。但他一定會好起來的，」他痛苦地把話說完。「波弟不可能死的！」

松鴉羽低頭檢查長老，從他的耳朵一路小心翼翼地聞到尾梢，然後哀傷地搖搖頭，伸手輕輕闔上波弟的雙眼。

「不！」這一刻赤楊心再也按捺不住他的哀嚎了。「一定有什麼是我們可以做的，」他很堅持。「不如我們把一些甘菊嚼爛，放進他嘴裡，然後揉一揉他的喉嚨，讓他嚥下去。不然也可以按壓他的胸部，讓他的心臟恢復跳動！」

可是，當赤楊心伸手摸波弟的一條腿，卻感覺它已開始僵硬了。

「赤楊心，別這樣。」松鴉羽的嗓音出奇地富有憐憫心，他用腳掌勾著赤楊心的脖子，把他拉開。「波弟走了。他年事已高，也活了很久，如今這條生命已走到盡頭。當巫醫的職責之一是知道什麼時候要放手。」

赤楊心目不轉睛地望著波弟，幾秒鐘前他還活著跟他講話——如今卻像隻獵物死了、倒在地上。「我沒醫好他。」他輕聲自責。

松鴉羽用尾巴拂掠赤楊心的脅腹。「有時候病是醫不好的。」

赤楊心身子顫了一下，感覺熱浪與寒流在他體內流竄。**以後我會不會習慣看見貓死掉？**他問自己。**尤其是波弟這樣的長老，對雷族來說是極其重要的資產？**他別過頭，頭和尾巴都垂了下來。**波弟說我會有一番作為……這是真的嗎？**

✦✦✦

灰紋和蜜妮把波弟的屍體搬到營區中央，讓更多的族貓可以圍過來，最後一次跟他說幾句話，梳理他的毛髮，讓他體面地下葬。其餘的族貓坐在附近默默哀悼，等待守夜儀式展開。影族貓也沒缺席，保持恭敬有禮的距離圍坐著。

赤楊心感覺這團懊悔與哀痛的迷霧永遠不會從他周圍散去。他靜靜踱步，走向坐在波弟屍體附近的棘星，他的一旁還坐著松鼠飛。

「棘星，」他猶豫地說。「波弟生前不是戰士。你覺得他死後可以和星族同行嗎？」

棘星凝視著他，沉默片刻。等他終於開口了，卻似乎沒回答到赤楊心的問題。「我們是前往太陽沉沒之地的途中，第一次遇見波弟，」他娓娓道來。「他從惡犬的口中救了我們一命，然後告訴我們哪裡可以找到食物。」

松鼠飛點點頭。「他的大恩大德我永難忘懷。假如沒有波弟，我們說不定就沒辦法和午夜碰面——假如沒有午夜，我們可能永遠都不知道要離開寒冷的森林，尋找新家，在這裡落地生根。」

「他加入我們的陣營，」棘星繼續往下說：「馬上就能適應長老窩，好像一直和我們住在一塊兒似的。鼠毛生病垂死的時候，也是由他照顧的。」

此時此刻，圍在波弟身邊的貓兒大多都已轉頭，聽族長說話。

「他對見習生的好也是有目共睹，」藤池也插上一句。「你們還記不記得大風暴時期，他是怎麼照顧見習生，免得讓他們惹麻煩上身？」

「還有，他說的故事最精采了！」琥珀月補充道。

「我們跟黑暗森林對抗的時候，他也沒袖手旁觀，」松鼠飛回憶往事。「他雖然曾是一隻寵物貓，但他總是勇往直前，是貨真價實的雷族貓。」

棘星點點頭，與赤楊心相望時，琥珀色的眼眸流露著溫暖。「赤楊心，我們之中還有誰比波弟更有資格與星族同行？我相信他會在天上守望著我們。」

「謝謝。」赤楊心輕聲道謝。

然而，棘星這番鼓勵的話卻難以撫慰赤楊心的哀慟。他還是覺得自己該做些什麼，挽回波弟的性命。**他會從星族守望我們，這麼想挺安慰人的；可是，他活著的時候，也一直守望我們呀。**他發出嘆息，起身走回巫醫窩。

他走到一半，停下腳步。波弟的死訊對他衝擊太大，害他把其他事都忘得一乾二淨。現在才想起來他看見波弟時，擔心的是什麼。

嫩枝掌……

如果她回營區了，赤楊心知道她一定會出來向波弟致哀。**這表示她真的走了。我有個不祥的預感，知道她會去哪裡。**

赤楊心調頭狂奔，回去見波弟屍體旁邊的棘星。「對不起，打擾了，」他低語，免得驚擾到其他貓。「不過我有急事要跟你說。」

棘星沒反對，起身甩了一下尾巴，要赤楊心跟他走到戰士窩入口的附近，不讓哀悼的貓聽見。「怎麼了？」

「嫩枝掌失蹤了，」赤楊心向他報告。「怕只怕她離家出走，自己去找天族和可能和她有血緣關係的貓。」

棘星伸出利爪，用力插進土地。「都是星族啦！」他氣急敗壞地驚呼。「嫩枝掌非得挑這個節骨眼離家出走嗎？」然後他搖搖頭，顯然想要恢復冷靜。「我們會派巡邏隊找她。」他說。

棘星轉身走回其他族貓坐著的空地。「各位雷族貓！」他呼喊道；等族貓面向他，他又繼續說：「昨天我們決定暫時不出兵尋找天族，可是現在嫩枝掌失蹤了，我跟赤楊心已猜到她會去哪裡——去尋親。對見習生來說，獨自踏上這趟旅程實在太危險了，所以我們一定要把她找回來。」

他發言的同時，藤池一躍而起。「這都是我的錯，」她說。她的碧眼寫滿哀痛。「我高聲反對派巡邏隊，言論激怒了嫩枝掌，這我知道，但我萬萬沒想到她的反應會這麼激烈。我早該猜到的……」她慘兮兮地把話講完。

「別自責了，」棘星對她說。「我們全都認為現在不是搜尋天族的時機。沒有貓該為此負責。現在我們能做的，是派幾隻貓出去找嫩枝掌，把她平安帶回家。」

「派我去。」虎心馬上自告奮勇。

「我也去。」鴿翅也不落人後。

「謝謝。」棘星環顧族貓。「錢鼠鬚，你也去，」他再指派人選。「第一趟旅程你與赤楊心同行，所以知道該怎麼去他在異象中看見天族的那個穀倉。」

「好的，棘星。」錢鼠鬚起身走向鴿翅和虎心。

三隻貓向族長微微點頭，然後穿過石穴，隱沒在荊棘隧道。

赤楊心目送他們離開，很感謝他們願意出去找嫩枝掌，把她平安帶回家。不過，他赫然想起有條巨大的轟雷路介於雷族領土和黃色穀倉間，想到這裡他的胃就打結了。

她非走那條路不可，他心煩意亂。**但願她知道該怎麼找到隧道。**

即使嫩枝掌設法平安橫越轟雷路，路的另一頭還有更多危險等著她。年輕見習生在外面落單很不安全。

我知道，為了尋親，她願意付出一切；但是她真的明白這樣的旅程對貓來說有多驚悚嗎？

一想到昨晚大夥兒討論天族時，嫩枝掌有多麼傷神苦惱，赤楊心就想扯掉自己身上的毛。

「我應該多替她加油打氣，」他高聲埋怨。「現在她都走了。」

今天已經失去一個朋友了，他心情沉重地思忖。**還會再失去一個嗎？**

第八章

夕陽才剛西沉，嫩枝掌的傷腿就開始疼了。她已記不得上回這麼疲累口渴是什麼時候的事。

穿過穢物處溜出營區的感覺好奇怪，她每一秒都以為自己會被值班看守的亮心叫回去。每跨出一個鬼祟的步伐，她的內疚感就倍增，因為她知道等赤楊心和藤池發現她失蹤了，一定會心急如焚。

但我在世上可能還有親人啊，她這麼對自己說，喚起決心堅持下去。**真正的血親，我卻從沒見過他們。假如赤楊心跟藤池真有這麼在乎我，那就應該再費點工夫幫我，不是嗎？**

這時，嫩枝掌加快腳步，每走一步，傷腿就陣陣抽痛。很久以前，她曾翻過馬場後頭的山脊，遠離湖區。如今景物與氣味全都變了，每次聽到矮樹叢裡無法解釋的聲音，嫩枝掌的毛髮就開始倒豎。她拚了命地在腦中搜索記憶，試圖想起藤池和赤楊心跟她一起千里尋母時，走的是哪條路。

我應該知道要怎麼到轟雷路底下的隧道。但是，接下來呢……？我只知道赤楊心說天族在一間穀倉避難，那大概是兩腳獸的巢穴吧……

嫩枝掌一度擔心自己鼠腦袋沒救了。她頓了一下，評估最明智的做法是不是調頭回去。但她現在吃了秤砣鐵了心。

如今失去紫羅蘭掌，我比以往更需要家人。我再也不要想起那個所謂的妹妹了！我

會有新的家人……說不定會多個爸爸呢。

小時候嫩枝掌只想到自己沒有媽媽。完全沒想過有爸爸會是怎樣的生活。**那也很美好**，她這麼揣想。

她再次啟程，想起赤楊心和棘星的關係。**沒錯，他倆時常意見相左，但就算是一隻瞎眼兔子也看得出來他們有多愛對方。赤楊心知道棘星永遠都會挺他、照顧他、為他指點迷津。**

嫩枝掌面前有條小溪擋了她的去路，宛若一條發光的蛇在草原上蜿蜒。溪水在豔陽的照耀下波光瀲灩，嫩枝掌站在岸邊低頭望著小溪，被粼粼水面刺得睜不開眼。

「我最討厭把腳弄溼了。」她齜牙咧嘴地說。

即使這只是一條劃分雷族和風族疆域的淺溪，也使嫩枝掌想起她差點在湖裡淹死的遭遇。她在參加大集會的途中渡溪，遇上麻煩的話，身邊還有族貓可以照應。可是，現在她形單影隻。

後來，嫩枝掌想像父親站在她身邊。**嫩枝掌，加油**，他或許會這麼說。**妳行的！**

嫩枝掌專注地冥想，幾乎可以聽見他的聲音。

「對，我行的！」她答覆，並驕傲地昂首挺胸，涉水而過。

冰冷的溪水滲入毛皮，讓她冷不防地縮了一下，她愈往深處走，溪水就升得愈高。腳底下的鵝卵石很滑，溪流又不斷拉扯著她，她很怕自己重心不穩，被水捲走。她踩穩每一步，無視於加速的心跳。

溪水愈來愈深，深到開始舔食並拉扯嫩枝掌腹部的毛，但當她爬上對岸的溪床，溪水又很快地退卻了。她手忙腳亂地爬上岸，精神抖擻地甩毛，把閃亮的水珠甩向空中。

「我辦到了！」她高聲宣布，幻想父親認可地對她點頭，心中的自豪難以言喻。

可是，嫩枝掌才剛踏離小溪一步，嘈雜的叫聲就傳入耳裡，把開心的念頭從腦海趕跑。聽起來好像是狐狸在叫——只不過叫聲嘹亮得多。好多腳步聲轟隆隆地跑來，連土地都為之震搖。

嫩枝掌繃緊神經，旋即轉身面向噪音的源頭。只見三頭巨獸在草原上向她奔來，嚇得她瞠目結舌。牠們肌肉發達、沒有贅肉，毛上有斑紋。巨獸目露兇光，但最令嫩枝掌驚恐的是牠們的血盆大口，巨大的舌頭伸在長滿獠牙的嘴外。

嫩枝掌一度嚇得僵在原地。後來回神轉身狂奔，腿傷再疼也不要緊了。

牠們是狗嗎？她一面想，一面跑得風馳電掣，腹毛拂過青草。她想起藤池的警告，這些野獸有時候會跟兩腳獸一塊兒進森林。**我連一隻都沒見過，更何況三隻……**

而且牠們看起來飢不擇食！

嫩枝掌疾馳的同時，聽到前方傳來隱約的呼嘯聲，聲音愈來愈大，最後和狗吠聲不相上下。然後她看見怪獸們來回疾駛，不斷閃現不自然的亮光。

轟雷路……我被困在它跟惡犬之間了！

嫩枝掌驚懼地回首一瞥，發現狗正在逼近她，想像牠們把熱氣呼在她的後腿上。她又往前看，除了轟雷路附近的一棵樹，其餘好像沒什麼能幫她擺脫困境。

然後她想起藤池的話：「狗很可怕沒錯，但牠們很笨，而且身體太重，爬不了樹。」

希望牠們是狗，嫩枝掌在心頭盤算，轉向一側，朝那棵樹狂奔。**也希望藤池說得對。沒時間想別的了！**

嫩枝掌跑到樹下、向上一攀，把爪子插進樹皮深處。她用最快的速度沿著樹幹爬，聽見狗嘴在她尾巴底下亂咬的聲音，及時輕彈尾巴免得被咬。

嫩枝掌手忙腳亂地爬到一根分枝，然後往底下一看。只見三隻狗在樹底下，前腳扒著樹幹。牠們發自胸腔的吠聲不絕於耳，充滿威嚇的惡毒眼神，教嫩枝掌看了稍微往後一縮。

我安全了！她心想。**藤池，謝謝妳！**

嫩枝掌出於害怕，再加上這一路的絕命追殺，心臟到現在仍是怦怦捶擂。為了安全起見，她再往高處爬，在樹枝間跳躍的同時，她的信心也回來了。叢生的樹葉遮住底下的惡犬，但她還是能聽見狗吠。

「再叫啊，跳蚤皮！」她得意洋洋地說。「你們今天吃不到貓肉了！」

等嫩枝掌終於停下來歇息，她發現這片土地向四面八方連綿不絕地延伸。只可惜她的視線大多被樹葉遮蔽。

「我該找個視野好一點的地方，」她對自己咕噥著說。「說不定能看見赤楊心異象裡的那間穀倉。」

嫩枝掌步步為營，看見怪獸在轟雷路上呼嘯而過。它們排放的氣好似煙霧向上繚繞，刺鼻的味道把她嗆得難以呼吸。嘈雜的噪音和令人眩目的鮮豔色彩把她搞糊塗了，她開始頭暈。她想沿著樹枝後退，退到安全的十字交叉樹枝和簇葉裡，可是手腳變得不太靈光，腳下的樹枝也不停晃動。

嫩枝掌往後慢慢挪移，偏偏覺得腳滑。她嚇得尖聲嚎叫，滑落的腳爪徒勞無功地在樹枝表面亂耙。嫩枝掌感覺自己在往下墜，嚎叫轉為驚慌失措的尖叫。她彈到一根比較矮的樹枝上，後來又砰地一聲落在轟雷路，這一撞可把她撞得喘不過氣，尖叫聲也戛然而止。

嫩枝掌頭昏眼花地抬起頭，看見一隻巨大的怪獸尖聲向她駛來。有兩隻兩腳獸困在怪獸的肚裡。牠們像在嚎叫一樣瞪大眼、張大嘴。

牠們看起來很害怕！嫩枝掌揣想。**怪獸把牠們吃了，可是還不滿足！**

怪獸衝向她時，她混亂的腦袋只構築出一條思緒：**可憐的兩腳獸！**然後整個世界便隱沒成令人窒息的黑暗。

第九章

紫羅蘭掌在床上輾轉反側，聽針尾在惡夢中啜泣抽搐。她溫柔地把尾巴圈住朋友的肩膀，同時希望沒吵到塞爾達，她正在寢室遠處蜷縮著熟睡。

「噓，」她對針尾低語。「不會有事的。」

但這是事實嗎？紫羅蘭掌反問自己。

過去這幾天，自從寵物貓加入這個大家庭，情勢就每況愈下。暗尾不顧當初留宿一、兩天的約定，強迫麥斯、洛基和塞爾達繼續待著，推說他們已誓言展現忠誠——要是現在離開，就再也回不來了。

雖不喜歡暗尾對待他們的方式，紫羅蘭掌心想，**但我又能怎樣？**

針尾又嗚咽了一聲，紫羅蘭掌再次用尾梢輕撫她的肩膀。她猜針尾夢到雨了；她幾乎每晚都夢到他，在睡夢中呼喚他的名字。

又或者這個夢魘跟明早要發生的事有關。紫羅蘭掌想到這裡，不禁打了個寒顫。**但我才不要繼續往那裡想呢。**

紫羅蘭掌無法入眠，只能仰望星空，思考針尾在過去這幾天的改變。雨的辭世令她痛徹心扉。針尾對別的貓總是堅稱雨是叛徒，暗尾只是做了英明的領袖應該做的事。「雨已不是我心目中的那隻貓了。」這句話她說過不只一遍。

然而，紫羅蘭掌知道針尾的情緒要比表面上更複雜。在雨魂歸九泉之前，就算日子難過，她總是能為紫羅蘭掌說個笑話、逗彼此開心。如今她那爽朗的個性已不復見，性格變得更陰鬱沉重。該換紫羅蘭掌照顧她了。

我樂意之至，紫羅蘭掌一邊想，一邊朝她睡夢中朋友的耳朵舔了一下。**不過感覺很怪、很恐怖，好像我變成她的導師了。**

針尾又發出一聲尖叫，她深陷夢魘的五里霧中，前後甩動尾巴。紫羅蘭掌往朋友那頭湊、依偎著她，但似乎幫助不大。

最終紫羅蘭掌累得撐不住了。她闔上眼，漸漸睡著了，即使無夢卻也不得安寧。但就在此時，她感覺有貓用腳在戳她側身。

紫羅蘭掌糊里糊塗，勉強醒來。「針尾……」她呢喃道。

但等她把眼睛完全睜開，看到的卻是她影族的前任導師——曦皮。這隻母貓把頭和肩膀伸進門口的灌木叢，她蒼白的毛在星光下微光閃爍。

「什麼……？」紫羅蘭掌張嘴問道。

曦皮伸出一隻腳，要她保持靜默。「我有事要跟妳說，」她輕聲說。「我要走了。」

紫羅蘭掌詫異地半坐起來；針尾被她的動作驚擾，好像醒來一下，又墜入騷動的夢境。

「現在我發覺不該加入暗尾和他的大家庭，這是一個錯誤，」曦皮急著往下說。「他們都很壞！所以，我要去雷族和花楸星跟褐皮會合，拖了這麼久，其實我一開始就該這麼做了。我現在就要動身，這樣就算暗尾發現我走了，也來不及了。」

起初紫羅蘭掌很驚愕，但後來想想也情有可原。這幾天以來，樺樹皮、獅眼、和霧雲都已退出大家庭。令她驚訝的是，暗尾居然放行，甚至派貓護送他們走出邊界。

「親屬關係是互相的，」他凝重地說。「無法展現忠誠的貓，我也不願強留。」

「妳為什麼要跟我說這些？」紫羅蘭掌問她。

「我希望妳跟我一起走，」曦皮答覆。「我已經發消息給刺柏爪和爆發石了，我們今晚溜走，不會讓暗尾發現的。」

「為什麼？」紫羅蘭掌很不解。「獅眼和其他貓離開時，暗尾欣然同意了呀。」

曦皮一臉不安，用前爪抓耙門口的蕨葉。「我就是不相信他。」她坦承道。

紫羅蘭掌可以理解。「那光滑鬚呢？」她問道。

曦皮臉色一沉。「光滑鬚絕對不會想走的，」她答道。「我甚至沒跟她說呢。」

紫羅蘭掌低頭看沉睡的針尾，她用尾巴圈著紫羅蘭掌的兩條後腿，彷彿不想跟她離得太遠。

她願意跟我一起去雷族嗎？紫羅蘭掌問自己。然後搖搖頭。**不，我很清楚，她不想去的。**

縱使針尾在這裡過得很不愉快，紫羅蘭掌仍無法想像她承認自己錯了。要是她走了，投奔雷族，也等於承認她錯了。

「對不起，可是……我走不了，」紫羅蘭掌對曦皮輕聲說。「我得留下來陪針尾。」

曦皮惱怒地彈了彈耳朵。「紫羅蘭掌，蜜蜂飛進妳的腦袋了嗎？惡棍貓在這裡的所做所為是不對的。他們準備在明天做的，將違反部族貓信守的一切原則。」

「暗尾說我們已經不是部族貓了。」紫羅蘭掌講出重點。

「對，但這正是問題所在。」曦皮的喉頭發出一聲低吼。「部族貓遵循守則。部族貓講求榮譽。這些惡棍貓有什麼？」

她說得有理……但紫羅蘭掌必須將這個反應拋諸腦後。**他們現在是我僅有的家人了**，她又瞄了針尾一眼，對自己坦承。

嫩枝掌的身影閃過腦海：紫羅蘭掌在戰場上向她發動攻勢，她那沮喪且不可置信的神情揮之不去。要是以前，想到能去雷族和姊姊重逢，她一定會滿心歡喜，一如陽光照進暗處。但是，她很清楚，她在戰場上做的那個決定，已讓自己永不得見光。

「紫羅蘭掌，跟我走嘛，」曦皮再次動之以情。「等到了雷族，妳還是可以繼續當我的見習生啊。」

紫羅蘭掌得下好大的決心，才能把與嫩枝掌團圓、重新在真正的貓族拜師的憧憬刪除。「對不起，我辦不到。」她輕輕說。

曦皮哀傷地點了個頭，同意紫羅蘭掌的決定。「願星族永遠照亮妳的道路。」她低聲祝福，然後悄然無息地溜進黑暗。

紫羅蘭掌長嘆一聲，躺在床上，重新蜷起身子、闔上眼。她剛再次進入夢鄉，又被遠處的嚎叫驚醒。

又怎麼了？她疲憊地揣想。

紫羅蘭掌緊覺地豎起耳朵，努力聽外面的狀況。她聽出兩隻貓的聲音，發現那是曦皮和暗尾，不由得突然打了個寒顫。

曦皮一定是還沒溜走就被暗尾逮著了！

貓兒口氣很差，不過離得太遠，紫羅蘭掌聽不見他們說什麼，只知道是在吵架。

真奇怪，紫羅蘭掌問自己。**暗尾不是讓其他貓走了嗎？又幹嘛為曦皮的離開大動肝火？**

過了一秒，聲音移近一點。紫羅蘭掌聽見暗尾說：「假如妳不想跟我們待在一塊兒，那就不再屬於這個大家庭了。」

聽到這裡，紫羅蘭掌稍微放鬆了點。看樣子暗尾還是會放曦皮走。

最後針尾睡得更沉了。紫羅蘭掌躺在她的身邊，還想偷聽曦皮跟暗尾說些什麼，可惜他們的聲音逐漸在遠方隱沒。

我留下來是不是個錯誤？紫羅蘭掌在半夢半醒間捫心自問。**不**，她下了個結論。**我對針尾虧欠太多了。**

✦✦✦

第一道微弱的曙光蔓延至天際，暗尾和渡鴉便喚醒紫羅蘭掌和大家庭的其他成員。

暗尾下令，要大家肅靜，領著他們穿過森林。眾貓踏過林地上厚厚一層松針，窸窸窣窣，是唯一的聲響。如今，他們站在一條小轟雷路的邊緣，路的彼端是河族的領土。

紫羅蘭掌環顧四周，發覺大家庭幾乎全員到齊了，其中包括前任的影族戰士和惡棍貓。薊、蟑螂、松鼻、痲雀尾、莓心、漣漪尾、苜蓿足……貓的隊伍連綿不絕。甚至連長老，像是橡毛和鼠疤都來了，還有三隻寵物貓：塞爾達、洛基和麥斯。

這不對勁，紫羅蘭掌暗忖。**長老跟寵物貓不該來這兒的**。

她的兩側分別站著塞爾達和洛基，麥斯則站在他們身後。紫羅蘭掌希望自己能離針尾近一點，但她的朋友離她有好幾隻狐狸身長那麼遠，而且由蟑螂和渡鴉貼身陪同。

打從我們離開營區，他們就沒離開她身邊半步，紫羅蘭掌暗想。**這到底是為什麼？**

「我好緊張哦，」塞爾達在紫羅蘭掌耳畔呢喃。「真希望出發前先吃點東西。我餓斃了！」

「我緊張到吃不下。」洛基說。

「肅靜！」暗尾走過來，紫羅蘭掌的胃開始翻攪，因為她發覺他離他們很近，連寵物貓的輕聲細語都聽得見。「等我們擊敗河族之後，想吃多少就吃多少。只要獲得勝利，我們就吃大餐慶祝。」

塞爾達興奮地微微躍起。「哦，我最愛吃大餐了！我跟主人住的時候，他們偶爾會準備大餐，各式各樣的食物，東一點西一點。他們會跟我玩遊戲：把我的大餐藏在垃圾筒，讓我去找。超好玩的！」

紫羅蘭掌在暗尾的眼中瞥見一絲怒意，彷彿想把這隻輕浮小寵物貓的耳朵給耙掉。「現在給我閉嘴，」他齜牙咧嘴地下指令。「是時候占領地盤了。」

暗尾用尾巴示意，要三隻寵物貓從紫羅蘭掌身邊退開幾步。光滑鬚領著兩位影族長老走上前，向暗尾點了個頭又退下。

「好，」暗尾說。「這是我們的計畫。你們三隻寵物貓和長老打頭陣。」

「這樣好嗎？」紫羅蘭掌不假思索地提問。暗尾對她使了個威嚇的眼色，嚇得她胃都打結了，這才發現不該質問首領。「我——我是說，」她結結巴巴地說：「寵物貓沒有任何作戰經驗，而長老們的……嗯，年紀也太大了。」

暗尾先頓了一下才答覆。紫羅蘭掌注意到三隻寵物貓警戒地互換眼色，兩位長老則臉色鐵青地聆聽。

「在戰場上打頭陣是一項殊榮。」最後，暗尾想以此消除他們的疑慮。

紫羅蘭掌覺得有點怪怪的。**就算這是真的好了，為什麼不把這項殊榮頒給最驍勇善戰的戰士？**她能確定的是，橡毛和鼠疤退休移居長老窩後，就再也沒有為影族打過仗了。至於缺乏經驗的見習生，就算參戰，也有導師在旁邊陪同。但她不敢再對暗尾多說什麼。**畢竟大家庭的規矩不同。**

「至於妳，紫羅蘭掌，將有至高無上的光榮，」暗尾油嘴滑舌地說。「在我旁邊作戰。」

怪上加怪，紫羅蘭掌忖度。**幹嘛選我在他旁邊打仗？**

但她沒時間搞懂暗尾的盤算。轟雷路彼端的灌木叢窸窣作響，一群河族貓走出空地。

這時曙光漸強，風族領土上方的天際亮了起來，太陽將要升起。光照充足，紫羅蘭掌看見河族帶頭的是族長霧星，她一身灰藍色的皮毛微光閃爍，唯獨脅腹有一道深長的暗色傷口，那是前一場仗留下的紀念。

「這是怎麼回事？」她質問道。「我的黎明巡邏隊回報有一群貓在邊界出沒。你們來這兒幹嘛？」見暗尾沒馬上回話，她彈了一下尾巴，接著說：「河族不想跟你們這群長疥癬的惡棍貓打交道。給我滾！」

儘管霧星語氣狂妄，紫羅蘭掌卻能看出她的碧眼寫滿疑惑。她因此察覺暗尾的行徑有多不尋常，貓族的族長即使經驗老到仍捉摸不透。

暗尾還是沒打算回答霧星的問題。他只是從喉嚨深處發出一聲號叫。「家人們！上！」

塞爾達、麥斯和洛基立刻躍向前，兩位長老則移動笨重的身軀跟在後頭。紫羅蘭掌看得出來寵物貓其實並不清楚該在戰場上做什麼。塞爾達咧開大嘴，但只發出一聲吱吱叫，而非挑釁的怒吼。

紫羅蘭掌想跟隨朋友，助他們一臂之力；她隆起肌肉，準備向前撲，卻被暗尾用尾巴攔住去路。

「別急。」他說。

轟雷路彼端的河族戰士看得瞠目結舌，他們毫無頭緒、互使眼色，好像不知道該怎麼處置一群沒想清楚就攻上來的寵物貓。

「我的家人，是時候展現你有多大本事了！」暗尾再度提高音量嚎叫。「是時候告訴這群族貓我們不是好惹的！這場仗，勝者占地為王！」

焦毛受到首領口號的激勵，是大家庭裡第一個往前衝的；他往甲蟲鬚的鼻子大手一揮。鮮血往空中飛濺，甲蟲鬚發出尖嘯。

它彷彿是個信號，點醒了河族貓，讓他們知道對方的進攻不是鬧著玩的。

他們知道真的開戰了，紫羅蘭掌忖度。**也看得出來營地可能要失守了。**

暗尾前天解釋過河族貓嚴重屈於劣勢：自從更多惡棍貓加入這個大家庭，兩軍數量相當，但河族在上回激戰中傷勢重。他們的族長霧星還沒完全康復。

不過，河族貓發出怒嚎、奮起抵禦家園；在紫羅蘭掌的眼中，他們縱使負傷，仍一如以往，渾身是膽。河族貓使出獠牙劍爪，撲向惡棍貓，逼得經驗不足的菜鳥要嘛躲在樹叢底下哀號，要嘛在硬梆梆的轟雷路上痛苦地蠕動身體。

三隻寵物貓使出渾身解數，但對上老江湖的河族戰士仍不是對手。在團團毛球天旋地轉、尖叫四起的混戰中，紫羅蘭掌失去他們的蹤影。

「好！」暗尾對紫羅蘭掌說。「現在來點好玩的？」

好玩？紫羅蘭掌聽了心驚膽顫。

暗尾奔向前方的戰場，紫羅蘭掌緊跟在後。起初她不確定自己是否想要攻打河族貓。昨夜曦皮的話言猶在耳，她的前任導師深信惡棍貓不是好東西。

河族貓聯合別族攻打我們，但他們只是想幫影族收復失土。把他們從自家地盤趕走真有道理嗎？

但暗尾說的話她也沒忘記，**部族貓總是對惡棍貓充滿敵意。況且霧星剛才說我們長疥癬呢！是該教她對大家庭放尊重點……**

紫羅蘭掌仍在戰場的邊緣徘徊。暗尾在她前方躍進，伸出利爪要往霧星身上耙。不過，河族的副族長蘆葦鬚，這隻精瘦的黑貓，如閃電般的一道怒火，衝進暗尾和族長之間。他和暗尾扭打在地，不斷胡亂揮動腿和尾巴。

蟑螂和蕁麻並肩作戰，不斷對進攻的河族貓出旋風拳。空氣中彌漫著血腥味；紫羅蘭掌感到作嘔，很想躲在離她最近的灌木底下，閉上眼等戰爭結束。

但她曉得她不能這麼做。河族貓似乎被大家庭打得節節敗退，她環顧四周，想看看寵物貓和長老的情況。

不看還好，看了一股寒氣從她的耳朵直竄尾梢。兩位長老都傷勢慘重：橡毛倒在轟雷路的邊緣，掙扎著起身；鼠疤則站在他面前和一位河族的戰士對打，鮮血從他臉頰上的一條疤往下滴。

洛基撤到一處寬廣的區域，地面的材質和轟雷路一樣堅硬，一路延伸到湖的那頭。他蜷伏在水邊，怕得直發抖。塞爾達一瘸一拐地走向他，她的其中一條後腿有道深長的傷，每走一步就疼得抽噎。

紫羅蘭掌有那麼一秒找不到麥斯，把自己嚇得魂飛魄散。後來瞧見他在隸屬河族那頭的邊界，倒臥在一簇長草中，周圍的地面全凝結著血塊。他一動也不動。

他是不是死了？恐懼如寒潮向紫羅蘭掌襲捲而來，她還記得這隻公貓初來森林時就挺起胸膛，誇口要好好教訓上門欺負大家庭的貓。**如今他落得這個下場。**

紫羅蘭掌的恐懼轉為炙烈的怒火。空氣似乎瀰漫著紅色的霧氣，她腦袋空空，無法思考，只知道要傷害那些傷害她朋友的貓。她渴望感覺爪子劃過河族貓的毛皮。

紫羅蘭掌衝過邊界，直奔河族領土的矮樹叢，發現自己正與鶚鼻正面交鋒。他低頭閃避她的攻擊，她朝他耳朵出爪，但沒擊中對方。他用後腿立起身子，試著用前爪耙她耳朵；紫羅蘭掌見狀低著頭、往前衝，利爪耙過他未受保護的肚子。鶚鼻只好往後退，他痛得張大嘴直喘氣。

紫羅蘭掌轉身從他面前離開，奔回戰場；衝鋒陷陣的她，不管來者是誰，伸出利爪當劍使，發出令人膽寒的嚎叫聲。最後發現已經沒有敵軍前來挑戰了，才呆站在原地喘口氣。

有隻貓隱約地逼近她身邊，她轉身準備自我防禦。她定睛一看，原來是針尾，這才教她鬆了口氣。令紫羅蘭掌寬慰的是，她的朋友雖然脅腹有幾道擦傷，但看上去並沒有大礙。

「妳真英勇，」針尾說。「但是可以休息了。戰爭結束了。」

紫羅蘭掌鑽過蕨類屏障，踏上轟雷路，環顧四周。貓屍遍布在堅硬的路面和兩旁的土地。死貓多到紫羅蘭掌無法在第一時間辨認他們的身分。

霧星站在附近，身邊圍了幾位旗下的戰士。他們全都負傷累累；霧星的舊傷再次皮開肉綻，鮮血流到她藍灰色的毛上。

大家庭打贏了，紫羅蘭掌揣想著。但她不知道自己為何沒什麼勝利的喜悅。

霧星低頭聞一隻赤褐色虎斑公貓的屍體；他伸直身子倒臥在地，喉頭開了個大裂口。「狐鼻，」霧星低語。「老天不該讓你死於非命。鷺翅，你也是，」她接著用顫抖的嗓音說，面向一隻灰黑相間的戰士，只見他那軟趴趴的身體蜷縮在附近。「你這麼英勇奮戰。」

「花瓣毛跟蔭皮也死了。」一位龜殼色的長老——紫羅蘭掌記得她名叫苔皮——步履蹣跚地走上前，白色的胸毛上沾著血漬。她走到族長身旁，鼻子緊挨著霧星的肩膀。紫羅蘭掌別過頭去，對方的哀慟教她不忍卒睹。

如今太陽已完全升起，在這片風景灑下一道微紅的光。藉著陽光，紫羅蘭掌瞧見暗尾站在轟雷路的中央。他的白毛覆滿鮮血，腥紅的血，起初紫羅蘭掌以為他也負傷很重，再定睛一看，只見他站姿堅定、霸氣昂首，她才發現那些血不是他流的。她看見暗尾把一隻腳伸到嘴邊，舔掉混濁的血凝塊，接著仰頭發出勝利的嚎叫。周圍的其他大家庭成員也齊聲歡慶。

等叫聲漸散，紫羅蘭掌在她的身邊注意到一個癱軟的黑毛屍體。這隻死貓的咽喉被劃破，鮮血浸溼了周圍的土地。紫羅蘭掌大驚失色，原來她是松鼻，也就是她初來影族時的養母。

「哦，松鼻，」紫羅蘭掌傷心低語：「雖然妳從未給我太多關愛，但至少在我剛來族裡的時候照顧我。妳走了我很難過。」

「霧星，」紫羅蘭掌的目光仍在養母的屍體上駐留，暗尾已打開話閘子：「是時候把妳長滿疥癬的族貓帶走了。這裡是大家庭的領土了。」

霧星用她充滿恨意的碧眼瞪他。「走就走，」她咆哮道。「你逼得我們沒有退路。但我們會回來的。」

暗尾不屑地甩了一下尾巴。「我好怕哦。」

霧星召集戰士，那些傷勢不太嚴重的貓開始把重傷患扶起來，蛾翅和柳光動作迅速地把蜘蛛網裹在他們最深的傷口上。

紫羅蘭掌看到先前挺身護族長的蘆葦鬚，如今他側躺在地，眼睛半閉著喘氣。冰翅的白色毛皮有一半都被撕下來了，皮開肉綻血淋淋的；至於蕨皮則有一隻耳朵被耙裂，她踉踉蹌蹌地挺直身子，一隻前腳無法碰地。薄荷毛看起來沒氣了；不過，當蛾翅在他面前低著頭，把腳掌搭在他脖子時，他發出了一聲呻吟。

「等等，」暗尾往前跨出一步說。「妳要把這些貓帶到哪兒去？」

霧星目不轉睛地望著他，彷彿不敢相信這個問題。「當然是跟我們走，」她回答：「好讓蛾翅跟柳光醫治他們的傷。仗打完了！」

「負傷的貓留下，」暗尾嘶聲說，他凝視霧星的眼神陰鬱險惡。他亮出利爪，再補一句：「除非妳要跟我們再打一仗，看貓是走是留。」

霧星也不甘示弱地伸出爪子，噘起嘴唇準備嚎叫。但面對暗尾的她遲疑了片刻，雖然肩膀的毛仍倒豎，她卻選擇往後退一步。紫羅蘭掌揣想她這麼做，是考量到族貓目前狀況不佳，自己又傷得厲害。他們沒有一個是暗尾的對手；這位惡棍貓的首領似乎在混戰中變得更強大了。

蘆葦鬚抬起頭，打破緊繃的沉默。「別管我們了，」他對霧星說。「不值得再掀起激戰。我們不會有事的。」

霧星又猶豫了幾秒鐘，後來大概察覺自己別無選擇。「那好吧，」她說。「但是你們別擔心。我們會回來的——我向你們保證。在此同時……暗尾，你至少該讓我們把這些戰亡的族貓好好安葬。」

暗尾嘲弄地扭曲嘴巴。「那些腐肉？免了吧，跳蚤貓。」

霧星豎起頸部的毛，喉頭發出隆隆低吼。紫羅蘭掌感覺下一秒她就要撲向惡棍貓的首領了。

哦，星族，不要啊！

霧星還沒來得及行動，長老苔皮就挺身而出，擋在暗尾和族長中間。「別激動，」她嗓音低沉，懇切地說。「那樣就中了他的招了。」

「可是我們不能把族貓的屍體當作給烏鴉吃的腐肉，扔在這裡不管呀！」霧星抗議。

「我們的族貓已經不在了，」苔皮堅持地說。「無論我們今晚在哪兒，都能為他們守夜。即使是暗尾也無法阻止他們的靈魂歸向星族。」

霧星猶豫了一下，然後低頭默許。「妳說得對，」她低語道。「但這教我心如刀割啊。」

暗尾哼了一聲鼻息，幸災樂禍地目送這群打敗仗的河族貓一瘸一拐地走向湖畔。「別客氣，你們可以從我的地盤走去雷族，」他輕蔑地說。「他們不堪一擊，心腸又軟，一定會收留你們的。」

霧星沒吭氣，只是帶領族貓沿著湖畔走，穿過曾經是影族的領土，朝雷族前進。紫羅蘭掌望著他們離去的背影，暗自希望能與他們同行，卻又知道這是癡心妄想。

「走得好，」暗尾咆哮，眼底流露勝利的喜色。他面向跟隨者，補了一句：「把戰俘押走。全都押走，找個地方關。」

第十章

「你確定棘星不會反對？」蛾翅一邊問，一邊和赤楊心悄悄鑽過樹叢去湖邊。暗尾率兵攻打河族，河族跑到雷族營區避難，已是兩天前的事了。

赤楊心感到緊繃不安、豎起耳朵，怕雷族的巡邏隊出沒，會攔住他和這位河族的巫醫，問一些尷尬的問題。

「肯定不會，」他嘴巴上是這麼說，私底下卻知道他和蛾翅正在冒多大的風險：「所以我才沒事先徵詢他。」

金黃色虎斑貓停下腳步，用琥珀色雙眸凝視赤楊心。「你會不會惹上麻煩啊？」

「可能會。」赤楊心聳聳肩。「不過沒事啦。棘星很清楚，巫醫有時候必須下決心做對的事。」

蛾翅點點頭，繼續走。「赤楊心，真的很感謝你，」她說。「我們一定要知道河族現在的情況。可是柳光正忙著照顧受傷的戰士，我又覺得光靠自己力有未逮。」

赤楊心並不訝異。戰爭的消息有如晴天霹靂。雖然先前暗尾把花楸星和其他貓從影族的領土趕走，但情況另當別論，因為影族有許多貓決定留下來，加入他的陣營。如今暗尾居然攻打和他毫無瓜葛的貓族？打來打去，何時才能終了？赤楊心感覺每塊岩石的背後都可能蟄伏危機。

他很佩服蛾翅再次踏上河族領土的勇氣，畢竟那裡已被惡棍貓首領和他的黨羽占領。**一定有蜜蜂跑進我腦袋了，否則我怎麼可能答應陪她去？**他懊悔地想。

兩位巫醫從樹叢底下鑽出來，踏上一條鵝卵石步道，向湖畔走去。蛾翅再次止步，遙望對岸河族領土的樹和灌木。赤楊心不敢相信景色竟然這麼靜謐，晨曦將湖面照得波光瀲灩；然而湖的四周，河族的領土，卻亂得一塌糊塗。

「現在怎麼走？」站在蛾翅身旁的他問道。「要穿過影族還是風族的領土？」**兩條路都危機四伏**，他思忖。**風族已封鎖邊界，暗尾旗下的惡棍貓仍在影族巡邏。**

「風族，」蛾翅回答。「如果選擇橫越影族的領土，肯定沒走多久就會遇到惡棍貓，永遠都到不了河族了。風族巡邏隊或許會刁難我們，但換作被惡棍貓逮著，會把我們的一層皮都給剝了。」

「那就這麼辦吧。」赤楊心表態支持。

「況且，」蛾翅繼續說。「昨天風族放行，讓霧星和她的巡邏隊過路。」

「霧星回河族了？」赤楊心大吃一驚，身上的每根毛都宛若針扎。打從河族戰士投靠他們，他就一直在巫醫窩忙著照顧傷患，沒時間探聽外界的狀況。

「對，」蛾翅說。「她率領一支巡邏隊到河族，想要救回戰俘，並領走族貓的屍體，好好下葬，但他們在橫越邊界時被幾隻惡棍貓發現了。雙方起了小衝突，可是……」她的聲音開始顫抖，頓了一下穩住嗓音。「霧星和我們的戰士輸了。率領惡棍貓巡邏隊的渡鴉雖然放他們走，卻也警告霧星，說要是他們再敢溜回領土，惡棍貓就要殺了河族的戰俘。」

「太過分了！」赤楊心驚呼，爪子插入湖邊鬆軟的土地裡。

「是啊。」蛾翅憂鬱地眨眨眼。「問題是我們也不能拋下他們任人宰割呀！」她毅然決然地彈了一下尾巴，繼續沿著湖畔，往風族邊界的方向走。

「那妳有什麼計畫？」與她並肩齊步的赤楊心問道。

「我和柳光在巫醫窩存了許多藥草，」蛾翅告訴他。「假如我去跟惡棍貓說我是來取藥草的，他們說不定會放我進營區。」

「值得一試。」赤楊心回話。他記得先前的探索之旅，他在天族的峽谷故居發現暗尾和他的惡棍貓爪牙。當時暗尾似乎對巫醫了解的事很感興趣。**但願這意味著：即使他旗下的惡棍貓沒有各大貓族的信仰，他也願意尊重巫醫的行事風格。**

「當然囉，就算他們不讓我們取藥草，也沒關係，」蛾翅繼續說。「藥草再採就有了。不過，只要我們進了營區，說不定有機會查到戰俘被關在哪裡，目前的情況又如何。要是再走運一點，搞不好還能跟他們說上幾句話。」

等靠近標記風族邊界的小溪，赤楊心張嘴嚐空氣的味道，聞到一股濃烈的、新鮮的風族貓味。起初他沒看到山腰上有任何動靜，但當他和蛾翅涉水而過，爬上對岸，一支風族巡邏隊便探出蘆葦叢，躍向前攔住他們的去路。

「你們想幹嘛？」領頭的莎草鬚死命盯著兩位巫醫。「該不會是想拜會一星吧？昨天我們已經說得很清楚了，他不想跟外族的貓見面。」

昨天？赤楊心很納悶。照莎草鬚這麼說，霧星並不只是從湖畔經過囉？**我沒聽說有誰想要拜會一星呀。**他暫時把好奇心拋到一旁，面對虎斑母貓充滿敵意的口吻只能忍氣吞聲。「不是，」他說。「我們只是想從你們的地盤經過，到河族去。」

莎草鬚聽完他的解釋，似乎放鬆了點；不過她的夥伴葉尾和燕麥爪依舊疑神疑鬼、怒髮衝冠。

「這樣的話——」她打開話匣子。

「不要放他們走！這是雷族的陰謀！」葉尾咆哮道。

莎草鬚回頭瞥了族貓一眼。「鼠腦袋，他們是巫醫欸！」她把頭轉回來，面向赤楊心和蛾翅，繼續說：「好吧，但是如果你們敢從湖畔走近三條尾巴的距離，就要當心耳朵不保了。」

赤楊心和蛾翅對她的恐嚇充耳不聞。「莎草鬚，謝了。」蛾翅客氣地點頭道謝。

赤楊心伴隨蛾翅，沿著湖畔在荒原底部行走，他能感覺巡邏隊的眼睛仍緊盯著他的背。「莎草鬚說『昨天說得很清楚了』是什麼意思？」他問道。

「我忘了你可能沒聽說，」蛾翅答覆。「霧星從河族回來的途中，派錦葵鼻和*花瓣毛見一星，尋求他的援助。可是風族巡邏隊在邊界就給他們吃了個閉門羹。一星不想和外族的貓說話。」

「真奇怪，」赤楊心說。「惡棍貓剛來的時候，一星明明很想把他們趕跑呀。可是現在……情勢每況愈下，惡棍貓是走是留，他好像都不在乎了。」

* 前章花瓣毛已陣亡，此處應為誤植。

蛾翅點頭表示贊同。「聽說暗尾在第一次交戰的時候跟一星說了悄悄話。真想知道他說了什麼。」

「雷族貓也想知道！」赤楊心答覆。「一定很嚴重，否則他不會完全變了一個樣。」

他們離馬場愈近，赤楊心就感到不安穩。雷族營區的情況已經夠糟了：最近刺柏爪和爆發石從影族投奔他們，再加上河族來的戰士，每隻貓都互踩對方的地雷。這些新來的貓全都要求他們幫忙收復失土。大家都為暗尾入侵河族的事感到震驚。如今他的勢力已擴張到湖區一半以上的土地了。

棘星派更多巡邏隊加強戒備，深怕惡棍貓隨時都會攻打雷族。雖然目前沒有暗尾計畫入侵的任何跡象，可是每隻貓都心知肚明，這一天遲早會來的。在蛾翅想到辦法之前，沒有貓知道戰俘被他關在哪裡，又該怎麼救他們出來。

前提是，她的辦法要行得通……

「不好意思，赤楊心。」蛾翅彷彿能看穿他的心思，打破沉默。「我知道這個計畫很鼠腦袋，但不然還能怎麼辦？」

「妳說得對，」赤楊心將疑慮拋在腦後，答覆她。「我們不能放任情勢惡化下去。曦皮的事，妳聽說了嗎？」

蛾翅搖搖頭。「她怎麼了？」

「刺柏爪和爆發石——曦皮的孩子，妳知道的——幾天前投奔我們的營區。他們想要加入花楸星和其他族貓，還說曦皮也會來，可是後來一直沒看到她。」

蛾翅不安地瞥了赤楊心一眼。「那蠻令人擔心的。」

「刺柏爪和爆發石不知道該怎麼辦。他們說那群惡棍貓已變本加厲，很害怕暗尾會對曦皮不利。」

「真是這樣，我也不意外。」蛾翅說。

「每隻貓都不會意外。也許曦皮改變心意不走了，不過這個可能性很低。」

「那麼如果我們進了河族的營區，」蛾翅提議：「說不定也能找找曦皮。她在的話，至少我們能讓她的孩子安心，知道暗尾沒碰她。」

萬一她不在呢……赤楊心一想到曦皮可能的下場，心就涼了半截。**我覺得她一定出事了。**

他和蛾翅再次陷入沉默，他們經過馬場，橫越荒原，朝河族的邊界前進。赤楊心抬頭望向山脊；嫩枝掌尋找天族棲身的穀倉，這裡是她的必經之路。這一看他又想起另一個讓自己從鬍鬚緊繃到尾梢的理由。

鴿翅、虎心和錢鼠鬚還沒捎來她的消息。都過了四分之一個月了，從營地往返穀倉哪要得了這麼久時間？

赤楊心努力說服自己，只要巡邏隊仍繼續搜索，就有可能把嫩枝掌平安找回來。問題是，他也怕自己再也見不著這位小小見習生，這個恐懼他怎樣都揮之不去。

赤楊心越過樹橋的盡頭，踏上島嶼，再盡一次努力將那些觸霉頭的思緒拋諸腦後。

現在該專心執行任務了。

兩位巫醫抵達邊界，發現河族的氣味記號已漸漸消失。取而代之的是一股混雜的、陌生的味道，又濃又酸，散發這種氣味的貓大概從小時候起就沒洗澡，令赤楊心聞了作嘔。他知道這股惡臭一定來自惡棍貓。

他們是不是在附近？他心頭一怔、繃緊肌肉。

蛾翅皺起鼻頭，嫌惡地呼了口氣。「他們的臭味玷汙了整片領土。」

如今她和赤楊心步步為營，利用每叢灌木和每簇長草來掩護身體。

「說也奇怪，」他倆在地上的小凹洞歇息，他喃喃自語：「要是在打仗之前，我們可能老早就碰到河族的巡邏隊了。可是現在卻連惡棍貓的一根鬍鬚都沒見到。」

蛾翅輕彈耳朵，表示贊同。「靜得很不尋常，」她低語道。「或許這意味著暗尾旗下沒那麼多貓，無法定時派他們外出巡邏。畢竟他現在霸占兩塊地。」

兩隻貓繼續走，聽見不遠的前方傳來汩汩流水聲，於是變得更戒慎恐懼：那是河族營區邊緣的小溪。空氣中瀰漫著惡棍貓的臭味，他們每走一步，臭味就更濃。

令赤楊心吃驚的是，他跟蛾翅都走到溪邊了，卻還沒遇見敵方陣營的貓。不過，他們腳掌一碰到水、開始涉溪，對岸的頂端就冒出三顆頭，三隻貓蹦蹦跳跳地跑下坡，來到溪畔，站著等待巫醫。

赤楊心發覺其中一隻是針尾，心臟在胸口怦怦跳，不受控地愈揹愈猛。他出於本能，舉起一隻腳掌打招呼，跨步向前與她碰面。但是，針尾冷冰冰的、裝作不認識的目光，卻讓他打了退堂鼓。

她和我們一同踏上探索之旅，那時我們曾經多麼要好，他傷感地思忖。

帶頭的黑色長毛母貓說話了。

「兩位好，」她雖然用詞文雅，嗓音卻很嚴厲。「你們來這兒幹嘛？」

她說話的同時，第三隻貓從針尾背後走出來，赤楊心這才第一次有機會把她看個仔細。他心頭一怔，原來這隻貓是紫羅蘭掌。她長得跟失蹤的嫩枝掌像是一個模子刻出來的；赤楊心凝視著她，憐憫之心油然而生，差點讓他哽咽。

她裝得一副英勇凶狠的模樣，他揣想著，**但不知怎地，我就是知道逞強的外表下，她其實傷心又害怕。**

蛾翅客氣地微微點頭，答覆黑色母貓的問題。「渡鴉，妳好，」她說。「我跟赤楊心是來這裡拿藥草存貨的。」

這回答腔的是針尾，她脖子和肩膀的毛髮聳立。「你們難道不知道這裡已是大家庭的領土了？」

「這我們當然曉得。」蛾翅依舊維持她四平八穩又客氣的口吻。「但是巫醫照理說可以橫越各族的邊界，即使在戰後也不例外。那些藥草是我採的。現在借住雷族的那些貓需要用藥。」

渡鴉輕蔑地哼一聲鼻息。「說得真冠冕堂皇啊，不過我們不是部族貓，我們是大家庭。大家庭另有一套規矩，」她嘶聲說。「這塊土地和土地上的一切，都是屬於我們的——針尾，妳說對吧？」

「對，」針尾堅定地說。「我們不是部族貓。識相的話趕快回家。」

他們唇槍舌劍的同時，赤楊心望著紫羅蘭掌，因為她這段時間一直保持沉默。她看上去心煩意亂、缺乏自信，只是直楞楞地往前看，彷彿不想靠近正在爭執的貓。

我是應該氣她的，誰教她要在戰場上攻擊嫩枝掌，不過她年紀還這麼小……要怎麼挺身面對那些指使她的前輩？

赤楊心將視線掃回針尾身上，迎上她的目光，兩隻貓一度對望。赤楊心看得出來，在堅強與憤怒的背後，針尾的內心深處還帶著傷。他還記得，河族的貓說沒在戰場上看見雨。

不曉得他是不是出事了。針尾這麼喜歡他……

他繼續凝望著她，針尾的神情似乎有了轉變。「好吧，」她開口說。「你們可以進來取藥草——」

「什麼？」渡鴉打斷她的話，氣得耳朵都攤平了。「妳是鼠腦袋嗎？他們——」

「不是，妳先等等。聽我說，」針尾說。「如果他們願意教水塘光怎麼使用藥草，我們才放行。」

渡鴉一臉若有所思，彷彿在考慮針尾的提議；但赤楊心聽不懂他如今形同陌路的朋友在說什麼。

藥草水塘光應該大多認識，畢竟黃牙已在夢中傳授他了。難道針尾不知情嗎？她熱切的表情讓他猜不出頭緒。**她到底在盤算什麼？**

最後，渡鴉無禮地聳了個肩。「這麼說好像也有道理。好吧，」她又對兩位巫醫說。「就放你們進營區，但要是你們敢輕舉妄動，就準備瘸著腿離開吧——如果還走得了的話。」

有渡鴉和針尾一左一右地陪同，後面還跟了個紫羅蘭掌，赤楊心和蛾翅爬上堤岸。他們橫越低矮的山脊，往下坡的營區邁進，眼前的景象教赤楊心觸目驚心、毛髮倒豎。曾經圍滿林間空地和貓窩的繁茂蕨類植物，如今七零八落，殘骸碎片四散各處。貓兒看起來又餓又髒，流露狂野的眼神，彷彿有心理準備，下一秒就會遭到攻擊。赤楊心在眾貓間掃視，尋找曦皮，可是遍尋不著她的蹤影。

他左右張望，一來想找那隻奶油色的母貓，二來想查明戰俘被囚禁的地點，但是渡鴉催促得緊，害他跟蛾翅沒機會一探究竟。

他們穿過營區的同時，紫羅蘭掌蹦蹦跳跳地跟上赤楊心，與他並肩快步。

「嫩枝掌怎麼樣？」她的聲音輕柔，似乎不想被渡鴉聽見。「傷口癒合的情況好嗎？」

赤楊心有那麼一會兒不知該如何回答。他能看出紫羅蘭掌眼底的沉痛，理解她為自己在戰場上攻擊姊姊而感到懊悔。想到她如此失落，又被困在這群惡棍貓之間，他又更同情她了。

「很好，」最後他這麼答覆，喉頭緊繃地撒了個謊。「嫩枝掌復原得不錯。」

他不願對她撒謊，而且也想把他看見的異象告訴她，讓她知道有隻貓可能跟她有血緣關係。問題是沒時間解釋這麼多，也不方便把嫩枝掌離家出走的事向她透露。

「謝謝。」紫羅蘭掌微微點頭道謝，然後獨自離開，朝營區其他地方晃去。

渡鴉帶著他們穿過一排包圍林間空地的灌木叢，再走向作為營區彼端邊界的另一條小溪。這裡的溪流在堤岸下沖刷出一個窟窿，那是個有樹根當天花板的大洞。只見水塘光在洞口的鵝卵石上坐著替藥草分類。

「這就是妳的巫醫窩啊？」赤楊心問蛾翅。「酷斃了！」

金黃色的虎斑母貓一臉哀怨。「曾經是。」她咕噥道。

水塘光歡欣鼓舞地躍起，迎接跳下堤岸、在鵝卵石上著陸的赤楊心和其他貓。

「嗨，」他打招呼，耳朵還驚喜地往前抽動。「什麼風把你們吹來啦？」

「蛾翅和赤楊心要來取蛾翅之前庫存的藥草，」針尾答覆。「而他們必須教你使用某些藥草，做為交換條件，例如」——針尾環顧四周，然後用爪子抓起一小支水生薄荷——「例如這個。」她打個比方。

水塘光看似有點困惑。「可是這個很簡單啊。這是水生薄荷，用來治腹痛。黃牙在夢裡教過我了，其他還教了……」

他凝視針尾和渡鴉，話說得愈來愈小聲，顯然發現事有蹊蹺。針尾的表情依舊熱切，但渡鴉卻突然起疑，瞇起眼睛、亮出利爪。

希望水塘光猜得到針尾另有盤算，赤楊心暗自祈禱，但另一方面也很好奇她有什麼盤算。

「當然我也不是什麼都懂，」水塘光接著說。「有些事還是要向別人請教。比方說，我剛剛還在想這是啥。」他將一朵金盞花往蛾翅這頭推。

赤楊心的胃在翻攪。**每個巫醫見習生都學過金盞花的功用——這是入門藥草欸！渡鴉一定會發現自己被騙了吧？**不過這隻黑色母貓一直沒吭聲，只是在一旁冷漠地觀望。原來惡棍貓對巫醫的學習歷程一點概念也沒有，他這才感恩地呼了口氣。

「這叫作金盞花。大多用來預防傷口感染，」蛾翅向他解釋：「而且，如果找不到雛菊葉的話，也能拿它來舒緩關節痛。」

水塘光點點頭，一副聚精會神，努力牢記心中的模樣。令赤楊心寬慰的是，渡鴉不再擺著懷疑的姿態，反倒開始清潔爪子。

「還有，這叫作蓍草，」蛾翅繼續說。「嚼爛嚥下，即可催吐，所以要是貓兒吃了不該吃的，便能拿它當解藥……」

他們繼續上藥理課的同時，赤楊心輕推針尾一下，把她帶到旁邊去。「妳最近怎麼樣？」他問道。「一切都還好嗎？雨怎麼了？」

針尾輕彈尾巴，對他的關心置之不理。「雨死了，」她對他說：「不過沒差。死了也好。」

赤楊心努力掩飾他的震驚，但仍不敢相信針尾竟對貓的死訊這麼無動於衷，何況那還是她所關心的貓。「那妳好不好？」他問道。

「哦，我很好啊。」針尾似乎想讓自己的話語帶勁一點，可是努力沒收到多大的成效。「一切都好。」

她為什麼要不斷覆述「很好」？是不是想要說服自己？赤楊心很納悶。

「實際上，」針尾往下說：「我想問問你曦皮的事。她在雷族過得好不好？」

赤楊心感覺他的心沉到腳掌了。但是他知道他必須回答這個問題。「曦皮不在雷族啊，」他答覆。「她沒有跟妳還有惡棍貓在一起嗎？」

「沒有啊，」針尾驚懼地瞪大雙眼，向他解釋。「她去雷族跟她的父母和手足住了。」

赤楊心搖搖頭。「很抱歉，但是她沒來我們的營區。」

他答話的同時，看見針尾的頸毛倒豎，雙眸閃過驚駭的目光。她好像突然懂了什麼，而這項領悟將她推向恐懼的深淵。

「妳怎麼——」赤楊心想問她話。

「這個嘛，如果曦皮有什麼三長兩短，也是她自己的錯！」針尾打斷他的話。「她應該更謹慎才對。」

赤楊心想要反對她嚴厲的口吻，只是後來發現渡鴉仍在附近，仔細聽其言、觀其行。所以針尾不可能說真心話的。他漸漸理解她的恐懼，身上的毛也一根根豎起。

我看過針尾許多不同的情緒，但從沒見她像此刻這麼害怕。這群惡棍貓究竟在這裡搞什麼鬼？

第十一章

紫羅蘭掌蜷在舊河族營區邊緣的灌木叢下，和洛基與塞爾達分食一條魚。每一口冰冷溼黏的魚肉，吃進嘴裡彷彿都要害她窒息，吞進肚裡也要費一番功夫。

「我真不喜歡吃魚，」她嘀咕著說。「如果可以吃到一隻溫熱多汁的老鼠，我什麼都願意做！」

「我也是，」洛基附和。「不然主人給的硬丸子也行。」

塞爾達只用一聲嘆息作為回應。

自從戰後麥斯慘死，這兩隻倖存的寵物貓就性格大變。欣喜與雀躍已消失殆盡，他們彷彿也察覺到自己永遠都離不開大家庭了。暗尾懶得虛情假意跟他們套交情，只是聯合其他惡棍貓不理睬他們，所以紫羅蘭掌成了他們唯一的朋友。

「這個嘛，」她說道：「暗尾說魚還有這塊領土是我們的了，我們也只能學著適應了。」

「有的惡棍貓很愛吃魚欸，」洛基點出事實。「我昨天就看到蟑螂和蕁麻在爭食一條魚。」

「渡鴉也是，」塞爾達表示贊同。「他們還把噁心的碎肉和魚骨頭扔得營區到處都是！難道不曉得這樣會引來食腐動物嗎？」

紫羅蘭掌勉強吞下最後一口令她作嘔的魚肉，然後坐起來清理鬍鬚。只見營區遠方，渡鴉和光滑鬚正把戰俘帶出曾是河族育兒室的刺藤林。

幾乎所有的惡棍貓和剩餘的影族貓都已搬來河族；暗尾只留一小隊人馬鎮守影族領土。這個營區很擁擠，收留戰俘只是讓這裡更「貓」滿為患。

暗尾幹嘛不放這些貓走算了？紫羅蘭掌暗自揣想。**留他們在這兒要幹嘛？**

昨天的黎明時分，大家發現莓心和蜂鼻不見了。紫羅蘭掌猜他們跟曦皮一樣溜去雷族了；可是當她向針尾問起這件事，她的朋友卻轉移話題。

暗尾為什麼一方面放影族貓走，另一方面又把戰俘管得這麼嚴？這沒道理啊。

這些戰俘全都骨瘦如柴、餓得半死，挺著顫抖的腿踉踉蹌蹌地走向暗尾。

「朗誦誓詞，宣誓向大家庭效忠的時候到了，」暗尾對站在面前的戰俘說。「跟我說：我發誓和大家庭結為盟友……」

戰俘再三猶豫，心不甘情不願地互使眼色，紫羅蘭掌看了，心裡微漾起激動的漣漪。戰後第一天，暗尾就開始要求他們宣誓，表明不對大家庭效忠的話，他們就沒東西吃。起初河族戰士挺住了——可是，隨著日子一天一天過去，他們一個接著一個屈服，最後只剩蘆葦鬚不肯覆述誓詞，對暗尾效忠，他高傲不屈，寧願挨餓、忍受戰場上的負傷累累，也不願出賣部族。

他是不是夠堅強，能再次違抗暗尾？她反問自己。

然而，當蘆葦鬚俯首加入其他族貓，四隻貓共聲朗誦誓詞，紫羅蘭掌微弱的希望也終成泡影。

他一定是餓到沒辦法再反抗了，她難過地揣想。

「蘆葦鬚，你說什麼？」暗尾問他。「我沒聽到。再說一遍，這回說大聲點。」

蘆葦鬚看起來羞辱到了極點，垂著頭和尾巴，抬高音量覆誦誓詞。紫羅蘭掌聽了都快為他心碎。

等宣誓完畢，暗尾拿了兩隻瘦巴巴的老鼠扔向戰俘，這群戰俘又被光滑鬚和渡鴉趕回刺藤林。

這麼一丁點，一隻挨餓的貓都不夠吃了，更何況四隻？

暗尾對守衛點了個頭，志得意滿地轉身離開。

紫羅蘭掌又想起那些失蹤的貓，於是想找針尾聊聊，看能不能從她口中套出什麼消息。她趁暗尾不注意的時候偷偷溜走，只不過又被惡棍貓的首領給叫了回來。

「紫羅蘭掌！妳過來！我有話跟妳說！」

暗尾的嗓音縱使溫柔友善，卻莫名讓紫羅蘭掌汗毛倒豎。**他用那種語氣講話，才是最危險的時候。**

她只好聽話走到暗尾面前，與他保持一條尾巴的距離。她腳掌併攏，尾巴蜷在身子的一側，百依百順地低著頭——她知道擺這個姿勢能討暗尾歡心。

「聽說巫醫窩有些藥草不見了，」暗尾開始說。「我擔心是自家貓偷的。」

紫羅蘭掌放膽瞄了他一眼，只見他表情雖然冷靜，眼底卻流露著惡意。

「假如有貓私藏藥草，留作己用，」暗尾油嘴滑舌地說下去：「一定要讓我知道。畢竟，私自強占所有的藥草很不公平。藥草是大家分著用的嘛！」暗尾舔了一下腳掌梳耳朵。「我認為『有福同享』重要極了，這點我相信妳也知道。」

他的最後一句話令紫羅蘭掌不解。暗尾只在符合他自身利益的時候才講求分享，例子她見得太過、不勝枚舉。

「誰也沒有偷藥草或做壞事，」她向他保證。「赤楊心和蛾翅只是回來取蛾翅庫存的藥草，因為先前藥草都是由她摘取和貯存。」

「哦，這樣啊，當然囉——他們的藥草，」暗尾鎮定地說。「講起來真有道理欸。不過，我還有一個問題……」

他頓了一下，紫羅蘭掌嚇到胃都在翻攪。

「是哪隻貓跟蛾翅還有赤楊心說可以進我們的地盤取藥草的？」暗尾問道。

雖然他的口氣友善依舊，但是紫羅蘭掌看出他眼中的冷酷無情，這才驚覺自己正在——不，是已經鑄成大錯。

早知道就說藥草的事我全不知情，她很懊悔，努力保持鎮靜。**或許暗尾只是裝作不生氣而已。**

「我——我不曉得欸，」紫羅蘭掌結結巴巴地說。「我的意思是，誰也沒說可以進來。我們只是糊里糊塗就……同意了。」

暗尾一聲不吭，只是繼續瞪她，直到紫羅蘭掌覺得她再也逃不出他銳利的目光。

「我是不是惹麻煩了？」她聲音沙啞，氣若游絲地說。

「沒這回事，」暗尾向她保證。「紫羅蘭掌，我和妳心有靈犀，不是嗎？我們都是被嫌棄的貓。」

「才不是呢！」紫羅蘭掌開始抗議。「影族貓對我好得不得了，而且——」

她突然住口，身體按捺不住直打哆嗦，因為這時暗尾湊到她面前，近到她能感覺鬍鬚被他呼出的氣吹得微顫。

「這種感覺我再清楚不過了，」暗尾喜滋滋地說。「一隻貓如果覺得被嫌棄，他會做出任何事——用盡一切努力——緊巴著他所在乎的貓不放。即使撒謊也要保護他們。妳說是不是啊，紫羅蘭掌？」

紫羅蘭掌用力嚥下口水；她腦袋一片空白，不知該如何回應。

「我覺得和妳特別心靈相通，」暗尾繼續說：「但這不表示妳繼續對我撒謊，我還會讓妳日子這麼好過。」見紫羅蘭掌還是不肯說話，他又補了一句：「妳說謊，我要懲罰的，也不只妳一個。」

紫羅蘭掌感覺恐懼像是一隻寒冰爪，戳進她的心臟。**我為什麼不好好閉上我的大嘴巴？**她絕望地反問自己。**如果說我不知情，他也會相信我的。**

「到底是誰答應的？」暗尾追問下去。「是水塘光嗎？還是其他貓？是不是針尾？」

紫羅蘭掌倒退一步，但暗尾熾烈的目光依舊沒放過她，彷彿他能看穿她的心思，直搗她的回憶，探知赤楊心與蛾翅抵達河族營區，與她的相遇。

「是針尾，對不對？」暗尾說。

「我——我不知道……」紫羅蘭掌咕噥道。「我真的沒看見……」

可是太遲了。暗尾低著頭湊上前，直到紫羅蘭掌聞到他散發魚腥味的氣息。

「我只想知道真相，」他繼續說。「我不會懲罰針尾的——懲罰她幹嘛？她對我一直忠心耿耿，又是第一批加入我們的貓。」

紫羅蘭掌巴不得自己相信他。**況且，就算我現在不說，水塘光之後也可能會說出去。**「對，」她輕聲說，還是不確定吐實是不是個正確的決定。「針尾確實說過他們可以取藥草。」

「謝謝。」暗尾的雙眸閃爍怒火。他掃視營區，最後找到針尾，只見她正銜著一隻老鼠從灌木叢鑽出來。「針尾！」他大喊。

他昂首闊步，迅速穿過營地，走向這隻銀灰色的母貓，針尾被他的叫聲嚇得嘴裡的獵物都掉了。

紫羅蘭掌急忙跟在他身後。暗尾粗暴地叼起針尾的頸背，使勁往地上一扔，看得她心驚肉顫。

「把我們的藥草送給別人，妳有何居心？」他爆怒咆哮。「妳是不是間諜？到底願不願意對大家庭效忠？還是跟你那個疥癬皮的朋友雨一樣？」

面對這連珠砲的問題，針尾嚇得縮起身子。她顯然想要保持鎮靜，可是暗尾火爆的攻勢令她喪失勇氣。

「你說過不會懲罰她的！」紫羅蘭掌抗議。

「我這不是懲罰她，」暗尾答覆。「而且告訴她哪裡做錯了……我是在幫她。」他轉頭面向針尾，又補一句：「妳如果不滿意我帶領大家庭的作風，大可跟曦皮一樣離開。」

針尾瞪大眼，表情更驚恐了。她的反應宛若一道閃電劃過空中，讓紫羅蘭掌恍然大悟。

曦皮是不是被暗尾殺了，所以根本到不了雷族？

紫羅蘭掌再也按捺不住，發出了驚聲尖叫。暗尾旋即轉身，火冒三丈的他把兩隻眼瞇成縫。

「怎麼？妳也想走是不是？」他用溫柔但不懷好意的嗓音問道。「不想待在這兒的貓，我也不願強留。」

「她想留下來，」針尾邊說邊手忙腳亂地爬起來，站在紫羅蘭掌身邊。「我們都非常非常想留下來。」

暗尾將質疑的目光轉向她，紫羅蘭掌這輩子從沒這麼害怕過。「我想要留下來！我發誓！」她嗓音顫抖著向他保證。

暗尾點點頭。「很好。紫羅蘭掌，妳通過我的測試了。因為答案我早就知道了。妳以為渡鴉會向我隱瞞嗎？」

果然是渡鴉！回想暗尾一直將她玩弄於股掌，就像捉弄老鼠最後再賜死一樣，紫羅蘭掌仍餘悸猶存。

「至於妳，」暗尾接著對針尾說：「妳背信忘義，去跟河族戰俘住，等重新贏得大家庭成員的身分才能回來。蟑螂！蕁麻！」

暗尾用尾巴示意坐得離他最近的兩隻惡棍貓，他們正在為一條吃剩的魚起口角。惡棍貓走上前，在暗尾的吩咐下，一貓一邊抓住針尾的肩膀，把她拖向關河族貓戰俘的刺藤林。針尾掙扎了一兩秒，後來還是聽天由命任他們宰割。

「不！」紫羅蘭掌悲痛地說。她驚恐困惑，一心只想跟朋友作伴。「我也去！」

「不不不。」暗尾把試圖跟去的她攔下，語氣又變得柔和友善。「妳已證明自己是隻忠心的好貓。不像針尾——也不像水塘光，把理所當然屬於他家人的藥草送給外人。」他頓了一下，接著繼續說：「我說過不會懲罰針尾，我也說到做到，但是水塘光……他的確應當受到懲罰。」

暗尾高視闊步，走向巫醫窩；紫羅蘭掌不知如何是好，只好緊跟在後。

哦，星族啊……我幹了什麼好事？

第十二章

「那麼，是哪裡不舒服？」赤楊心一邊問，一邊從藥草貯藏室走出來，迎接這隻剛踏進巫醫窩的灰色虎斑公貓。

暴雲長嘆一聲。「我也不清楚，」他說。「我連來看你都感到內疚，畢竟有這麼多戰士身受重傷。」

「別說傻話，」赤楊心答覆。「任何貓只要覺得身體不適，都有權來看巫醫。波弟的事殷鑑不遠。假如他沒有那麼體貼，覺得我們在忙就繼續忍耐腹痛，現在還可能在這裡說故事給我們聽呢。」

暴雲哀傷地點點頭。「我很想念波弟。」

巫醫窩裡只有他倆。薔光拖著癱瘓的後腿跟松鴉羽到新鮮獵物堆了，葉池則在協助蛾翅和柳光，檢查戰後復元狀況不佳的河族貓。雖然營區裡一共有五位巫醫，他們能用的資源卻逐漸匱乏。

這裡擠太多貓了，他暗忖道。**就算每隻貓都健康無虞，也不可能住得舒服。況且河族貓有的傷勢嚴重，需要從早到晚的照護。**

河族貓剛來營區的時候，松鼠飛提議用兩腳獸廢棄的窩，給容納不下的貓住。

「我們可以把傷得最重的貓搬到那兒，」她說：「派葉池和柳光跟他們住。入口旁邊就長了不少藥草。」

赤楊心覺得這個主意很棒，但花楸星持反對意見。

「沒必要。我們只是暫時借住在這兒。影族與河族很快就會返回自己的領土了。」

棘星沉思了好一會兒，最後謹慎地同意影族族長的看法。赤楊心忖度他們的心思，不曉得他跟花楸星是不是認為惡棍貓攻過來的話，兩腳獸的窩不堪一擊。

這個考量或許是對的，問題是這樣我們的營區會滿到爆炸。

「那你到底怎麼了？」赤楊心又問暴雲一遍。「快點，直說無妨。」

暴雲伸出一隻灰色虎斑腳掌，蓋在他耳朵上。「我睡不著，」他坦承道。「有時候胸口悶到難以呼吸。」

「嗯……」赤楊心呢喃道。「你是不是在為什麼事煩心？」

虎斑公貓感到驚愕，耳朵往前輕彈。「當然囉。這裡哪件事不值得煩心？」他反問巫醫。「營區這麼擠，我們常互踩彼此的地雷。花楸星和棘星動不動就起爭執，後來多了個霧星只是雪上加霜。每隻貓都很怕暗尾和他的惡棍貓爪牙接下來會找我們下手。」

赤楊心點點頭。暴雲點出事實。棘星雖然派更多巡邏隊鎮守疆界，但對於怎麼抵禦外侮才最適當，大家還是拿不定主意。他們派了更多巡邏隊到風族，可是他們還是封鎖邊界，一星仍舊不願跟外族對話。

「我當寵物貓的時候，從來不用忍受這些烏煙瘴氣的事，」暴雲繼續往下說。「我加入雷族，是因為我認同貓族代表的信念，但是萬一——」

他戛然而止，彷彿察覺自己說錯話了，往自個兒胸毛舔了幾下。

「什麼？」赤楊心問他。

暴雲搖搖頭。「沒事。」

赤楊心猜得到這隻虎斑公貓準備說什麼。**萬一貓族很快就要滅絕了呢？**這是赤楊心第一次意識到這話不是危言聳聽。**倘若惡棍貓攻打我們而且打贏了，貓族的生活原則將會全面……傾覆。**

「你該練習慢慢深呼吸，」他拋開內心的恐懼，專注於眼前的問題，對暴雲說。「盡量放輕鬆。我會開一些艾菊給你，應該會有幫助。」

他走回裂縫，從藥草貯藏室拿了幾片艾菊葉。暴雲咀嚼葉片的同時，他補充道：「跟松鼠飛說我批准了，今天你不用外出巡邏。你需要多休息。今晚就寢前再來找我，我會開給你一顆杜松子。」

「赤楊心，謝了。」暴雲伸舌頭往嘴巴周圍舔了一圈。「我已經覺得好多了。」

「有什麼情況再跟我說，」赤楊心說。「我相信最後一切都會好起來的。」**但願我真的信這一套，只是我現在也沒把握了。**

暴雲離開後，赤楊心又返回裂縫，準備整理庫存，評估哪些藥材短缺了。不過，他才剛開工，就聽見營區傳來嚎叫和奔跑的腳步聲。他抬起頭，憂慮使他肉趾宛若針扎，毛髮也開始倒豎。

營區遭到攻擊了嗎？

赤楊心衝出刺藤簾幕，看見貓兒鑽出荊棘隧道，認出他們是鴿翅、虎心和錢鼠鬚。起初他如釋重負，肩膀的毛再次攤平；他興高采烈地奔向他們，卻又被另一種恐懼糾纏到胃痙攣。他沒看到嫩枝掌的蹤影。

鴿翅蹦蹦跳跳地向他跑來，虎心緊跟在後，錢鼠鬚則往雨花石那頭狂奔，對他們說：「我去找棘星！」

「跟我說嘛，」赤楊心懇求道。「別等棘星了。她是不是死了？」

鴿翅的雙眸寫滿哀傷，赤楊心最不願聽到的消息已盡在不言中。「我們應該第一個向棘星稟報。」她咕噥著說。

「拜託妳！」赤楊心爪子耙過地面。「這種感覺就像狐狸把我碎屍萬段。」

鴿翅低著頭。「很抱歉。」她的聲音小到赤楊心快要聽不見了。「依我們看，嫩枝掌八成已經死了。」

她說這些話的同時，赤楊心聽見了心碎的聲音，就像在禿葉季的寒霜中折斷一根樹枝。他一度無法言語；最後用沙啞的嗓音勉強吐出幾個字。「發生了什麼事？」

「我們無法百分百肯定，」鴿翅答覆；她難過得連頭都抬不起來。「但是我們在轟雷路的旁邊，靠近她出生的那條隧道，發現她的血跡和毛髮。」

「確定是她的血跡？」赤楊心問道；他仍不願放棄最後一絲希望。

虎心點點頭。「氣味很微弱，但確定是嫩枝掌。看起來她和她母親的死法如出一轍……都是被怪獸撞死的。」

赤楊心的腿像是化作液體癱軟了；他搖搖晃晃，然後不支倒地。這個時候，錢鼠鬚也和棘星一起回來了，族長愁容滿面地向他們大步走來。

藤池從新鮮獵物堆跑過來，也有愈來愈多貓圍觀，大家都迫不及待要聽巡邏隊捎來的消息。

然而，赤楊心卻不忍再聽棘星向返家的巡邏隊問話。他的一顆心已沉到腳掌。

嫩枝掌還這麼年輕，他在心裡想。**我無法相信她再也不會跟著我到處轉，或跑過來逗我玩了。我不敢相信她真的走了。**

他抬起頭，努力將哀慟拋諸腦後，這才發現更多貓聚在棘星身邊，靜默恐懼地聽鴿翅發言。

「我們整塊地都搜遍了，」灰色母貓說。「甚至穿過轟雷路底下的隧道，想在另一頭尋找她的足跡，無奈怎麼找就是沒有她的蹤影。」她嗓音變得嘶啞。「我們實在無能為力。」

「都是我的錯！」藤池彈著尾巴驚叫。「我好內疚啊。」

棘星伸長脖子，用鼻子輕碰這位銀白毛相間的戰士肩膀。「妳沒有什麼好內疚的。」他安慰她。

「我要內疚的可多了！」藤池堅持把責任攬在身上，深藍色雙眼因哀傷而變得陰鬱。「身為她的導師，我明知道她有多想去找天族，卻還是勸她打退堂鼓……而且是為了愚蠢到極點的理由。」她補了一句話，同時往她姊姊鴿翅那頭瞥了一眼。

鴿翅抬起頭，驚訝地抽動鬍鬚；虎心這時則用尾巴圈住她的肩膀，想保護她。赤楊心在藤池眼中看見異光一閃而過，只是當下沒有興趣追究他們三個藏了什麼祕密。

「該內疚的是我，」他懺悔道。「我也知道嫩枝掌多想要尋根，我很清楚她有多難過。如果我及時追趕，說不定能追上她。」他在沉重的懊悔下隆起肩膀。「我本來打算去找她的，可是後來……」

赤楊心嗓音沙啞，戛然而止。「後來怎樣？」棘星催促他。

「後來波弟死了，這事我也忘了。」赤楊心坦承。

棘星向前走一步，用鼻子緊挨兒子頸部的毛。「我們都會很想嫩枝掌的，」他說。「失去她令我們沉痛萬分。可是，赤楊心，你不用自責。」

我知道他說得對，赤楊心暗忖：**但我無法不自責。我把嫩枝掌給忘了，現在她已不在了……**

✦✦✦

繁星在萬里無雲的靛藍夜空點點閃爍，雷族貓動員全族，在營區中央圍成一個歪七扭八的圓，為嫩枝掌守夜。雖然找不到屍首，族貓仍向這位見習生致意，送她的靈魂上路與星族會面。

有火花皮在身旁默默支持，聽貓兒輪流悼念嫩枝掌，令蜷縮在黑暗中的赤楊心感到出奇的療癒。不過，此刻營區的氛圍也頗為吊詭，大概是因為多了影族與河族貓吧。他們在外圍圍成一圈，很有禮貌地聆聽雷族的儀式。但是，赤楊心知道他們無法對族貓失去嫩枝掌的哀痛感同身受，畢竟他們根本不認識她。

過去這幾天兵荒馬亂，他暗想著，**其他貓大概很少注意到嫩枝掌失蹤了。**

現在換藤池起身，悼念嫩枝掌當上她的見習生，第一次帶她視察領土是怎樣的經過。「她興高采烈、求知若渴，」她說道。「如果還活著，一定可以成為一名傑出的戰士。」

她向棘星點了個頭，再次坐下，把尾巴盤在前掌周圍。

「藤池，謝謝，」棘星呢喃道。「赤楊心，」他一邊說，一邊用閃爍星光的琥珀色眼眸凝望兒子。「你有沒有什麼話要說？」

赤楊心蹣跚起身，但一度不知該說什麼。**嫩枝掌和紫羅蘭掌剛來的時候，**他遙想當年，**我們許多貓都相信她們是預言裡「在陰影下找到的東西」。原本我一直深信不疑……但現在已不怎麼肯定了。我不想又拿這個話題出來吵——現在不是時候。**

他猶豫的同時，火花皮輕輕地推他側身一下，眼神溫暖地鼓勵他。「你行的。」她輕聲說。

赤楊心瞬間找到說話的力量。「誠如藤池所說的，她求知若渴，」他結結巴巴地說道。「她……她很有活力，她熱愛生命。她對事物的感受如此……如此深刻。」最後，他想到了他確信無誤的一件事，也是現在唯一要緊的一件事。「嫩枝掌……她是我的朋友。」

他感到呼吸困難，無法多說什麼，沉重地往姊姊身旁一坐。

✦✦✦

赤楊心昨夜無眠，現下頭昏眼花，重返巫醫窩的工作崗位，希望能藉由工作忘卻哀慟與內疚。他正在幫薔光復健，扔出一顆青苔球給她撿，卻聽見外頭的營區傳來憤慨的嚎叫聲。

不好了！他暗想，青苔球也抓在爪間不扔了。**怎麼回事？**

「去吧，」薔光催促他。「看看外面怎麼了——然後回來跟我說。」

赤楊心拂過刺藤簾幕，現身營區，看見黎明巡邏隊從荊棘隧道步上石洞。領頭的獅焰一瘸一拐的，鮮血從莓鼻的肩膀流淌而下，玫瑰瓣的側身則有一塊毛不見了。三隻貓都怒髮衝冠。

「棘星！」獅焰嚎叫著仰望擎天架。「我們有事稟報！」

族長從窩裡探出腦袋，看了一眼殘兵敗將，馬上衝下雨花石和他們對話。與雲尾和亮心站在新鮮獵物堆的松鼠飛，也瞧見他們了；赤楊心聽見她驚叫一聲，跑到族長身邊。亮心和雲尾也緊跟在後，愈來愈多族貓從寢室裡跑出來，圍著巡邏隊，心急如焚地連珠砲提問。

「怎麼回事？」

「是惡棍貓幹的嗎？」

赤楊心察覺花楸星和霧星也溜出戰士窩，身邊帶了幾位自家戰士靠近。他們雖然不發一語，眼神卻充滿警戒。

松鴉羽穿過重重群眾，開始嗅莓鼻的傷口。「讓點位子給我，」他吼道。「這些貓需要療傷。」

「不要急，」棘星答覆，揮動尾巴要其他貓退後。「首先，我們必須知道發生了什麼事。」

「我們在影族邊界碰到幾隻惡棍貓。」玫瑰瓣率先答話。

棘星閉上眼再把眼睛睜開。「拜託，你們沒擅闖邊界吧？」他說。

「沒有！」莓鼻驚呼。「可是那些疥癬皮跑到我們的領土開打。」

圍在巡邏隊身旁的群眾義憤填膺，開始交頭接耳。雲尾噘起嘴，發出咆哮，用爪子抓耙他面前的土地。

「他們把我們趕跑。」獅焰氣得不斷抽動尾梢；赤楊心可以理解這位英勇的戰士敗給一群三教九流的惡棍貓，憤慨自然不言可喻。

「我們寡不敵眾，」莓鼻補充說明。「但我們也給了他們一點顏色瞧瞧，叫他們永難忘懷。」他舌頭往嘴邊舔了一圈，彷彿嚐到一塊特別多汁的新鮮獵物。

「他們其中一個——應該是蕁麻吧——對我們咆哮，」玫瑰瓣回憶。「說惡棍貓接下來要攻打雷族。他說：『這只是時間早晚的問題。』」

「只是時間早晚的問題，這不是廢話嗎？」花楸星擠進圍繞巡邏隊的圓圈中央。

「在趕走惡棍貓之前，大家都有危險！我們還能這樣坐以待斃多久？」

「你還有臉說話啊！」霧星悄悄走到花楸星旁邊，惡狠狠地瞪他，一雙碧眼好似碎冰。「會發生這種事，全都要怪你當初沒在惡棍貓抵達影族的時候，及時把他們趕跑。現在他們不僅霸占了你的領土，連河族的地盤也奪走了！我們會落得這步田地，都是你惹的禍，我才不要旗下的傷兵冒著生命危險修補你的自尊！」

花楸星也不甘示弱地回瞪，亮出利爪，頸部毛髮倒豎。「惡棍貓是各族要共同面對的問題，」他嘶聲說。「這已經明擺在眼前了。」

兩族族長一度鼻碰鼻正面交鋒，四肢僵硬、怒髮衝冠，赤楊心深怕他們馬上要打起來了。**內鬨的話還有什麼希望可言？**

不過，棘星搶在他倆開打前，擠到兩隻貓中間。他琥珀色的眼眸燃起挫折的火焰。「夠了！」他厲聲訓斥。「現在的局勢對每隻貓來說都很艱難。讓自家戰士看到族長像兩隻小貓一樣鬥嘴，會有幫助嗎？」

花楸星呼吸沉重地退後一步。「我不想吵架，」他表明意圖，顯然很難平復心情。「我只是想說——想重申一遍——我們必須有所作為。而且行動要快。」

棘星點點頭。「我同意，但這沒有大刺刺攻打惡棍貓那樣簡單。別忘了，我們試過一次——結果並不理想。」

棘星狠狠瞪花楸星一眼，花楸星嘴唇往後嘶，準備咆哮。但棘星先聲奪人，搶在影族族長辯駁前開口。「況且，現在開戰不只會危及河族貓的生命」——他對霧星輕點一下頭——「雖然在數量上我們仍贏過惡棍貓，但兩方陣營的差距其實不大。我們也無法指望風族伸出援手。河族的戰士還在養傷，根本還沒準備好再次出兵打仗。而暗尾是隻惡毒的貓。即使把他殺了，打敗他的爪牙，我們勢必會折兵損將、血流成河。更何況現在惡棍貓霸占兩個地盤，就算收復一個，他們還是有地方撤守。」

赤楊心縱使焦慮，在聽了父親謹慎明智的發言，也不由得以他為傲。霧星點頭表示贊同，就連花楸星也似乎不再那麼緊繃，頸部的毛再次攤平。

「這我大概也無法反駁，」花楸星不甘願地說。然後，他莫可奈何地搖搖頭。「一星為什麼要眼睜睜地看著其他貓族凋零？」他咕噥著說。「他為什麼不願挺身而出，捍衛貓族的生活原則？」

沒有貓答腔。就連棘星也只以嘆息做為答覆。

赤楊心和松鴉羽仔細檢查巡邏隊的傷勢，雷族族長則爬回雨花石，提高音量，從擎天架向族貓發言。

「年紀大到可以獨立狩獵的貓，請到擎天架底下開貓族大會！」

戰士們多半已來到林間空地。赤楊心看見薔光拖著下半身到巫醫窩的門口，黛西和葉池從育兒室出來，她們原本待在裡頭照顧部分受傷的河族戰士。

「我們要擬一個計畫，」等所有的貓都在林間空地就定位，仰望擎天岩，棘星便打開話閘子。「惡棍貓出兵攻打河族，再次把我們嚇得措手不及；而花楸星說得對，我們不能再這樣坐以待斃下去了。我知道這裡過於擁擠，大家都覺得不舒服、心情緊繃。但是，基於很多原因，我們無法貿然攻打惡棍貓。假如各位有什麼建言，我願聞其詳。」

好一會兒沒有任何貓回應。赤楊心發現許多族貓茫然地面面相覷。後來，他聽見獅焰清清喉嚨，看到這位金色虎斑戰士站起身。

「昨天，我跟煤心發現我們要生第二窩小貓了。」獅焰眼神流露驕傲的光芒說。

赤楊心還記得昨天葉池告知獅焰和煤心這項消息時，她有多興奮。但是如今他瞥向她，卻發現她面有愁容。其餘的族貓響起一陣道賀聲，但歡樂的叫聲很快消逝，取而代之的是尷尬的沉默。

大家都意識到在這個節骨眼把小貓帶來世上真不是時候，赤楊心揣度。

「可是時時刻刻提心吊膽，擔心被趕出家園，我怎麼敢把小貓生下來？」獅焰彷彿猜到赤楊心的心思，繼續慷慨激昂地說。「到時候貓族還會存在嗎？這大概是貓族第一次有滅亡的可能。」

煤心靜靜走到伴侶身邊，將尾巴搭在他肩上。「我們的小貓以後該怎麼辦？」她抬頭望著棘星說。「假如貓族不存在了，我們大家又要何去何從？」

「這……這不可能！」鼠鬚驚呼。

「就是說嘛，」罌粟霜一邊附和，一邊打哆嗦。「貓族千秋萬世，直到永遠。」

獅焰搖搖頭。「視而不見不會使問題消失，」他說。「還記得預言怎麼說的嗎：『擁抱你們在幽暗處所找到的，因為只有他們才能使天空轉晴。』都過了好幾個月，我們離預言的謎底還是一樣遙遠。」

「問題是我們一直有別的事要忙啊！」雲尾反駁。

獅焰對這位資深戰士微微點頭。「沒錯，但看樣子，各貓族的天空都已暗了下來。假如我們不集思廣義，想辦法重見天日，恐怕將會失去一切。」他彈了一下尾巴。「一切！」

赤楊心感覺一股寒意從耳朵竄到尾梢。從沒有貓這麼直言不諱，明講沒成功把惡棍貓趕走，可能會有什麼下場。**我們必須找到天族，把他們帶回來**，赤楊心暗想。**我相信這樣將能重見天日！問題是沒辦法立刻實現。**

他能感覺族貓侷促不安地挪動身子，空氣中瀰漫緊繃的氣氛，群眾裡還有隻貓怕得啜泣起來。

駭人的沉默彷彿蔓延了數月之久，直到霧星突然發言。

「河族貓需要時間康復，」她說。「倘若還沒恢復到能打的狀態，我們也不能貿然上戰場。可是，任族貓在敵營當戰俘那麼久也不是辦法。」

群眾再次陷入沉默，直到火花皮歪著腦袋天外飛來一筆：「我知道了！為什麼不想個法子，看看能不能把河族的戰俘每次偷帶走一、兩個呢？」

「要怎麼偷帶走啊？」莓鼻輕蔑地哼了一聲問道。「惡棍貓對他們一定嚴加看管。況且，我聽說有巫醫試圖溜進河族營區，結果被趕出來不打緊，耳朵還被塞了跳蚤。」

他講話的同時，赤楊心感覺棘星正以嚴厲的目光瞪他；他不願正視父親的雙眼，只是一直盯著自己的腳掌，最後發現棘星沒打算揭穿他才鬆了一口氣。

火花皮猛一轉頭，面向莓鼻。「那你有什麼建議啊？令大家拍案叫絕的好主意？」

她反問對方。

莓鼻聳聳肩，舔了一下自己的胸毛。

火花皮還沒來得及多說什麼，蛾翅便起身走到她身旁。「如果能成功營救我們的族貓就太好了，」她說：「但首先要在敵營找貓跟我們裡應外合。」

她望向赤楊心；當他看出她意味深長的眼神，便了解她在回想上回拜訪河族的經過，紫羅蘭掌和針尾帶他們去找水塘光。

針尾似乎想要幫忙。

「這裡有沒有誰認識惡棍貓陣營的成員？」蛾翅問道。「我是說，跟他們夠熟，相信他們不會洩密？」

花楸星氣惱地呼了口氣。「那裡自然有影族的貓，」他答覆：「但是誰曉得他們現在效忠誰啊？」他瞥了刺柏爪和爆發石一眼，他倆則看起來惶恐不安。

「這很難講。」刺柏爪說話的時候，不敢正視花楸星的目光。

「我認識兩隻貓，」赤楊心輕聲說，他依舊在回憶上次和蛾翅的旅程。「但我不敢保證他們會幫忙。」

擎天架上的棘星一臉若有所思。「我認為這件事要仔細考量，」最後他說道。「還是從長計議得好。一定要找百分百信得過的，我們可不想把計畫透露給一隻靠不住的貓。」

會議進入尾聲，這群貓散成好幾個小團體，焦急地討論辦法。赤楊心跟著松鴉羽和負傷的巡邏隊回巫醫窩。他和蛾翅離開河族營區時，針尾驚恐的神情至今仍歷歷在目。

真搞不懂針尾是怎麼回事，他哀思道。**她曾是我的朋友，可是現在……我也不敢肯定了。**

她會不會願意幫忙？

✦✦✦

赤楊心前往月池的途中，半月浮在丘陵之上。這個夜晚冷颼颼的，空氣中帶著一絲雨味；不過，眾巫醫橫越邊界往上爬時，烏雲已漸漸稀落。

葉池帶頭，與松鴉羽和柳光並肩而行，蛾翅和赤楊心則跟在他們幾條尾巴遠的後方。

「那麼？你覺得針尾會幫我們偷帶戰俘出來嗎？」蛾翅低聲問他。

赤楊心警戒地盯著前方其他幾位巫醫，因為他知道松鴉羽是個順風耳，不過他們似乎都沒察覺他和蛾翅的竊竊私語。

「不知道，」他答覆。「我得先跟她談談。」

「那可不容易。」蛾翅惱怒地抽動尾巴說。

赤楊心鑽出月池上方坡頂的灌木叢，雖然不見水塘光和隼翔等待他們，他卻一點也不意外。他回頭望向來時路，一片風景毫無動靜。寒光下，萬籟俱寂，沉靜無息。

「再等一下吧，」葉池一邊說，一邊帶路沿著彎道走向池畔。「他們可能在路上。」

「那刺蝟也能飛上天了，」松鴉羽輕蔑地說道。「他們不會來的，我們早就心知肚明了。」

赤楊心默默坐著，凝視月亮和星光映在湖面的閃爍倒影，聽著瀑布落在石頭上的流水聲。他的心隱隱作痛。

這裡是如此的靜謐詳和，但各大貓族間卻一片混亂。

月亮緩緩升起，但依舊不見風族和影族巫醫貓的蹤影。最後，葉池再度起身。

「我們等得夠久了，」她宣布。「沒有貓能說我們沒給他們機會了。」

「那就開始辦正經事吧，」松鴉羽說。「我們這是在浪費月光。」

葉池點點頭。「與星族會面前，我要再說最後一件事，」她宣布。「現在時局艱困，我知道每隻貓都想盡全力拯救貓族。但我也希望大家保持頭腦清楚，把自己照顧好，不要為了釣情資讓自己曝露在危險中。赤楊心，你同意嗎？」

赤楊心發現葉池銳利的目光落在他身上，只好低下頭來。「葉池，我同意。」他咕噥著說。

她肯定知道我和蛾翅去過河族的領地了。她不贊成此舉……不過她也沒告誡我們不能再這樣做。

與此同時，松鴉羽不耐煩地挪移腳掌。「我們今晚到底還要不要做夢啊？」他問道。「此時此刻比以往更需要星族的指引。」

「現在就準備了，」葉池答覆。「願星族照亮我們的路。」

赤楊心與其他巫醫蜷在池畔，鼻尖輕觸水面。寒冰般的黑暗在他周圍旋繞，等四周由暗轉明，他發現自己站在一片短草中，草地連綿不絕、一望無際。

他環顧四周，尋找祖靈，卻只看見一群骨瘦嶙峋、毛髮蓬亂的貓，在幾條狐狸遠的樹叢下歇息。

「天族……」他自言自語。

赤楊心一認出那隻站崗的貓，就心如刀割：那隻大公貓神似嫩枝掌，又有著紫羅蘭掌的雙眸。他再次體認到這隻貓和他失蹤的朋友有多相像。

赤楊心突然燃起一線希望。**或許鴿翅和虎心搞錯了！說不定最後嫩枝掌逃過了怪獸的魔掌，平安抵達天族啦！**

他走向那群貓，知道他們誰也不會發現他的存在。他與那隻虎斑大公貓錯身而過，近到差點要拂過他的毛皮。

可是，赤楊心搜遍了那群歇息的貓，也查過每個樹叢底下，但還是遍尋不著嫩枝掌，連她一點微弱的氣味都聞不到。

他的希望幻滅，哀傷到無以復加。他睜開眼，發現自己又蜷在月池邊，只是它的美令他心寒。**這證明了一切。假如嫩枝掌到了天族，我應該會見到她才對。看來她是真的死了。**

第十三章

紫羅蘭掌蜷在一隻肥美的灰林鴿前，撕裂多汁的鴿肉。她周圍的暗尾及大家庭成員也都狼吞虎嚥地享用獵物。陽光把紫羅蘭掌的背曬得好溫暖，她能聽見河族營區邊界的溪水在不遠處涓流低吟。

在暗尾和他的惡棍貓爪牙攻過來之前，這裡一定美如仙境。

「哇，我從沒見過鴿肉消失得這麼快，」暗尾從他正在吃的兔肉面前抬起頭，望著紫羅蘭掌說。「要不要再吃點兔肉？」

僅存的影族戰士之一焦毛豎起耳朵、皺起眉頭，彷彿不敢相信暗尾的語氣竟然這麼歡樂。但他不發一語，只是銜了一隻松鼠跑去找伴侶雪鳥，她正和小貓們待在育兒室。

紫羅蘭掌得先嚥下滿嘴的鴿肉，暗尾友善起來，反倒令她疑心更重。「暗尾，不了，謝謝。我這隻能不能吃完都很難說呢。」

「那妳改變主意的話再跟我說囉，」暗尾回答。「總不能讓妳挨餓嘛，對不對？」

他講話的同時，焦毛回來了，他遲疑了一會兒才說：「或許我們應該把吃剩的拿去給河族的戰俘——還有針尾。他們愈來愈像瘦排骨了。再怎麼說，」他瞥向營區中央關戰俘的地方：「如果要囚禁這些戰俘，就有責任維護他們的健康，不是嗎？」

紫羅蘭掌發現暗尾瞇起眼，氣得繃緊口鼻部，但在下一秒旋即放鬆，以冷靜的口吻答覆焦毛。

「我把戰俘餵得可飽了。你為什麼覺得我沒善待他們？」

焦毛瞪著暗尾，閃爍雙眸的恨意清晰可見。紫羅蘭掌的目光在他倆之間遊移，嚇得頸部毛髮倒豎。**別說話**，她暗中祈禱。**雪鳥還在給你們的小貓哺乳——萬一你被暗尾懲罰，她就要為吃的發愁了。**

暗尾緩緩起身，走向焦毛，把口鼻湊到這位暗灰色戰士的面前，只隔不到一隻老鼠的距離。

「焦毛，」他溫柔地說：「你是不是在質疑我領導大家庭的能力呀？也許你並不是我真正的家人。不是每隻貓都真正屬於這裡的。或許你到別的地方會比較快樂？」

焦毛又沉默了幾秒。「暗尾，不是這樣的，」最後他脫口而出。「我絕對沒有質疑你。你當然知道怎麼做才最恰當。」

暗尾有好久只是一動也不動，直視焦毛的雙眸。最後，這樣的緊繃局勢，紫羅蘭掌覺得她再也承受不住了，他才唐突地點了個頭，走回光滑鬚附近他還沒吃完的那塊兔肉那裡。

焦毛強嚥剩餘的田鼠肉，然後起身步履蹣跚地走掉，其他和他一同用餐的影族戰士也跟著離去。

「別走太遠啊，」暗尾在他身後喊道。「戰俘窩馬上要你去清呢。」

焦毛真可憐，紫羅蘭掌暗忖。**他真該閉上嘴巴**。如今少了見習生，暗尾把最糟的工作分派給激怒他的貓。上回清戰俘窩的則是可憐的水塘光。想起那次令人心驚膽顫的言語交鋒，害他惹上麻煩，紫羅蘭掌仍感到內疚不安。幸好，就連暗尾似乎也看得出這個大家庭有多需要巫醫坐鎮，所以水塘光不必擔任清潔工太久。

焦毛和其他貓離開之後，光滑鬚誇張地嘆了口氣。「影族戰士什麼時候才肯統統滾蛋啊？暗尾，明眼貓都看得出來他們不懂你的領導風格。他們不配接受你的領導！」

暗尾惡毒地看她一眼。「別忘了當初妳也是影族貓。」他提醒她。

「我很早就不把自己當影族貓了，」光滑鬚大膽地說。「我現在是個徹頭徹尾的大家庭成員。我是第一批加入你的貓，至於那些疥癬皮，直到你攻占領土才換邊站。所以，他們愈早離開愈好。」

她湊上前，用毛皮拂掠暗尾，但惡棍貓的首領只是賞她一個衛生眼；她也很識相，悠悠緩緩地走了。

「這樣想就不對了！」暗尾厲聲斥責。「我們需要影族貓。就算加入寵物貓盟友，和我們的大家庭新成員，在數量上還是輸給貓族戰士。」

那是暗尾自己的錯，紫羅蘭掌暗想。**他不該對曦皮跟其他貓這麼心狠手辣！**

「哦，我好飽哦！」她一邊喊，一邊起身銜起剩餘的鴿肉。「吃不完了。」她含著滿嘴的羽毛咕噥著說。

暗尾和他的大家庭成員似乎沒注意到她。紫羅蘭掌把鴿子叼到垃圾堆丟掉，烏鴉吃的腐肉飄送陣陣惡臭，令她不禁皺起鼻頭。

真噁心，她暗忖道。**以前在影族營區，我們從來不會放任食物腐壞。**

自從有了兩塊領土可以狩獵，大家庭就再也不必擔心食物短缺。令紫羅蘭掌反感的是，明明有很多食物吃不完，暗尾卻寧可浪費，也要讓戰俘挨餓。

紫羅蘭掌回瞄背後一眼，確定沒有貓在看她，才鑽進一叢長草，左彎右拐地朝一簇年邁的灌木邁進，先前她在那裡藏了一隻特別肥美的田鼠。她在纏結的莖桿間穿行，耙了很久才找到，一度擔心是不是其他動物來過，把她的食物偷走了。

後來，她發現田鼠毛皮的光滑曲線，這才鬆了一口氣。她叼在嘴裡，走向戰俘被鎮守的刺藤林。

紫羅蘭掌把田鼠扔在別人看不見的岩石背面，再悠閒地晃到正在大門守衛的塞爾達和蓍草葉面前。「嗨，」她說。「我幫你們守一會兒，妳們想吃飯就去吃吧。」

塞爾達眼睛一亮，蓍草葉則用舌頭舔了嘴巴一圈。「太好了！」她驚呼道。「我的肚子還以為喉嚨被誰抓出洞了。」

兩隻母貓迅速地往新鮮獵物堆前進，一溜煙地消失了。

她們走後，紫羅蘭掌叼回田鼠，鑽進刺藤捲鬚，最後來到刺藤林中央的空地，也就是戰俘住的地方。

最初誰也沒發現紫羅蘭掌來了。冰翅和薄荷毛伸直身子躺在一塊兒，他們身上的每根肋骨，紫羅蘭掌都能看見。冰翅的傷口鮮紅發炎，紫羅蘭掌這才意識到水塘光根本沒拿藥替她療傷。暗尾不准他這麼做。蘆葦鬚正蜷著身子睡覺。蕨皮想為自己梳理毛髮，可是對她來說，似乎連轉頭這個動作都太費力了。她虛弱地黏了幾下，便撲通一聲側倒在地，不停喘氣。

針尾在狹小的空間裡踱步，她轉身時瞧見了紫羅蘭掌。「妳又來了！」她一邊嘀咕，一邊走向她。「妳實在不該再冒這種險。暗尾知道了，肯定會把妳的毛給拔掉。」

「我給你們帶點吃的來，」紫羅蘭掌邊說邊把田鼠扔在針尾的腳邊。看見朋友變得這麼疲累挫敗，她就心如爪子在耙。「我很謹慎。暗尾不會發現的。快點吃吧。」

針尾撲向食物，將它一把抓起，但她沒有狼吞虎嚥，反倒是把食物叼去給河族的戰士。紫羅蘭掌看得目瞪口呆，卻也被朋友無私的舉動暖了心扉。

「紫羅蘭掌又來了，」針尾說。「給你們帶點吃的。」

河族貓無精打采地抬起頭，但一聞到田鼠味，興致瞬間變得高昂。

「感謝星族！」蕨皮喘著氣說；她開始流口水了。

紫羅蘭掌目睹戰俘貪婪地分食田鼠，他們三兩下就吃光了，而且每隻貓只分到一兩口。她發現針尾一口也沒吃，只看其他貓吃。

「我們不能再這樣坐以待斃了，」薄荷毛在最後一口食物消失後說。「暗尾是我看過最殘忍的貓了。」

「噓！」蕨皮戳薄荷毛一下提醒她。「紫羅蘭掌是暗尾的爪牙。」

「我不在乎！」薄荷毛回嘴。「暗尾確實很殘忍。」她惡狠狠地瞪紫羅蘭掌。「跟他說是我說的，要殺要剮隨便他。」

「我什麼都不會跟他說的，」紫羅蘭掌回應她。「我也覺得他很殘忍。」

「那妳幹嘛還跟隨他？」蘆葦鬚訝異地問。

「鼠腦袋，她沒有跟隨他，」針尾道出事實，氣得抽動鬍鬚。「假如她認同暗尾的作法，還會送食物給你們吃嗎？」

「一開始我犯了錯，」紫羅蘭掌坦承。「我正在想辦法幫你們，在此同時，只要逮著機會，我就會給你們送吃的。」

河族貓你看我、我看你，紫羅蘭掌在他們的眼中瞧見希望萌芽的跡象。但她來不及多說什麼，就聽見刺藤林外傳來聲響：腳步聲還有塞爾達和蓍草葉的交談聲。

「我得走了。」她呢喃道，迅速溜回空地。

塞爾達和蓍草葉向她走來時，紫羅蘭掌發覺塞爾達看她的眼神怪怪的。**不曉得她是不是聽到我和戰俘的對話了。**

昨晚夜幕低垂後，紫羅蘭掌和塞爾達才在她倆合睡的窩長談。

「我還是想回家，回我主人身邊，」塞爾達說：「但是暗尾大概不會讓我走了。」

紫羅蘭掌無言以對，因為她知道塞爾達說得對：她跟河族貓一樣是階下囚。

她或許會為了搏取他的歡心而告密。我不能冒險輕信她。

紫羅蘭掌迎上塞爾達的目光，但願在她的眼中覓得一絲線索，可惜這隻寵物貓的表情教她難以看穿。

「紫羅蘭掌！」暗尾的嗓音劃破紫羅蘭掌的沉思，把她嚇了一跳。「紫羅蘭掌，妳在哪兒啊？」

紫羅蘭掌向塞爾達和蓍草葉點了個頭，蹦蹦跳跳地越過營區去找暗尾，只見他站在大家庭成員的中央。

「妳在這兒啊！」他對跑上前的紫羅蘭掌說。「新鮮獵物堆的食物變少了。妳給我打獵去。」

「好的，暗尾。」紫羅蘭掌表面上保持鎮定服從，私底下卻暗潮洶湧。**或許這正是我需要的空檔！**

✦✦✦

過了正午，紫羅蘭掌返回河族營地，將一隻兔子扔到逐漸堆高的新鮮獵物堆上。先前她已經帶回幾隻老鼠和一隻松鼠。

由於跟惡棍貓一起生活，每隻貓都要外出為自己獵食，她深思：**我也因而精進了狩獵技巧。**

族貓通常成群結隊外出狩獵，大家庭則常單打獨鬥，這樣才不必分享獵物。這回，紫羅蘭掌看準了暗尾不會質問她，所以堅持自己獨自打獵。**自從我出賣針尾後，他就對我特別好，**她想到這裡就不寒而慄。**現在捕了夠多獵物取悅他，我也為自己贏得時間出去轉轉。**

「我要去影族的領土覓食。」她故意大聲講給其他貓聽，然後三步併作兩步地奔向湖畔，越過兩腳獸的半橋。

紫羅蘭掌心中的目的地不是影族的領土。是時候承認自己一個鬥不過暗尾了。她正前往雷族，也想找她姊姊。

希望嫩枝掌消氣了，對戰場上發生的事不再那麼耿耿於懷。因為我現在急需她的幫助。

紫羅蘭掌敏捷無聲地在矮樹叢中穿行，確定自己沒離湖畔太遠。她的感官保持警戒，留意可能在影族領土狩獵的惡棍貓所發出的聲音、或散發的氣味；不過，在渡過標示影族與雷族邊界的小溪前，她連一隻貓都沒碰見。

紫羅蘭掌深吸一大口氣，開始放鬆，更有自信地走向雷族營區，直到正前方的一簇蕨叢傳來濃烈新鮮的貓味——混雜著雷族與河族的氣味，她才漸漸繃緊神經。一會兒過後，蕨葉搖曳，三隻貓鑽進空地。

帶頭的是隻灰白交雜的年輕公貓，紫羅蘭掌認得他是露鼻。另外兩隻貓，雖然偶爾在大集會上見過，也知道他們來自河族，但是沒那麼熟。**名字我應該還記得……豆莢光還有……對，甲蟲鬚。**

紫羅蘭掌畢恭畢敬地低著頭，靜待巡邏隊蹦蹦跳跳地向她走來。

「妳到這兒來幹嘛？」露鼻問她。

令紫羅蘭掌寬慰的是，他的嗓音驚訝多過敵意。「我沒有惡意，」她趕忙解釋。

「我是來幫忙的——還有，見我姊姊的。」

「憑什麼要我相信妳？」豆莢光粗魯地問。「我們怎麼知道妳不是惡棍貓進攻的計畫之一？」

「拜託一下，豆莢光。」露鼻推了這隻河族公貓一下。「暗尾想殺過來的話，還需要派見習生先警告我們嗎？」

「我是自己來的，」紫羅蘭掌向他們保證。「暗尾並不知情。不相信我的話，你們可以派幾隻貓守在邊界，其餘的貓陪我進去。」

豆莢光對她點了個頭，似乎很滿意這個答案。

「戰俘怎麼樣？」甲蟲鬚焦慮地問。「他們還好嗎？暗尾是不是很快就會把他們放走了？」

紫羅蘭掌不知該怎麼回答。「他們還活著，」她遲疑了一下，對他說。「他們也是我來這裡的原因之一。但我需要外援。」

露鼻點點頭，面露喜色。「那我最好帶妳去見棘星。」他說。

「還有霧星。」豆莢光唐突地補了一句。

露鼻嫌惡地掃了一下尾巴。「是是是，還有霧星。」他嘟囔著說。

紫羅蘭掌跟著露鼻走進森林，兩位河族戰士則分別走在她的左右兩側。當她鑽出荊棘隧道，踏進林間空地，隨即愣了一下，眼前擁擠的貓群令她為之震撼。

影族和河族的貓，最後全都流落到這兒了嗎？在此之前，紫羅蘭掌一直沒想過被大家庭趕走的族貓後來有什麼下場。如今，擁擠的雷族營區，看得她驚愕萬分。

她在營區的另一頭瞥見刺柏爪和爆發石，至少曦皮的孩子安全抵達，她也比較安心了。不過後來她發現花楸星在他們旁邊；他看到了她，眼神冷漠且不懷好意。

紫羅蘭掌暗自退縮，突然覺得前所未有的緊張。**我怎麼會這麼天真，以為這些貓會把我當朋友一樣地迎接？他們我認識的沒幾個——就算認識的，也八成把我當成叛徒。**

「紫羅蘭掌，走吧。」露鼻用尾梢輕碰她的肩膀。「我帶妳去見棘星。」

紫羅蘭掌有點猶豫。「我可以先跟嫩枝掌講幾句話嗎？」

露鼻的眼神籠罩著愁雲慘霧，紫羅蘭掌看了更為激動。

「她怎麼——」她話只說到一半。

「我大概知道哪隻貓可以幫妳了。」露鼻溫柔地打斷她的話。

他匆匆離開，在林間空地的聚貓間穿行，最後消失在刺藤簾幕的後方；紫羅蘭掌記得那是巫醫窩的門口。

沒過多久，赤楊心出現了；紫羅蘭掌一瞧見他，便如釋重負，一度搖搖晃晃，快站不穩了。**赤楊心是嫩枝掌的朋友。他一定會幫我的！**

「紫羅蘭掌，謝天謝地妳沒事！」赤楊心蹦蹦跳跳地走上前說。「妳好嗎？繼上回我和蛾翅拜訪，針尾後來好不好？我知道，她嘴巴上說一切都好——可是局勢看起來似乎不妙。」

「的確不妙，」紫羅蘭掌對他說。「事實上，是糟糕透頂。我覺得暗尾自從殺了雨之後就變本加厲。他只在乎忠誠度，只要被他懷疑不夠忠誠的，都會遭到懲罰。其中……其中也包括針尾。」

赤楊心的眼中籠罩著愁雲慘霧，有那麼一秒，他似乎凝視著遠方，彷彿在那兒看見了淒風慘雨。紫羅蘭掌知道他和針尾曾經相當親近，想到她沒被善待一定氣炸了。

看起來赤楊心很快就陷入沉思。「紫羅蘭掌，我能不能相信妳？」他問道。

紫羅蘭掌點頭如搗蒜。「能，」她向他保證。「我現在知道留在暗尾身邊是個錯誤。惡棍貓占領影族的時候，我就該跟著花楸星一起離開。可是，我……我想跟針尾作伴，我知道她說什麼都不會走的。」她受到赤楊心諒解目光的鼓勵，又補一句：「我想要相信一切終將好轉。你有沒有曾經這樣想過？」

赤楊心的眼神洋溢著溫情，紫羅蘭掌差點就要把他當作自己的家人。**我真正的家人**，她心想：**不像暗尾那樣假惺惺。**

「有，」他答覆。「紫羅蘭掌，妳聽仔細了。我們一直想在惡棍貓營區找幫手，因為我們有個點子。我們想出一個計畫……」

赤楊心把計畫解釋給她聽，紫羅蘭掌興奮得腳掌宛如針扎。她好奇地聆聽，心中燃起希望，連皮毛都暖了起來。

「但是計畫要成功的關鍵，」赤楊心最後把話講完：「在於要找一隻能夠左右暗尾的貓。」

「我可以！」紫羅蘭掌自告奮勇，興奮的血液，好似冰封的小溪受陽光照耀，在她的身體裡流竄。「暗尾很信任我。要做什麼，你們盡量吩咐。」

赤楊心凝視她的眼神很溫暖。「紫羅蘭掌，謝謝妳。」

「不——是要謝謝你——謝謝雷族。」紫羅蘭掌感覺放下心中的一塊大石。「你們替我找到一條出路。」

「現在我最好帶妳去見幾位族長。」赤楊心邊說邊彈尾示意。

紫羅蘭掌點點頭，但在跟赤楊心離開之前，她環視營區一圈，在眾貓之中尋找姊姊的身影。「我可以先跟嫩枝掌講幾句話嗎？」她問道。「自從上次打完仗後，我就沒見過她了，我……我對她做了那些事，感到很內疚。希望有機會向她解釋，告訴她我有多懊悔。」

紫羅蘭掌抬頭凝望赤楊心，只見他表情大變，令她瞬間不寒而慄。他看起來彷彿很痛苦。

「對不起，」他最後勉為其難地說。「嫩枝掌半個月前離營，之後再也沒回來過了。我們認為……她恐怕已經慘遭怪獸殺害了。」

紫羅蘭掌呆望著他，全身僵著、不可置信。她覺得胃裡好像有一大塊冰柱；有那麼一會兒，好多黑點在她的視線打旋。**不……嫩枝掌不會死的！上回在戰場上碰面，我居然還攻擊她。哦，星族啊，千萬別讓上次成為我最後一次見她的機會！**

「你在跟我開玩笑嗎？」她問道。「為什麼拖到現在才跟我說？」

赤楊心搖搖頭，感到既哀痛又不解。「上回我沒料到會遇見妳，」他過了兩秒才回答。「況且我自己也還不能接受這項噩耗。寧願不要相信這是真的。」

「她為什麼要離營？」紫羅蘭掌問道。

這下子，赤楊心無法面對她的目光了。「都是我的錯，」他輕聲自首。「我覺得……覺得自己在異象中見到妳們的一位親人。」

紫羅蘭掌嗓音變尖。「我們的親人？」

「天族出現在我的異象中，」赤楊心娓娓道來。「他們是一支貓族；很久以前，我們還住在舊森林的時候，他們被其他族給趕跑了。我看到一隻公貓長得很像妳們兩姊妹。」

紫羅蘭掌呼吸變得短促，感覺腳底下的土地開始震搖。赤楊心講的話，她一個字都無法消化。

他的意思是：**這隻公貓可能是我的親人囉？我唯一的親人是嫩枝掌，可是赤楊心剛才說嫩枝掌已經死了。**紫羅蘭掌站得僵直、目光渙散；可是思緒又像疾風在她的腦中飛旋。**不會的，**她最後堅決否定。**嫩枝掌倘若真的被殺，我肯定會有心電感應的，對吧？**

「你說你們認為她已經死了。可是沒有貓目睹事發經過？」她問道。「沒有貓找到她的屍體？」

「沒錯，」赤楊心說。「即使如此，我們還是很確定她不在了。」他的目光溫柔地落在她身上。「紫羅蘭掌，我很遺憾。妳還願意幫忙嗎？」

紫羅蘭掌的心痛到快要裂成兩半。不過，心痛卻令她更加堅決。

我必須相信嫩枝掌至今仍活在世界的某處。我會照赤楊心的指示去做：幫助弱勢的貓脫離暗尾的魔爪。然後，等姊姊回來，將會原諒我在戰場上做過的蠢事。要是她不原

諒……或許，要是她真的死了……

紫羅蘭掌把這個念頭拋在腦後，甚至不願納入考慮。「我願意。」她一邊用堅定的目光與赤楊心對望。

赤楊心往通往擎天架的雨花石跨出一步，後來又止步不前。「不行，妳離開營區太久了，」他這麼說。「我去跟棘星談；妳快趁沒被發現之前回去吧。只要別忘了我們的計畫……」

紫羅蘭掌聽他火速交待完畢，便點頭道別，離開營區，沿著湖岸狂奔穿過森林，最後跨越邊界，進入影族的領土。

真希望可以留下來，她忖度著：**不過，一旦計劃成功……一旦擊退惡棍貓，嫩枝掌也回家了……或許我跟她還有針尾就能一起住在雷族的領土了。**

✦✦✦

月亮的銀光照耀河族營區，樹叢與蘆葦的影子將地面點綴地光影斑駁。紫羅蘭掌鬼鬼祟祟，從一塊暗影溜到下一塊，豎起耳朵，連最細微的動靜都不放過。

等她抵達刺藤林，便發現塞爾達獨自站崗。紫羅蘭掌看見這隻寵物貓伸展四肢，打了個大呵欠，然後起身開始來回踱步，顯然想要努力保持清醒。

紫羅蘭掌走到她面前。「塞爾達，妳好。」

塞爾達猛一轉頭，豎起頸部的毛，等看到講話的對象才又鬆懈下來。「紫羅蘭掌！妳要把我嚇死了啦！妳到這兒來幹嘛？」

「我想看看針尾的情況，」紫羅蘭掌向她解釋。「我很擔心她。」

塞爾達驚愕地瞪大眼。「我不能讓妳這麼做！要是暗尾發現了怎麼辦？他會把我的耳朵都給耙掉。」

「拜託嘛……，」紫羅蘭掌說。「我只想跟她說幾句話。她是我朋友，妳也知道的。說說話能有什麼危險？」她頓了一下，再接著說：「我進去的時候，妳可以蜷著身子睡會兒覺。我不會讓戰俘逃跑的。」

塞爾達這下看起來更抓狂了。「不行啦！萬一被暗尾看見怎麼辦？……說不定大家庭哪個成員會向他告密？」

「他們全都在床上睡到鼾聲雷聲了，」紫羅蘭掌對她說。「塞爾達，拜託嘛……我們是不是朋友？」

塞爾達縮張爪子，劃破幾根草。「好吧，紫羅蘭掌，」最後她妥協了。「不過要快點哦。」

「塞爾達，謝了。」紫羅蘭掌用鼻頭輕碰寵物貓的耳朵，然後從她身邊溜進刺藤林，直達林間中央的空地。

河族的戰俘蜷在一塊兒，活像一大團毛球，針尾則躺在他們附近。紫羅蘭掌以為她的朋友也睡了；但是她一靠近，針尾便抬起頭，眨眨眼，凝視著她。

「紫羅蘭掌？」她嗓音沙啞地說。

「我有話要跟妳說。」紫羅蘭掌蹲在朋友旁邊，朝著她的耳畔輕聲說。「我去過雷族，跟赤楊心談過了。我們計畫把妳跟戰俘偷渡出去！我保證你們都會平安無事的。」

針尾靜靜聆聽，等紫羅蘭掌說完仍沒有半點回應。她閉著眼，紫羅蘭掌以為她又睡著了。看著朋友身體變得這麼虛弱，她的憐憫之心油然而生。

紫羅蘭掌開始慢慢往後挪移，準備離開，這時針尾又醒了，眼睛睜成一條縫。「紫羅蘭掌，我淪落到今天這個地步……不是妳的錯。我們犯的錯其實全都要歸咎於我。」

「這些都無所謂了，」紫羅蘭掌答覆，將鼻頭稍微埋進針尾肩膀的毛裡。「什麼都別擔心。我會把妳救出去的。」

針尾搖搖頭。「紫羅蘭掌，用不著替我冒險。妳要用盡一切方法，努力活下去。」

她輕聲嘆息，再次沉默，紫羅蘭掌知道這回她真的入睡了。

紫羅蘭掌在她身旁多待了一會兒，用手掌替她梳毛。**針尾真可憐**，她心想。**和雷族共同制定的計劃說什麼都要成功……**

她小心翼翼地溜出刺藤林，朝塞爾達點了個頭，然後躡手躡腳地穿越營區，往長老窩的方向前進。

有件事我要跟鼠疤和橡毛商量……

第十四章

影族和河族的領土由一條小轟雷路劃分開來，而赤楊心正蹲伏在這條路旁邊的矮樹叢中。火花皮和藤池在他身邊，至於獅焰則在距離他們一條尾巴左右的地方守望，以免惡棍貓在影族那頭巡邏。

紫羅蘭掌拜訪雷族已是兩晚之前的事了。烏雲蔽日，在這群擅闖私地的巡邏隊身上投射討喜的陰影。唯一的聲音是微風拂過林間，樹枝微弱的吱嘎響。

「依你看，紫羅蘭掌跟暗尾親近嗎？」火花皮半信半疑地低聲問。「看在星族的分上，她只是個見習生欸！」

「我信得過她，」赤楊心壓低音量答覆。「她跟我說日落和月高時分各有一隊巡邏隊經過。況且，這些事也用不著暗尾跟她說——只要她保持頭腦冷靜，自然觀察得出來。」

藤池慢慢點了個頭，碧眼在幽光中閃爍。「畢竟，」她咕噥著說：「暗尾把兩塊領土都給占走，這裡也不再算是邊界了。沒什麼必要定時出動巡邏隊。」

「沒錯，」赤楊心附和。「況且，我相信紫羅蘭掌。她雖然只是名見習生，可是很能幹，做起事來又嚴謹。」

「的確。」藤池輕嘆道。「使我深深想起嫩枝掌。」

聽到這裡，貓兒全都沉默片刻；赤楊心知道他的族貓正在追憶那隻年輕的貓，與他同哀。

接著，赤楊心聽見身後的獅焰一躍而起。「你們看！轟雷路對面！」他嘶聲叫。

赤楊心看見三個影子鑽出河族那頭的樹叢。他聞了聞空氣，繃緊身上的肌肉，一開始無法確定穿越轟雷路堅實地面、朝他們走來的貓究竟是誰。後來，紫羅蘭掌的氣味飄進嘴裡，赤楊心也認出她的身影，看見她領著兩位影族長老：橡毛和鼠疤走來，這才放鬆下來。

兩隻老貓抵達矮樹叢，頹倒在赤楊心和其他雷族貓腳邊，如釋重負地呼了幾口大氣。

「紫羅蘭掌，幹得好！」橡毛說。「計劃成功了！」

「偉哉，星族！」鼠疤喘著大氣說。「我還以為一定會被那個長疥癬的暗尾逮到呢。」

「噓！」火花皮提醒他們。「我們還得護送你們平安穿越影族的領土咧。」

「先休息一會兒，讓我看看你們的傷勢。」赤楊心說。

雖然月光昏暗，他還是能看出長老們骨瘦如柴的身軀，以及烙印在脅腹的爪痕。他從他們身上散發的微甜味判斷有些傷口已受到感染，他也想起刺柏爪曾說暗尾叫水塘光把藥草收好，只留給大家庭的成員使用。

「我嚼了幾株金盞花，」他一邊說，一邊拿花泥接連溼敷橡毛和鼠疤的傷口。「等明天到了營地，我再替你們仔細療傷。」

療傷的汁液滲入傷口，橡毛長嘆一聲，愉悅地蠕動身體。「少年仔，感覺好舒服啊。」他用粗啞的嗓音說。

「我抓了幾隻老鼠給你們吃，」藤池接著說，在長老面前各扔一隻。「吃快點，我們才好趕路。」

長老們無需提醒，狼吞虎嚥地啃食獵物。

他們看起來好像一個月沒進食似的，赤楊心暗忖，這些曾經為部族犧牲奉獻的長老如今這麼落魄淒涼，令他義憤填膺。

「這就是暗尾對待長者的方式？」他問站在附近的紫羅蘭掌；她第一次出任務就嚐到勝利的果實，兩眼閃爍著志得意滿的光。

紫羅蘭掌聳聳肩。「暗尾總是讓最強壯的貓先吃。而且沒有經過他的允許，不准和別的貓分享獵物。」

赤楊心記得：暗尾和他旗下的惡棍貓當時聲稱要加入影族，其實在峽谷做的也是同一套。**他說他跟那些惡棍貓朋友想當影族的一分子，這真是個瞞天大謊。他只是想收編各族的貓，納入自己的爪牙，依他的邪門歪道過生活。**

「準備好橫越族影領土了嗎？」他詢問長老。「這條路很漫長，說不定危機四伏。」

「我們都準備好了。」鼠疤向他擔保。

「對，」橡毛附和道。「只要能遠離那些吃腐肉的惡棍貓，要老子幹嘛都行！」

赤楊心把他從雷族帶來的旅行藥草遞給老貓，一貓一把藥草才有體力走完剩餘的行程。長老舔食藥草的同時，他轉身向紫羅蘭掌道別。

「妳幹得好極了，」他說。「紫羅蘭掌，妳是隻勇敢的貓。」

年輕的母貓難為情地低著頭。「我只是想幫忙而已。」她輕聲說。

「妳確實幫了我們一個大忙，」橡毛對她說。「妳的大恩大德，我們感激不盡。」

鼠疤也向她道謝。「希望能再見到妳。」他說。

「我也希望，」紫羅蘭掌答覆。「一路小心。」

「會的。一路平安，下次見了。」

赤楊心一度想向紫羅蘭掌問針尾的近況，但還是忍下來了，因為他知道這位見習生只要多耽擱一點回暗尾營區的時間，就是讓自身陷入更多的危險。

他目送紫羅蘭掌再次穿越轟雷路，消失在河族那頭的樹叢，只是在她的身後輕喚一聲：「再見」。

巡邏隊由獅焰領軍，朝雷族的領土前進。赤楊心和火花皮一左一右地護衛長老，藤池則殿後。

雖然起初森林很靜，看不見惡棍貓的蹤影，也聞不到他們的氣味，但是長老走起路來步履蹣跚，所以進度遲緩。

赤楊心才開始燃起希望，以為他們能一路暢行無阻地回家，沒想到獅焰突然止步。

「狐狸屎！」他嘶聲叫道。

「怎麼了？」赤楊心伸長脖子，從獅焰肌肉結實的背往前望。

他瞧見前方不遠處有兩隻貓蹲在一條界於森林與湖間的鵝卵石狹道。他倆似乎都聚精會神地盯著堤岸上的一個洞。

「是苜蓿足和那隻長滿疥癬的蕁麻，」鼠疤咆哮道。「看樣子他們在打獵。」

火花皮點點頭。「洞裡可能有田鼠。」她呢喃道。

「假如他們在等田鼠出來，說不定會等上一整晚，」獅焰氣惱地彈著尾巴說。「那我們得離湖畔遠一點，這樣只好繞路走了。」

他們重新啟程，赤楊心忍住一口氣沒嘆出口，和大家一同深入影族領土。繞遠路對長老來說，體力更吃不消……而且遇見惡棍貓的機會更大。

他們愈往樹林深處走，他心裡就愈忐忑，不安到連胃都開始翻攪。森林的這一區，松樹的針葉已落滿地，雖然對長老來說，在平滑的地面走路較不費力，但萬一得躲避巡邏隊的追蹤，將沒有足夠的東西遮蔽。

橡毛和鼠疤肯定沒辦法爬樹，赤楊心揣度著，真希望大夥兒動作加快，但另一方面也知道長老們已經盡力了。

最後，松樹消逝，取而代之的是橡樹和山毛櫸；赤楊心發現他們正在接近靠近林間空地的邊界，兩腳獸曾在綠葉季的時候於此地蓋了毛皮窩。

說不定我們能闖關成功唷，他心想。

他們往下坡一處茂密的蕨叢堤岸走；這時，火花皮警示意味地抬起尾巴，然後躍上一個樹墩，將前方的景象看仔細一點。

「惡棍貓在巡邏！」她輕聲回報。「蟑螂跟一隻我不認識的貓。我好像聞到他們的臭味了。」

「快躲進蕨叢，」赤楊心瞧見兩名惡棍貓的身影在幾隻狐狸遠的暗影下潛行。「還有，看在星族的分上，不要出聲！」

火花皮和藤池連忙攙扶兩位長老往下坡走，鑽進蕨叢避難。赤楊心和獅焰緊跟在後，壓低身子，低到腹部的毛都拂過地面，只希望動靜別驚擾蕨葉，以免穿幫。

「我們一定快到了，」獅焰低語道。「我都能聞到雷族的氣味記號了。」

他講話的同時，鼠疤無力地咳了一聲。赤楊心聽見身後傳來蟑螂的聲音。「洛基，你聽到了嗎？」

「狐狸屎！」藤池吼道。

赤楊心有那麼幾秒僵在原處，不知所措。他感覺到惡棍貓的腳步震搖地面，也很清楚再過幾秒，他們就要被發現了。

「對不起——是我不好，」鼠疤扯著粗啞的嗓音說。「別管我，你們先走吧。」

「我們不會拋下你的，」獅焰堅定地說。「赤楊心，你帶長老們過邊界。我來聲東擊西，給這群惡棍貓一點顏色瞧瞧。」

「不行！」赤楊心表示抗議，焦慮在身體裡波濤洶湧。「萬一他們發現我們在偷渡貓兒，拿這個當藉口來攻打雷族呢？這樣就全盤皆輸了！」

「不會的——」火花皮話還沒講完。

「那萬一他們叫更多暗尾的爪牙支援呢？到時候肯定寡不敵眾。」

「赤楊心，蜜蜂飛進你腦袋了嗎？」藤池目露威嚇的兇光。「獅焰有我們幫他啦。快點走！」說完她用力推了一下赤楊心的臀部。

赤楊心這才發覺自己有多蠢，連忙催促長老行動，在蕨叢間迅速爬行。他們橫越邊界，雷族貓的氣味撲鼻而來。在此同時，赤楊心也聽到身後傳來的哀嚎和尖叫。他雖然很想往打鬥的那頭跑，卻也知道將長老們平安送回雷族營區才是他的職責所在。

「歡迎來到雷族，」他說。「我們走。」

赤楊心和長老穿過荊棘隧道，步入石洞，貓兒聽到正在站崗的栗紋歡聲嚎叫，全都一窩蜂地湧出寢室。花楸星和其他影族貓飛奔而過林間空地，將鼠疤和橡毛團團包圍，兩位長老差點被族貓熱情的迎接給撞倒。

「慢慢來，」赤楊心要大家適可而止，穿過貓群來到兩位長老的身邊。「他們有傷在身，還很虛弱。今晚要留在巫醫窩觀察。」

影族貓心不甘情不願地退後，讓赤楊心把橡毛和鼠疤帶到巫醫窩，交給松鴉羽和葉池照顧。他四條腿累得顫抖，一心只想蜷著身子睡覺，不過他知道首先得向棘星回報。

他穿過刺藤簾幕，返回營區，發現父親已在那兒等他了。

「幹得好，」棘星讚許道。「不過，巡邏隊其他貓呢？」

「我們遇上幾隻惡棍貓，」赤楊心向他解釋，全身的毛皮都因內疚而刺痛。「獅焰和其他貓留下來把他們趕走，我則負責帶長老穿越邊界。」

棘星的耳朵往前豎起。「很多惡棍貓嗎？需不需要我派一支巡邏隊支援？」

「我們只看見兩隻，但是──」

赤楊心的話還沒講，就發現更多貓從荊棘隧道現身。他認出帶頭的是獅焰，火花皮與藤池也緊跟在後。他這才放下心中一塊大石。

「你們還好嗎？」他一邊問，一邊跑向他們。

「我們都沒事。」獅焰答覆。

「你該不會以為那些跳蚤貓傷得了我們吧？」藤池問他。「那隻怪貓──蟑螂叫他什麼來著？洛基？──好像這輩子從沒受過格鬥培訓。」

火花皮發出輕笑。「我們三兩下就把他們趕跑啦！我從沒看過哪隻貓跑那麼快的。」

令赤楊心寬慰的是，他的族貓在這場和惡棍貓交手的小衝突中，只受到一點輕微的擦傷。

「依你們看，他們有沒有發現我們在營救長老？」他問道。

獅焰搖搖頭。「我騙他們，說我們正在巡邏，只是不小心越界，」他解釋道。「他們似乎相信了。」

「但我們也沒時間多聊就是了。」藤池一邊補充說明，一邊檢查自己的爪子。

赤楊心沉浸在好消息中，心中滿是感恩，久久不能自己。**我記不得上回各族這麼歡**

喜是什麼時候的事了，他暗忖道。**如今我們普天同慶。從惡棍貓手中救出第一批貓了！**

後來他才想起並不是每個族都沉醉在這勝利的喜悅。風族還是缺席。**不曉得荒原上現在是什麼光景……**

✦✦✦

「那塊潰瘍恢復得很好，」赤楊心對鼠疤說，拿新的金盞花敷藥輕搽這位長老的後腿。「不過，最好還是明天回診，給我們其中一個檢查復元情況。」

老貓才在雷族待幾天，看起來就精實健康多了。赤楊心已看不到他的肋骨，他褐色的毛髮也變得光亮整潔。

「明天肯定回來報到，」鼠疤說：「你們對我和橡毛的大恩大德，我們沒齒難忘。跟你說啊，先前在惡棍貓的營地，水塘光確實想要幫忙療傷，但總得偷偷摸摸，不讓暗尾知道。那隻貓老是拿一些不充分的理由搪塞，不想讓水塘光對長者施恩惠。」

「施恩惠！」赤楊心聽到這裡義憤填膺。「幫助生病的貓是巫醫的義務。不是恩惠！」

鼠疤哼了一聲。「去跟暗尾講道理吧。跟你說，」他繼續說：「我做夢都沒想過那裡的情況會這麼糟。我犯過最大的錯，就是當初沒跟花楸星一塊兒走。」

「為什麼不一塊兒走呢？」赤楊心問道。

鼠疤聳聳肩。「我氣他在生病時期做的那些決定——但是現在我見識到什麼才是真正差勁的領導。」

「你跟花楸星聊過嗎？」

「沒有，」鼠疤難為情地低著頭說。「我們之間的關係有點……降溫。」

「那或許你該找他聊聊。」赤楊心給他建議。

鼠疤離開巫醫窩，承諾會好好想想赤楊心的話。

赤楊心一邊清理剛才用的藥草，一邊回顧計畫執行地多成功。他第二次和紫羅蘭掌碰面，她就把雪鳥和她的兩個孩子一起帶來。他們暫時安頓在雷族的育兒室；由於河族戰士多半已傷癒，所以稍微多了點空間讓他們住。

儘管如此，營地還是擠得無以復加，緊繃的氛圍也無所不在。松鼠飛再次提議該讓某些貓移居廢棄的兩腳獸巢穴，問題是沒有貓願意搬家，而棘星最終也承認：他擔心惡棍貓攻過來的話，住在那裡恐怕凶多吉少。

門外傳來揚高的音量。**又怎麼了？**赤楊心長嘆一聲，不知又出什麼亂子了。

他穿過刺藤簾幕，踱到戶外，發現花楸星和霧星鼻碰鼻，四肢僵直、耳朵攤平。

赤楊心呻吟一聲。**又來了！**

「我不懂妳為什麼要拖延誤事，」花楸星嗓音緊繃，七竅生煙地說。「明眼貓都看得出來我們應該立刻攻打惡棍貓。大家都知道我們在數量上占優勢，妳那些身嬌肉貴的河族戰士，傷也好得差不多了。」

「對，但如果現在進攻，暗尾可能會把他挾持的河族戰俘給殺了。」霧星說。

花楸星挫折地掃一下尾巴。「我幾乎準備好要自己上了。」他咆哮道。

「這實在——」

就在這個時候，棘星走上前，對另外兩位族長點頭示意。赤楊心發現他倆都試著放鬆，彷彿不想讓外人看見他們在吵架。

「這件事我們得好好商量，」棘星宣布，然後轉身步向雨花石。等爬上擎天架後，他揚起音量，讓聲音響徹石洞。「年紀大到能獨立狩獵的貓，全都到擎天架底下開貓族大會！」

他話剛講完，貓兒便從窩裡蜂擁而出，來到林間空地。雪鳥和她的小孩跟著葉池與黛西現身育兒室門口。灰紋和蜜妮以及兩位影族的長老坐在窩外，至於松鼠飛、松鴉羽，還有兩位河族戰士，則從新鮮獵物堆那頭仰望族長。

赤楊心發現影族貓多半簇擁著他們的族長，唯獨虎心選擇與鴿翅比鄰而坐，藤池神情警戒地坐在姊姊的另一邊。

「橡毛、鼠疤、雪鳥，很高興見到你們——還有幾位小貓——平安抵達雷族，」族長做開場白。「只要你們需要，這裡永遠是你們的家。把貓從惡棍貓的營區偷渡出來，計畫成功固然值得高興，但我們顯然不能一直這樣按兵不動。」

「那還用說嗎？」花楸星嘀咕道。

「我們需要想辦法突破現狀，」棘星繼續往下說。「是時候想想下一步了。」

一直坐在巫醫窩外、赤楊心附近的霧星，這時站了起來。「我知道你們想要進攻，」她說。「可是，除非河族的戰俘全部獲釋，否則我不會支持這項提議。其他計劃都太冒險了。」她彈了一下尾巴。「我已經決定了。」

她發言的時候，好幾隻貓站起來嚎叫，表達抗議。有好一會兒，這次聚會看起來好像快要爆發群貓口角了。不過，後來獅焰大聲疾呼。

「對我來說，再清楚不過的是，」他客氣地向族長點頭致意，發表己見。「如果想要各族全員同意開戰，我們必須先救出那些戰俘。可是，現階段我們只能每次偷渡兩、三隻出來。況且，」他補充道：「目前我們救的都是長老、貓后、和小貓——就算不見，暗尾大概也不會發覺。無意冒犯。」他說完朝影族長老點了個頭。

「不要緊，」橡毛回應。「你說得一針見血。」

「我們從鼠疤和其他貓口中得知，」霧星繼續說下去：「暗尾把戰俘關著，戒備森嚴、滴水不落。要紫羅蘭掌把他們偷帶出來的難度很高——就算她辦得到，暗尾也會馬上發現他們不見了。鼠疤和其他貓不見，他可能會認為是他們自己逃走的；但如果戰俘一個接著一個被偷運出來，他肯定會猜到是我們在暗中搞鬼。」

「說得很有道理，」褐皮說。「看樣子我們得想個法子一次把戰俘全救出來。」

林間空地的貓兒開始交頭接耳，表示贊同。

「要怎麼救？」雲尾問道。

「我們必須溜進惡棍貓的營地，」虎心若有所思地說。「想辦法把守衛弄昏……」

「也要把暗尾弄昏，」坐在育兒室門外的雪鳥插話。所有貓把目光移到她的身上，她繼續說：「他控制慾很強。營區裡發生的大事小事，他沒有一件不清楚。」

「就算除掉暗尾這個障礙，」鼠疤補充道：「還是要做好打仗的準備。對暗尾效忠的那些貓，不會讓你們大搖大擺地帶著剩餘的戰俘離開營區。別的不說，光是暗尾醒來會怎麼懲罰他們，就夠他們害怕的了。」

有那麼一會兒，眾貓陷入沉默。赤楊心好像還看到雪鳥打了個寒顫。

「好吧，」過了一下，棘星說。「假設我們已經做好打仗的準備，那要怎麼把暗尾和他的心腹弄昏？」

赤楊心聽貓兒互相插嘴，發表意見。

「把餓肚子的狗引到河族領土！」

「不然把貓引到樹下，我們再拿石頭砸他們的頭！」

「捉一隻老鷹好了——然後說不定就可以……」

赤楊心嘆了口氣，沒心思再聽下去，因為貓兒的建議愈來愈荒腔走板。這時他靈光乍現，站了起來。

「我有個點子，」他向大家宣布，並抬起頭來，讓每隻貓都進入他的視線。「今晚我會再跟紫羅蘭掌見面……」

✦✦✦

夕陽西下，但最後幾道猩紅仍留在天際；這時赤楊心和蛾翅悄悄穿過影族的領土，來到與河族交界的那條小轟雷路。他們鑽進一簇矮樹叢，在那裡靜靜等待。

「不知道紫羅蘭掌這次會不會又偷帶貓出來，」蛾翅低語。「希望不會。」

赤楊心點頭表示贊同。「她每偷帶一隻貓，被暗尾發現的機率就愈高。我們現在要把救援重點擺在戰俘上。」

等到黑夜完全降臨，赤楊心才看見紫羅蘭掌小小的身影鑽出矮樹叢，飛奔橫越轟雷路。他把頭探出樹叢。

「這裡！」他用氣音說。

紫羅蘭掌走到他面前，溜進樹叢下，蹲在他的旁邊。「抱歉，」她說。「我沒辦法再多帶貓出來了。我已經不曉得還能相信誰，怕他們會向暗尾告密。」

「沒關係，」赤楊心回應。「現在我們有另一個計劃。」

他很快地向紫羅蘭掌解釋會議上討論的情況，大家認為必須把戰俘一次全救出來。

「除非河族貓安全獲釋，否則霧星不肯出兵。」赤楊心講完後，蛾翅補充道。

「不過這項行動很危險。」即使他們迫切需要紫羅蘭掌的協助，赤楊心還很有良心，決定事先警告她。「妳確定妳要參與嗎？」

紫羅蘭掌睜著堅定的大眼，凝視兩位巫醫。「要我做什麼就直說吧。」她說。

「如果不先搞定暗尾跟他的守衛，我們就沒辦法救出戰俘，」赤楊心繼續說：「而且要把他們擺平好一陣子才行。所以，我們要妳把他們迷昏。」

紫羅蘭掌忍住一聲驚呼。「怎麼迷？」她低聲問。

「拿去。」赤楊心把一小包葉子推向紫羅蘭掌的腳邊。「這些是罌粟籽。夠把八隻貓迷昏了。最好確定他們每隻至少吃進三粒。」

「妳真的有辦法餵惡棍貓又不被暗尾發現嗎？」蛾翅問她。

「應該可以，」紫羅蘭掌答覆。「我會把罌粟籽藏在食物裡。」

「很好，」蛾翅說。「這個——」她戛然而止，猶豫了一下再繼續往下說：「妳願意冒這麼大的風險，我們真的很感激。妳的大恩大德，河族沒齒難忘。」

「我只是盡一點棉薄之力，」紫羅蘭掌對她說。「河族不是他們唯一想囚禁的貓族。」她低頭看這些罌粟籽。「貓吃了以後會睡多久？」她問道。

「不一定，要看他們的體型，還有吃的分量，」赤楊心對她說。「這些應該可以讓他們安靜半個晚上。」

紫羅蘭掌堅忍地點了個頭。「好。交給我。」

赤楊心凝視這隻年輕的貓，回想她的認真嚴謹，以及她年紀小小卻逼不得已磨練成這麼世故早熟。**她跟嫩枝掌真是天壤之別。要是當初她倆初次參加大集會被迫分離時，我有辦法說服那些族長，讓我們把紫羅蘭掌留在雷族，不曉得現在會是什麼景況。從那天起，她就見過許多大風大浪。**

但赤楊心趕緊將懊悔拋在腦後，告訴自己一切都是最好的安排。

倘若她現在沒跟惡棍貓住，我們也就沒了內應，他對自己說。等我們獲勝以後，她

也能過好日子了——我們一定會獲勝的。我無法容許自己接受戰敗的可能。

他和蛾翅目送紫羅蘭掌離開，看她踏著堅毅的腳步橫越轟雷路，嘴裡緊咬著那團葉子裹的罌粟籽。「真是隻英勇的貓。」蛾翅呢喃道。

紫羅蘭掌鑽進矮樹叢後，兩位巫醫也起身準備返回雷族。

赤楊心憶起一段往事：他第一次發現這些小貓沒多久，與嫩枝掌磨蹭鼻頭時，暗自發誓要讓她過好日子。

事情怎麼會演變到今天這種局面？

第十五章

嫩枝掌步履蹣跚地橫越長滿青草的林間空地，逼自己一步一步走下去，但是肚子餓得咕嚕咕嚕叫。她這輩子從來沒有這麼累過。

日薄西山，在她的那條小徑投射長長的影子。她周圍的樹木朝四面八方延伸而去；她不知道自己身在何方又該去到何處。能否找到家人，又是否能想起回家的路，她已漸漸不抱任何希望。

嫩枝掌走到一棵橡樹底下，撲通倒下休息。她不停抗議的胃催促她去打獵，可是她已筋疲力竭。前一天，她甚至停下來磨蹭一隻兩腳獸的腿，發出呼嚕聲又裝可愛。那隻兩腳獸取出一個中空的東西，很像仙人掌的葉片，裡面包了乳白色的玩意兒。嫩枝掌舔著吃完了；味道很好，可是接下來一整天她都想吐。

上回吃真正的食物是什麼時候的事？我不記得了……

她渾渾噩噩地一天過一天，初次離開雷族，至今已過了多久，她已沒有印象。怪獸在轟雷路上把她撞得失去意識，等她再次睜開眼，竟發現自己待在一個奇怪的兩腳獸窩。裡面瀰漫著各式各樣特別的、刺鼻的氣味，還有一個白皮膚的兩腳獸硬把白色的鵝卵石塞進她喉嚨。她多半時間都在睡覺——也許那些白色的鵝卵石是兩腳獸的罌粟籽——所以搞不清楚究竟在那兒住了多久。但肯定超過四分之一個月了。

最後，她漸漸覺得恢復體力。**或許那個白皮膚的兩腳獸就像我們的巫醫**。雖然他很善良，但她知道此地不久宜留。她伺機而動，直到有一天，另一隻兩腳獸把他們關她的小門打開。

兩腳獸巫醫想強迫她再吃一顆鵝卵石的時候，嫩枝掌伸爪子往他身上一耙，落地之後逃出小窩。她聽見兩腳獸們在身後嚷嚷，沉重的腳步踏過地面，但她頭也不回地跑走，最後鑽進轟雷路旁的矮樹叢避難。

後來，嫩枝掌開始尋找赤楊心在異象裡見到的黃色穀倉——問題是她已分不清東西南北。她花了幾天時間在兩腳獸地盤的邊緣來回跋涉，跟寵物貓聊了很多，他們看她的眼神全都像是蜜蜂跑進她腦袋似的。

最後，她終於找到穀倉了，但那裡只剩下微弱的貓味，她知道就是這裡沒錯。可是，一切都太遲了。

天族或許在這裡待過——只是現已離開。

嫩枝掌啟程，跟著氣味軌跡走，但一開始氣味就很微弱，而且很快就消散殆盡了。過去這兩天來，她漫無目的地閒晃，甚至連該怎麼回湖畔的家都不知道。

她在森林裡偶爾會碰見兩腳獸，他們有的住在毛皮窩，先前她遇過的兩腳獸也一樣，會在綠葉季跑來影族邊界的林間空地。她遇到的貓都是寵物貓，當她提起貓族或問起他們是否見過天族，這些寵物貓沒一隻能聽懂她在講什麼。

嫩枝掌昏昏沉沉，睡得更熟了，這時她察覺有隻灰色公貓站在她身邊，用一雙明亮的藍眼俯視她。

「起來了！」他催促她。「妳這是在浪費時間！妳難道不知道妳是我們唯一的希望嗎？」

「不，我太晚到了……，」嫩枝掌掙扎著起身，回答他。「我被怪獸攻擊，計劃全搞砸了。」

「還不算太遲，」灰色公貓堅稱。「現在趕快起床，尋找天邊的血痕……跟著它走，最終妳會看見落日之輪。」

嫩枝掌猛然驚醒，發現自己依舊蜷在橡木的盤根錯節間。她環顧四周，發現森林裡除了她，沒有別隻貓；那隻灰色公貓早已消失無蹤。不過，她能從枝葉的空隙中看見天空，發覺夕陽正在西下——一如灰色公貓所言，一抹看似血痕的晚霞正沉入地平線。

那究竟是夢還是異象？嫩枝掌很納悶。**肯定是夢……我又不是巫醫，怎能看見異象？可是那隻貓說的話，卻莫名很有說服力……**

嫩枝掌再怎麼心力交瘁，還是強迫自己踏出疲憊的步伐，跟著天邊的血痕蹣跚而行。

✦✦✦

暗影在樹底下匯聚，嫩枝掌快走不動了。這座森林彷彿沒有盡頭，每當陽光閃現眼前，總是被交錯的枝葉遮蔽，她無法看見太陽完整的原貌。

嫩枝掌正要陷入絕望之際，眼前的樹林開始逐漸稀落。她心中重新燃起一線希望，賦予她向前挺進的決心；她振作精神，穿過一排茂密的蕨叢，最後來到一片曠野。眼前的天際餘暉如血，但夕陽已下山了。

我失敗了，嫩枝掌想著想著，沮喪地輕吐埋怨。

她定睛一看，這才發現日落的方向，地面陡然向下傾斜，形成一個岩石堆疊的斷崖。她衝向崖邊，正好趕在夕陽沉入平原的地平線前，看見一輪巨大的猩紅火球。嫩枝掌站著目送最後一抹斜陽沉沒，天邊斑斕的彩霞也漸漸消逝。

灰色公貓說的，我辦到了。那接下來呢？

嫩枝掌轉身回望樹林和她現身的那塊平原。放眼望去，一隻貓也沒見著，她嚐了嚐空氣，卻連一絲一毫的貓味都找不到。

那只是個愚蠢的夢，她哀怨地想，頹倒在地。她和當初離開雷族一樣，萬里尋父還是一點進展也沒有，如今更是腸枯思竭。

該放棄了。先睡一會兒好了，等醒來再想辦法找回家的路。

她把一塊石頭當屏障，蜷起身子，尾巴繞到鼻頭前；但就在此刻，她察覺斷崖底下的樹叢有些動靜。**一道灰影閃現。莫非它是……？**

能量重新注入嫩枝掌的身體，她再次起身，七手八腳地爬下崖壁，朝她發現動靜的地方走。不久後，她便爬到一塊寬廣的岩架；從那裡，她能俯瞰一處縱谷，谷底還有一條小溪。至於溪邊則是……

嫩枝掌歡欣鼓舞地大叫一聲。**有貓！好多貓在搭營哦！**她將風景盡收眼底，卻又對這幅畫面難以置信。**是他——閃過樹叢的灰影就是他！他應該不是我在夢裡見到的那隻公貓。不過，他長得跟我很像！**她忙不迭地爬完剩餘的斷崖，腳掌如蜻蜓點水掠過岩石表面；她急著要和親人見面，壓根沒想到她可能會跌落斷崖。

谷底的貓聽到嫩枝掌的叫聲，抬起頭來看她，並警戒地聚集起來。嫩枝掌直到現在才發現他們有多瘦弱，渾身滿是泥汙……狀況比她還糟。

其中有隻白色小母貓挺著個大肚子，想必快要生孩子了。一隻身形較大的虎斑貓站在旁邊保護她。嫩枝掌也注意到三隻跟她年紀差不多的青年貓，他們既驚恐又好奇地凝望她。

外表和她神似的貓終於發現她了，一看見她就瞪大雙眼。「妳是誰？」他問話的同時，另一隻貓也疑神疑鬼地質問她：「妳想幹嘛？」

「很抱歉，」嫩枝掌連忙減速止步，向對方致歉。高昂的情緒從耳朵到尾梢、在全身上下竄流，令她難以壓抑。「我無意驚擾各位。但我應該知道你們是誰。你們是天族，對不對？」

貓兒哀傷地互換眼色。「我們是天族的遺族。」其中一隻對嫩枝掌說。

一隻褐色和奶油色的虎斑母貓跨步向前，對嫩枝掌點了個頭。儘管和她的族貓一樣瘦弱又滿臉倦容，她擺出的架勢仍不失尊嚴，說起話來嗓門依舊宏亮。「我們走了一趟漫長的旅程，一路上跋山涉水、披荊斬棘，失去了不少朋友，」她說。「但我們的確是天族。妳怎麼知道的？」

「我從雷族來的，」嫩枝掌迫不及待地說。「我名叫嫩枝掌。」

她一說出族名，周圍的貓便驚嘆連連。他們興奮地互使眼色，猜疑和不確定全煙消雲散。

「妳從雷族來的？我們聽過雷族！」其中一隻驚呼。「我們一直在找你們，找了好幾個月都找不著！」

轉瞬間，貓兒向她聚攏，他們你一言我一語，話語聲彼此交疊。

「回颯有過異象！」其中一隻貓說。「她說火已燃盡，但我們應該尋找餘燼中的火花！」

褐色和奶油色的虎斑母貓發出呼嚕聲。「我們就知道那把火指的是火星！」她頓了一下，圓睜的雙眸寫滿哀愁。「他是不是真的死了？」

嫩枝掌來不及答覆，其他貓兒便七嘴八舌地插話，不斷往她的周圍擠，擠到她快不能呼吸了。

「他跟一隻英勇的母貓前來拜訪我們！在天族快被遺忘的時候，重振我們的部族。」

「他教我們打獵！」

「他教我們遵循戰士守則！」

「我們向子孫傳頌他的功績。他的英名將會萬古流芳！」

嫩枝掌不知該如何回應。畢竟她從沒見過火星。「我——我很抱歉，」她結結巴巴地說。「這個嘛，嗯，回颯的異象沒錯——火星的確過世了。」

天族欣喜的叫聲逐漸消散。但他們似乎並不意外。過了一會兒，虎斑母貓問她：「他是怎麼死的？」

「他在一場激戰中，為了拯救族貓而犧牲自己的性命，」嫩枝掌回答。「當時我還沒出生，不過他英勇的事蹟我已耳熟能詳。」

「那現在雷族誰當家呢？」母貓問道。

「族長叫棘星。他也是隻偉大的貓。」

虎斑母貓緩緩點頭，消化這些資訊。「我名叫葉星，」最後她再往下說。「火星來峽谷重建我族的時候，我有幸認識他，我也知道雷族的作風光明磊落。可以帶我們回你們的狩獵場嗎？回颯夢到我們在一個遼闊的水域旁與其他貓族比鄰而居。如果妳能帶我們去見棘星，我們會非常感激妳的。」

嫩枝掌鞠了個躬，沒想到住在遠方的這群貓，追憶起雷族竟都推崇有加，她實在愧不敢當。**可是我要怎麼找到回家的路？**她不知該如何回答。**說什麼都得試試看。畢竟他們全都指望我。**

過了一會兒，那隻長得像嫩枝掌的灰色公貓走向前，站在葉星旁邊。「我名叫鷹翅。」他自我介紹。

「他是天族的副族長，」葉星說。「火星當年認識的副族長名叫銳爪，是鷹翅的父親。他在一群惡棍貓攻打我們、霸占峽谷時不幸遇害。我們被迫離開；起初在離這裡不遠的一座湖畔落腳，因為我們以為那裡就是回颯夢裡的水域——可是，綠葉季一到，兩腳獸就搬進我們的領土。於是我們必須再次搬家。我們一直在樹林裡亂晃，尋找餘燼中的火花。現在這麼一想，嫩枝掌，那點火花就是妳。」她低頭凝視年輕見習生的雙眸流露溫情。

嫩枝掌震驚到不知所措，但還有一小部分的理性，提醒她葉星說過的話：**一群惡棍貓攻打我們、霸占峽谷。**嫩枝掌用力吞嚥口水，不曉得該如何跟已經歷諸多磨難的這群貓說：暗尾正在其他貓族作亂。

嫩枝掌瞥了一眼灰色公貓，發現他一直目不轉睛地凝望她。她一度懷疑他是她夢裡出現的那隻灰色公貓——不過夢裡的貓有雙好似晴空的蔚藍眼眸，鷹翅的眼則是溫暖的琥珀色。

就跟紫羅蘭掌一樣！

「只有妳一個嗎？」鷹翅問她。「妳的族貓呢？這裡應該離湖區還有一段距離吧？妳怎麼大老遠地跑來這兒？」

嫩枝掌遲疑了一下，這麼多問題讓她招架不住。「我的族貓都待在家，」嫩枝掌努力搜尋適當的詞彙，向他解釋。「家裡……發生了很多事。有一群惡棍貓在領土上作威作福，他們的首領你們或許認識……」她嚥下口水，不知天族貓會作何反應。「一隻叫暗尾的惡棍貓。」

葉星倒抽一口氣，嫩枝掌發現鷹翅眼中閃過一道陰鬱。

「暗尾？」他說，這個名字在舌間出現是很奇怪的事。「暗尾……現在到了你們的領土？」

嫩枝掌只好長話短說，說明來龍去脈：赤楊心在幻像中看見天族，隨後展開一趟探索之旅，試圖幫助他們；只可惜，他們趕到峽谷時已太遲了。她又解釋她和其他貓遭到暗尾欺騙，以為他是天族的族長，直到跟他相處了一些時日才揭發真相。

「他們逃之夭夭，趕回湖畔，但暗尾一定暗中跟蹤他們，」嫩枝掌下結論。「因為赤楊心他們回來沒多久，暗尾就現身攻打部族貓。而現在……這個嘛，他們還在努力，想把他趕走。」

嫩枝掌看見葉星和鷹翅互換一個凝重的眼色。

「這個嘛，」鷹翅堅決地說。「現在我更確定湖畔的事非插手不可了。」

嫩枝掌很難為情，視線從這些年長的貓移到自己的腳掌。

「嫩枝掌，妳是不是也參與了那支探索隊？」不久後，葉星問道。「我們離開後，妳見過那座峽谷嗎？」

嫩枝掌搖搖頭。「我當時年紀太小，還不是雷族的一分子。赤楊心在返回雷族的途中發現了我和我妹妹紫羅蘭掌。我們才出生沒多久，看樣子是被母親遺棄了。」

「哪有貓會這麼狠心？」一隻灰色母貓說；好幾隻貓也低語附和，表示同情。

「她應該不是有意的，」嫩枝掌馬上為她素昧平生的母親辯護。「我跟幾隻族貓出去找過她，最後認為她一定是遇難了——八成是在轟雷路上被怪獸輾死的。」她猶豫了一下。「後來赤楊心看到另一個異象，他再次看到天族——也看到了你，鷹翅。他說你長得……跟我很像。」嫩枝掌講完最後幾個字，才發現自己實在很蠢。這下她不敢和鷹翅四目相交了，只好盯著自己的腳掌，繼續說：「我說什麼都得來找你。我一定要知道有沒有機會……」

好一會兒，沒有半隻貓兒講話。嫩枝掌鼓起勇氣抬起頭，在鷹翅琥珀色的雙眸看見受傷的眼神。

「嫩枝掌，妳說得對。」他的嗓音盡是哀傷。「妳的母親肯定是死了，因為卵石光如果還活著的話，說什麼都不可能遺棄自己的親生骨肉。這點我很確定，因為……因為她是我的伴侶。」

嫩枝掌抬頭看他，心跳的速度快到她難以呼吸。「等等！」她哽咽地說。「你的意思是……？」

「嫩枝掌，我是妳的父親。」鷹翅說完便奔向前用鼻子緊緊磨蹭她。

✦✦✦

嫩枝掌帶頭，連同葉星和鷹翅，帶著天族貓七零八落地沿著小溪的堤岸，在濃密的林間蜿蜒繞行。嫩枝掌看見遠方有座高山，一行貓正要跋山涉水往那頭走——她希望也堅信那座山，跟她從湖畔看到的是同一座。最終，樹林逐漸稀落，開闊的鄉野映入眼簾，山巒在遠方起伏。她尋得天族已是三天前的事了，有時她不免擔心再也找不到回湖區的路。

這時身後傳來腳步聲，嫩枝掌回頭一望，看見灰白色的公貓鼠尾草鼻匆匆追上來。「妳確定認得路嗎？」這隻天族的公貓一邊質問，一邊和嫩枝掌並肩而行。「我們已走了好久，走到我腳掌都快脫落了！」

嫩枝掌止步，把嘆息吞進肚裡。**這個問題他們到底要問我幾遍啊？**「我無法百分之百確定，」她回答。「但是往這個方向走應該沒錯。」見到鼠尾草鼻懷疑地哼了一聲鼻息，她又補充道：「看到前面那座山了吧？我很確定我打獵的時候，曾在地平線上看過它！我們一定離湖區愈來愈近了。」

鼠尾草鼻不屑地輕彈幾下耳朵。「不曉得其他貓擔不擔心，」他邊說邊轉向葉星：「雷族並沒有邀我們過去？雖然這位見習生特地來找我們，不過她也承認其實不是族裡派她來的。」

嫩枝掌縮了一下，無助地看著鷹翅。**我千里迢迢來找父親，結果他的族貓竟不願和我回家？**

鷹翅湊到她身邊，近到毛髮互相拂掠。「鼠尾草鼻，我們已經討論過了，」鷹翅答覆。「嫩枝掌會帶我們去見棘星。等跟他聊完，我們會更清楚以後該做什麼打算。」

更多貓聽見爭執的開端而圍上來。

雀皮擠上前，把他的虎斑尾巴暫時搭在嫩枝掌的肩上。「鼠尾草鼻，我們已經遊蕩了好幾個月，想找一個合適的家落地生根，」他說。「回颯去世前叮囑我們跟隨天邊的血痕，結果果然讓我們找到嫩枝掌了！回颯也說她在異象中看見雷族貓。這一定表示——」

「人家歡不歡迎我們還很難講咧。」鼠尾草鼻瞪著雀皮，把他的話打斷。

「我相信一切都是天意，」鷹翅打岔。「我們注定要這樣找到雷族。」

「你當然這麼想囉，」鼠尾草鼻嗆聲。「畢竟她是你的孩子。」

「夠了！」葉星擠進團體的中央，揚起尾巴要大家保持肅靜。「吵夠了！我是族長，我已決定要跟嫩枝掌回雷族了。其餘沒得商量！鼠尾草鼻，你到底還想不想當天族的一分子？」

「我當然想囉！」鼠尾草鼻眨眨眼，似乎有點傷心。「我怎麼可能不想？畢竟我一路走來，和妳一同經歷了這麼多風雨！」

「好，」葉星平靜地說。「那就別吵了。」

她再次啟程，沿著溪邊邁開堅定的大步，天族其餘的成員也跟著出發。

儘管爭執已經結束，但在過程中，嫩枝掌一直不安地蠕動身子。**但願我真能找到雷族。他們願不願意重新接納我都是個問題……更別提接納整個全新的貓族了……**百合心在她離家出走前的貓族會議上所說的話，她言猶在耳。**現在不是妳尋親的最好時機。**

但嫩枝掌走後，族裡的情況一定好轉了吧？

這群貓離開森林的盡頭，開始橫越曠野，一步步接近嫩枝掌認為鄰近雷族領土的那座山。等他們抵達山腳，步履艱難地爬到山頂，早已過了正午時分。

嫩枝掌攀上峰頂，眺望眼前的土地，竟像撞上一棵樹似地猛然止步。「哦！」她驚呼道。她原本以為會看見轟雷路以及她和紫羅蘭掌出生的那條隧道。沒想到眼前的這片土地只是緩緩向外傾斜，覆著灌木和一叢叢的蕨類植物。山谷底部則不見灌木，取而代之的是蔥鬱的林地；嫩枝掌可看見閃爍的水光點綴林間。

「一切都好嗎？」葉星問道，並走到她的身邊。

「哦——呃——很好。」嫩枝掌支支吾吾地說。她不想告訴天族族長她又迷路了。

她毅然決然地打起精神，帶隊走下樹林間的斜坡。

有條小溪流過矮樹叢，葉星決定他們該在此地打獵，並紮營過夜。嫩枝掌在一棵年長的灌木築窩，可是難以入睡，在窩裡輾轉反側。她太擔心明天的行程了。

倘若我沒辦法馬上把天族帶到湖區，他們還願意跟我走多久呢？

隔天早晨，眾貓啟程沒多久，便鑽出一道濃密的蕨叢，來到一塊狹長的草地，草地的旁邊就是表面又硬又黑的轟雷路。怪獸從雙向呼嘯而過，牠們鮮豔的色彩在豔陽下閃閃發光。嫩枝掌想起自己從樹上跌落，被怪獸撞倒的往事，胃就開始翻攪。

「要穿越轟雷路嗎？」鷹翅問道。

嫩枝掌點點頭。她知道有條轟雷路介於湖區和她找到天族的地方；如今她只能祈禱這兩條是同一條。問題是這裡看起來跟隧道周圍的景色很不一樣。

不過，一定是這條沒錯，她對自己喊話。**兩腳獸需要多少轟雷路嘛？**

嫩枝掌與天族貓在草地邊緣排成一排，等葉星下指令宣布穿行。嫩枝掌如蜻蜓點水般橫越轟雷路，聽見一隻怪獸咆哮著駛來；不過後來，每隻貓都平安抵達對面，怪獸才用牠黑色的圓爪咻地一聲開過去。

「現在要往哪兒走？」微雲問道。這隻懷孕的白色母貓靠在雀皮的肩上，她看起來筋疲力盡。「還要走很遠嗎？」

希望不用，嫩枝掌一邊暗想，一邊用尾巴指向樹林。「往這兒走。」

嫩枝掌繞過刺藤林，在林間空地邊緣止步時，還要好一會兒才到正午。空地的中央有一堆用木板做的怪石。她嚐了嚐空氣，辨出微弱的兩腳獸氣味。

「哦，不會吧！」梅子柳跟著嫩枝掌繞過刺藤林，旋即驚呼。「你們領土附近也有兩腳獸？」

「兩腳獸無所不在，」沙鼻答話，用尾梢輕碰伴侶的肩膀。「我們不用留在這兒吧？」他問嫩枝掌。

記憶片刻爭先恐後地爬進嫩枝掌的腦海。她從沒見過這裡，不過她記得赤楊心提過他去峽谷的那趟旅程，他和旅伴在綠葉季的兩腳獸地盤駐足，品嚐了美味的兩腳獸食物。**一定就是這裡了！**

「不用，」她對沙鼻說：「不過這表示再一下就到了。」

他們離開綠葉季的兩腳獸地盤，樹林也漸漸稀落。沒過多久，迎接嫩枝掌和天族貓的，便是一個覆滿韌草和金雀花叢的陡坡；處處可見岩石從草皮上凸起。山脊吹來一陣疾風；嫩枝掌的鬍鬚動呀動的，風兒捎來的熟悉氣味令她激動不已。

「別跟我說要往上爬！」微雲呻吟道。

「對，要爬。」嫩枝掌答覆。「不過我們已經非常接近雷族營地了。你們到時候就知道了。」

葉星帶領眾貓艱難地爬上陡坡，雀皮和鷹翅則幫忙攙扶微雲。還差幾條尾巴就能攻頂時，嫩枝掌蹦蹦跳跳地往前跳；抵達山脊後，她發出喜悅的叫聲，把爪子插進堅硬的草地。

「你們看下面！」她對勉強跟上的天族貓說。「那裡是湖——還有馬場——雖然從這裡看不到，但雷族的營地也在下面。我們就快到家了！」

她一說完，眾貓便興奮地嚎叫起來，鷹翅讚許地舔了舔嫩枝掌的耳朵。「我就知道妳會找到路的，」他邊說邊把尾巴搭在嫩枝掌肩上。「我很高興有赤楊心收留妳和妳妹妹。」他再補一句。

「我也是。」嫩枝掌愉悅地說。

第十六章

夕陽西下，紫羅蘭掌率領巡邏隊回惡棍貓營區。巡邏隊的其他成員——洛基、蕁麻和焦毛——把獵物扔在新鮮獵物堆，給自己撿了幾隻，然後走到一旁吃了起來。

紫羅蘭掌趁四下無貓，挑了幾隻最肥美的獵物，叼到離暗尾寢室不遠的窪地。她躲在一簇年老灌木的陰影下，其他大家庭的成員看不見。

先前紫羅蘭掌已將那捆用葉片裹著的罌粟籽藏在灌木根部。現在她把它耙出來，為每隻獵物仔細分配三顆，再統統塞回新鮮獵物堆。

暗尾和他的朋友想必能大塊朵頤一番，她冷酷地暗想。即使冒著這麼大的風險，心兒怦怦捶擂，一想到自己能在擊退入侵者的行動中扮演這麼重要的角色，她就不免感到欣喜。

暗尾的寢室在一塊突出的岩石下，懸掛的蕨葉作為簾幕。等紫羅蘭掌確定罌粟籽全都藏好了，她走向入口，努力不讓四條腿因恐懼而顫抖。

「暗尾！」她叫道。「打獵巡邏隊回來了，我挑了幾隻特別肥美的給你吃。」

蕨葉一陣搖擺，白毛公貓穿過簾幕，走上空地。「很好，」他邊說邊用舌頭舔嘴巴一圈。「我餓斃了！」

「我也是。」

聲音從紫羅蘭掌背後傳來；她旋即轉身，胃像是吃了腐肉似地不斷翻攪。光滑鬚站在一隻狐狸遠的地方，黃色的毛皮在落日餘暉中閃爍。

她待在那裡多久了？紫羅蘭掌反問自己，努力按捺恐慌。**她有沒有看見我對獵物動手腳？**

後來，紫羅蘭掌強迫自己冷靜下來，告訴自己：要是真被光滑鬚看見了，她一定會問紫羅蘭掌在做什麼。

我知道她巴不得逮到我做壞事，因為她無法接受暗尾喜歡我多過於她的事實。所以，既然她什麼都沒說，就代表沒看見我動手腳……希望如此了。

「獵物在這裡。」紫羅蘭掌朝年老灌木那頭搖尾巴。「暗尾，要我替你叼過來嗎？」

「不用，我們過去吃就行了，」暗尾答覆。他環顧四周，甩尾巴召喚他的心腹，只見他們正伸直身子做日光浴。「渡鴉！蟑螂！蕁麻——全都過來！用餐的時間到了。」

惡棍貓走向獵物堆的同時，紫羅蘭掌向暗尾微微點頭。「那我先退下睡會兒覺。」她說。

暗尾抽動鬍鬚。「妳不跟我們一塊兒吃嗎？」他問道。

「暗尾，不了，謝謝。外出打獵時，我已吃過一隻老鼠了。」紫羅蘭掌說到這裡，立刻心存感激，因為惡棍貓並不遵守戰士守則，所以即使還沒把食物帶給大家庭，就先填飽自己的肚子，也沒有貓兒感到意外。

暗尾一度面露擔憂。**哦，星族啊！**紫羅蘭掌繃緊肌肉，暗自祈禱。**拜託別讓他命令我一起吃獵物！**

後來暗尾對她唐突地點了個頭。「隨妳便。」他聳著肩說，然後走去獵物堆，和大家庭成員一同用餐。

紫羅蘭掌私底下鬆了口氣，溜到她在溪邊用蘆葦替自己做的新窩，這樣才能為自己留點隱私，不被塞爾達發現。**進行得很順利**，她恭賀自己。**現在，只要靜待時機……**

✦✦✦

紫羅蘭掌蜷著身子躺在窩裡，直到夜幕低垂，營區的喧嘩歸於寂靜。她猜大家都睡著了，於是溜出自個兒的窩，抖落身上的碎青苔，弓起背舒服地伸展身體。然後警覺地豎起耳朵，穿過營區到暗尾的寢室。

他現在應該睡得很沉了吧，她志得意滿地想。**另外三個疥癬皮——他口中最親近的家人——也是。接下來，我跟雷族就能將計畫付諸行動了。**

可是，紫羅蘭掌一接近寢室，光滑鬚便從蕨叢的陰影下起身。她的綠眼在黑暗中閃爍；她完全清醒。

「很好，妳來啦。」她滿意地說。

紫羅蘭掌倉惶失措地退後一步。「哦，呃……我只是外出方便一下，」她拚命解釋。「現在就要回窩裡去了。」

光滑鬚亮出利爪。「沒這麼容易。」她話裡藏不住的喜悅。

光滑鬚用力一推，把紫羅蘭掌推過蕨類簾幕，進入暗尾的寢室。紫羅蘭掌的視覺過了兩秒才調適昏暗的光線——但當她視線恢復清晰，恐懼卻將她全身變成一根冰柱。暗尾和他的親信全在窩裡，而且每個都清醒得很。他們的眼眸在黑暗中閃著微光，邪惡的眼神緊盯著她。

紫羅蘭掌還來不及說話，蟑螂和渡鴉便各出一隻前爪，抓起她頸部的毛。他們的爪子插進她的皮肉，痛得紫羅蘭掌蜷縮起來。兩隻惡棍貓把她往前拖，一路拽到首領面前。

「放開我！」她一邊嚎叫，一邊試圖把爪子伸進寢室的泥地。「你們吃錯藥啦？」

暗尾相當平靜地俯視她，眼神溫柔地令她頭皮發毛。「妳有沒有什麼話想對我說啊？」他問道。

「比方什麼？」紫羅蘭掌故作無辜，抓狂似地想要生出計畫脫困。

暗尾把手伸進背後的陰影，取出一片葉子；葉片上是黏了獵物汁液的罌粟籽。「比方妳使這個小把戲，究竟有什麼目的。」他邊說邊把葉子移到紫羅蘭掌面前。

紫羅蘭掌覺得她血液的溫度降至冰點。「我——我不知道這些是什麼。」她支吾其詞。

「哦，真好玩，」暗尾說。「我本來也不知道，所以特別向水塘光請教。他非常熱心，跟我說這些是罌粟籽，功效很強大，足以讓一隻貓陷入昏睡。」他頓了一下，檢視一隻前掌的爪子。「有趣的是，妳帶給我和我親信的獵物裡，居然找到了好幾顆。」

紫羅蘭掌猛搖頭，依舊故作無辜。「我不知道……我沒有……」

暗尾突然揭開他斯文的假面具。「不要浪費時間裝無辜了，」他斥責道。「光滑鬚看到妳行跡可疑地對獵物動手腳，幸好她夠機伶，在我們準備享用大餐前警告大家。妳要知道，」他往下說，喉頭發出威嚇的低吼：「我真的對妳刮目相看，沒想到妳這麼厲害：撒謊，表面上假裝是朋友，實際上是敵人。大概是和那群沒出息的族貓朝夕相處給帶壞的。我原本以為妳跟我很像——」

「我真的——很像你！」紫羅蘭掌反駁，像隻受驚的小貓嘰嘰叫。

暗尾充耳不聞。「夠了，」他繼續說。「我再也不相信這種鬼話了。事實上，我才剛起疑：想知道前影族長老和貓后的失蹤案是不是跟妳有關？別以為我沒發現。大家庭發生的每一件事都逃不過我的法眼。」

紫羅蘭掌再也撐不住了，她怕得直打哆嗦。雖然她早就知道答應把罌粟籽塞進暗尾的食物是在冒險，但她從沒料到會有這一刻，也沒想過被逮是怎樣的感覺。

我的死期到了，她心想。**他要把我殺了**。如今她才發現，要是有朝一日嫩枝掌回到她的部族，她也無法迎接姊姊了。她再也沒機會向姊姊道歉，跟她重修舊好。**又或許嫩枝掌早已與星族同在，我將在天上與她重逢**。想到這裡，她就從耳朵一路顫抖到尾梢。

「哦，我不會殺妳的，」暗尾說，彷彿他能看穿她的心思。「殺妳不足以懲罰妳今晚背信忘義、大逆不道的行徑——而且妳還差點成功了。」

紫羅蘭掌還來不及問他什麼意思，暗尾就高視闊步地從她身邊走出寢室，對蟑螂和渡鴉輕彈一下尾巴：「帶她走。」他咆哮道。

兩隻惡棍貓又抓住紫羅蘭掌，跟著暗尾把她拽出去，光滑鬚則殿後。紫羅蘭掌大為驚恐，因為白毛公貓正走向關戰俘的牢房。

他是不是也要把我關進去？她想著想著，嚇得腳都軟了。針尾和其他河族戰俘挨餓又受脅迫的慘狀，她不是沒見過；一想到自己也要經歷這些折磨，她就直打寒顫。

牢房外站崗的塞爾達和蕁麻，他們一看見暗尾靠近，立刻挺直腰桿，故作警戒模樣，白毛公貓沒對他倆說話，只是對蟑螂和渡鴉吼了句：「在這裡等我。」就穿過刺藤，走入牢房。

紫羅蘭掌發現塞爾達正驚恐地盯著她，但是她不敢跟這位寵物貓朋友說話，甚至連正眼都不敢看她。

一會兒過後，刺藤間傳來曳步聲，暗尾再次現身，把針尾推到他面前。他背後的戰俘驚慌得哀嚎。

「你要幹嘛？」

「這是怎麼回事？」

針尾搖搖晃晃地走到她身邊，紫羅蘭掌可以看見她朋友身上的每根肋骨。她的毛皮纏結、兩眼混濁，卻還是抬頭挺胸面對暗尾。

「對，現在是什麼情況？」她質問他。「你想怎樣？」

「紫羅蘭掌背叛了我，」暗尾用他充滿惡意的溫柔嗓音答覆。「她把罌粟籽偷塞進我的食物裡，想害我昏迷。針尾，恐怕妳得為她的變節付出代價，但是別擔心……妳這樣等於幫其他戰俘一個忙。他們能有更多新鮮獵物可吃了。」

語畢他粗嘎地笑了一聲；紫羅蘭掌覺得她從沒聽過比這更加邪惡的聲音了。她不敢想暗尾說針尾得付出代價是什麼意思，但是恐懼已經從她的胃底湧上來。**絕對不是什麼好事。**

針尾驚慌地瞥了紫羅蘭掌一眼，就被暗尾和光滑鬚一把抓住，拖著穿過營區。起初針尾奮力反抗，即使被緊抓著，仍蠕動身體，胡亂揮舞四肢。可是她太過虛弱，贏不過兩隻健壯又肌肉發達的惡棍貓，暗尾和光滑鬚將她按在地上，直到她不再掙扎，然後再把她拉起來往前拖行。

蟑螂和渡鴉也抓著紫羅蘭掌跟在後頭。他們涉水渡過營地邊界的小溪，紫羅蘭掌這才驚覺他們正在通往湖區的路上。

恐懼在她心裡暗潮洶湧。**暗尾把我們帶到這兒來幹嘛？**回憶不請自來地閃過腦海：某個午夜曦皮和暗尾在爭執。惡棍貓首領說的話在她心頭迴響。**假如妳不想跟我們待在一塊兒，那就不再屬於這個大家庭了。**

驚懼的寒冰爪刺穿紫羅蘭掌的肚皮。**他是不是要把我們帶到當初他帶曦皮去的地方？**

等到了湖畔，暗尾止步，轉身面向囚徒。「為什麼要一臉驚恐呢？」他問紫羅蘭掌。「妳什麼都不用擔心。妳的好友針尾將替妳接受懲罰。」

他無預警地向前一躍，利爪插進針尾的肩膀，把她往後拖進湖裡，直到湖水淹到他們的腹毛。針尾發出尖叫，為了掙脫暗尾，她開始朝他又踢又打，但是隨著湖水上升，她唯一能做的就是站穩腳步。

這時暗尾突然伸出兩條前腿，強而有力地將針尾的頭按到水面下。她驚慌的叫聲因而中止，取而代之的是被水嗆到的哽咽聲。

紫羅蘭掌不可置信地望著針尾的掙扎和湖水的翻騰。她的頭有次露出水面，她設法喘一口氣；沒想到光滑鬚竟蹦蹦跳跳地越過淺灘，沿路濺起水花，噴得紫羅蘭掌滿臉都是。她撲向針尾，更用力地將她壓進湖裡。

「住手！」紫羅蘭掌哀嚎道。「求你們住手！」

她很想奔過鋪滿卵石的湖濱救她朋友，可是蟑螂和渡鴉把她往後拽，她的腳掌只能徒勞無功地抓耙地面。他們流露嘲弄的眼神、齜牙咧嘴，分別在她雙肩按壓利爪。紫羅蘭掌覺得朋友的生命正隨著每一下的心跳在流逝，她卻無能為力，救不了她。

「懲罰我就好了！」她哀求暗尾，現在什麼都豁出去了。**針尾是我僅剩的朋友了！**

「我統統招了——我的確想要把你迷昏！」

暗尾的黑眼閃現好奇的微光。他放開針尾，猛然轉頭，要光滑鬚退後。針尾搖搖晃晃地起身，湖水從她的毛髮湧出，她為了呼吸，胸膛不斷起伏。

「妳為什麼要這麼做？」暗尾質問紫羅蘭掌。

「我想把戰俘帶運出去，」紫羅蘭掌坦承說道。重新燃起希望的她，已不在乎自己將受到懲罰了。**至少暗尾暫時停止傷害針尾了。**「不過，這全是我自己的主意。我把罌粟籽塞進食物裡，給你跟大家族成員吃。這件事跟針尾無關！她根本不知道我在搞什麼鬼！」

暗尾嘲諷地哼了一聲。「真的嗎？」

紫羅蘭掌點頭如搗蒜。「是真的，我發誓！」

暗尾沒多說半個字，就叫光滑鬚和另外兩隻惡棍貓抓住針尾，再把她壓到湖面下。

「不要！」紫羅蘭掌看朋友掙扎的力道愈來愈弱，禁不住發出哀嚎。「求求你們——不要這樣！」

暗尾將凶狠的目光移到她身上。「作為懲罰，殺了針尾，要比殺了妳更好。」他那沉著的嗓音，比暴怒更教紫羅蘭掌不寒而慄。「妳太依賴這隻叛族貓了，把她的性命看得比自己更重要。我要讓妳嚐嚐失去關愛妳的朋友，獨自在這世上苟活有多悲痛。」

「哦，求求你……求你大發慈悲，不要啊！」紫羅蘭掌再次懇求。她皮膚上的每根毛髮，身體裡的每條肌肉，彷彿都在痛苦尖叫。

「我不敢相信，我居然曾經以為妳跟針尾是我忠貞不二的家庭成員，」暗尾忿恨地說道。「針尾是第一隻向我通報消息的族貓。我還以為她能助我建立半片江山。沒想到，後來她跟雨那個叛徒在一起瞎攪和——我現在終於看清了，妳，紫羅蘭掌，也一樣不忠。」

如今針尾已不再掙扎；暗尾和光滑鬚周圍的湖水一片寂靜，他倆站著把她壓在深及腹部的水中。紫羅蘭掌感覺心裡有什麼東西碎了，彷彿禿葉季承受不住積雪而斷裂的樹枝一般。

針尾幾乎和我的血親沒兩樣，她暗忖道，恐懼如獾爪將她緊鉗不放。**我連嫩枝掌是生是死都不知道！少了針尾我該怎麼辦？**朋友的回憶湧上心頭。**她幫助我溜出營區，去找嫩枝掌。她總是保護我，免得我被暗尾欺負！**

後來，暗尾兇惡的目光突然柔和下來。「紫羅蘭掌，或許妳說得對，」他說。「或許我該再給針尾一次機會。妳覺得呢？」

「對，沒錯！」紫羅蘭掌如釋重負地喘了口氣。**或許這只是暗尾另一個殘酷的測驗！**「請再給她一次機會！你要我做什麼都可以！」

暗尾往後退了一步，點頭要光滑鬚也退後。湖底好一會兒都沒有動靜。紫羅蘭掌無助地望著朋友消失的湖面。**哦，星族啊，別告訴我已經來不及了！**

接著，針尾的頭露出水面，銀灰色的毛浸水而暗沉，緊貼著她的頭蓋骨。她張大嘴咳出長長一道湖水，然後喘了一口粗氣。她驚懼的目光找到了紫羅蘭掌，但是一句話也沒說。

「情況我們討論過了，」暗尾對她說；他的語氣沉穩，彷彿又回到營地，圍著新鮮獵物堆商討對策。「全體一致通過，應該再給妳一次機會。畢竟，要妳替紫羅蘭掌的錯過受罰不甚公允——針尾，妳說對不對？」

針尾沒有答腔。她一點也沒有放鬆，反倒憂慮地瞪大眼，像是期待暗尾會說出什麼驚世駭俗的話。

暗尾稍待片刻，再接著說：「針尾，我很樂意饒妳一條小命；不過前提是，妳要為我做一件事。」

「什麼事？」針尾厲聲問道。

「我要妳親手殺了紫羅蘭掌。」

紫羅蘭掌不敢相信局勢的轉變。深刻的恐懼在她身體裡亂竄，當她看見暗尾和光滑鬚退開，讓針尾溼漉漉地爬上岸，她的胃像被鉗子夾緊，快要吐了。

針尾又看了紫羅蘭掌一眼，但紫羅蘭掌從她的眼神猜不出任何線索。彷彿她的眼裡已沒有貓魂，只剩駭人的空無。

「把她帶過來。」針尾嗓音沙啞地說，不過她已站得直挺挺的，好像耗盡身體最後殘餘的力氣。

暗尾聽到她說的話，詫異地和大家庭成員互換眼色，蟑螂則嗤之以鼻地笑了。紫羅蘭掌感到嫌惡，因為她發現他們從沒料到針尾會服從。這自始至終都只是個殘酷的玩笑——另一種折磨她倆的方式。

蟑螂和渡鴉把紫羅蘭掌往前推，讓她站在針尾面前。

她要動手了，紫羅蘭掌揣度的同時，仍不放棄從朋友的眼神中探索心意。**她要把我**

殺了。但我也不能怪她。算我罪有應得吧。針尾本來就該用盡一切方法，努力活下去。她不也給我這個建議嗎？

蟑螂和渡鴉又推她一把；紫羅蘭掌絆了一跤，跌在她身旁。針尾踩蹲伏姿勢凝視著她。**希望一切快點結束**，紫羅蘭掌在絕望中祈禱。

針尾撲上來了。她落在紫羅蘭掌的背上，但令紫羅蘭掌詫異的是，她的朋友並沒有伸出利爪。「快跑！」她對著紫羅蘭掌的耳畔咆哮。

針尾的速度比紫羅蘭掌想像中快，她旋即轉身，張牙舞爪地躍向蟑螂和渡鴉。兩隻惡棍貓措手不及，只能步履蹣跚地退後，連自我防衛的企圖心都沒有。

紫羅蘭掌一度瞠目結舌，嚇得不知該作何反應。

「快跑！就趁現在！」針尾對她尖叫。「紫羅蘭掌，別浪費這個機會！」

蟑螂和渡鴉再次撲向前的同時，暗尾和光滑鬚也涉水上岸。針尾不忘轉身向他們進攻。紫羅蘭掌瞥見她的最後一眼，是暴怒的緊繃糾結，張著利爪，被四隻貓撲倒。

她為了救我，犧牲自己的生命，紫羅蘭掌恍然大悟。**她當然會這麼做了。我從來不該懷疑她的。她是我這輩子的摯友，她的恩情我永遠無法回報。**

這些思緒在瞬息之間閃過紫羅蘭掌的腦海。即使感覺心要碎了，她仍堅強轉身，拔腿就跑。

紫羅蘭掌沿著湖濱狂奔，穿過從原河族營區流出的小溪。渡河之後，她深入內陸，繞過樹木、穿過荊棘林，尋找小貓能鑽但大貓難行的窄道。她雖然嚇得分不清東西南北，卻知道自己非得逃到雷族不可。

不久後，紫羅蘭掌便察覺有貓追上來了。微風捎來渡鴉的氣味。針尾那夾雜盛怒與痛苦的哀嚎，依舊劃破她背後的夜空。

他們正在虐殺她！紫羅蘭掌心想。但是她很清楚，她必須拋開憐憫與哀傷，否則將在絕望中崩潰。

我得甩開渡鴉，確保平安……我要確定針尾的犧牲沒有白費！

第十七章

赤楊心嘴裡銜著葉片裹著的藥草，沿著湖畔走，緊張得肉趾宛如針扎，心臟在胸口怦然捶擂。他走在隊伍的盡頭，和這群被選中的戰士一同出發，準備攻打霸占河族領土的惡棍貓。領軍的是棘星、花楸星、和霧星，後頭緊跟著許多赤楊心的族貓，以及來自影族和河族的戰士。

希望紫羅蘭掌成功把罌粟籽偷塞進給暗尾和大家庭成員吃的食物。

他們啟程之前，棘星呼喚赤楊心，要他過來。「希望你與我們同行，」他說。「現在還不清楚戰俘的健康狀況如何，我們必須盡快安置他們。惡棍貓回擊的話，情況會變得更複雜。必須頂住他們的攻勢，先救出戰俘再說。」他長嘆一聲。「如果有巫醫同行，我會比較安心。」

赤楊心點點頭。「我很樂意與你們同行，」他表示贊同。「我這就去準備藥草。」

「好。」棘星滿意地眨眨眼。「太陽下山就出發。」

等到這群貓抵達半橋和分割影族及河族領土的小轟雷路，最後幾道猩紅的晚霞已從天邊褪去。他們一如會移動的影子，悄悄穿越堅硬的路面，躡手躡腳地躲進遠處的灌木叢，恰巧在惡棍貓營區的氣味範圍外。

「好的，」等眾貓都蜷伏在他周圍，棘星開口了；他琥珀色的雙眸在鄰近的暗處閃爍。「請切記，無論你有多想把暗尾和他的爪牙趕走，我們今晚的目標是搶救戰俘。」

「還有後悔選擇留在暗尾陣營的影族戰士。」花楸星提醒他。影族族長的語氣略帶忿恨；赤楊心猜他大概不高興帶頭的是棘星。

棘星微微點頭；即使他察覺到影族族長不悅的口氣，也完全沒有表現出來。「當然了，」他答覆道。「重點是，我們此行的目的是將這些貓全部安全帶回雷族。千萬不要為打鬥分心；這只是為達目的的手段。之後再解決暗尾也不遲。橫越影族領土，我們有漫漫長路要走，所以請各位保留充沛的體力。」

「都怪風族封鎖邊界，」河族的錦葵鼻發起牢騷。「要是他們還肯和外族溝通，我們就能從他們的營地抄捷徑——比雷族的營地近。」

赤楊心看見棘星緊抿著嘴，像是把嚴厲的反駁努力吞進肚裡；他又聽見坐在附近的雲尾低聲咕噥：「鼠腦袋。」

「沒必要再老調重彈了，」霧星惱怒地抽動鬍鬚，對她的戰士說。「這只不過是浪費時間。」

「況且，」棘星補充道：「到雷族也沒遠多少。無論往哪個方向走，我們都得渡溪。」

「大概吧。」錦葵鼻嘟囔道，難為情地朝自個兒胸毛舔了兩下。

「那麼，」棘星明快地往下說：「除非惡棍貓抵達，否則不要打鬥糾纏。但願影族貓也能加入我們，少了暗尾和他最忠心的戰士，惡棍貓將寡不敵眾。」

雲尾嘲諷地嗤之以鼻。「想得太美好了吧，」他下註腳。「但是自從暗尾出現，情況總是一波三折，事與願違。」

赤楊心傾向同意這位資深戰士。他所聽到關於暗尾的事——他所親眼目睹的一切——在在證明這位惡棍貓首領和他的家庭成員有多頑強。**我們或許會成功**，他對自己說，**但這勢必是場難纏的硬仗**。

他唯一期待的是和針尾重逢。**希望淪落為階下囚的她沒吃太多苦**。

「還有問題嗎？」棘星問完便舉起腳掌，準備領軍進入敵營。

貓兒還來不及答話，一陣激烈的騷動便劃破寂靜的夜空。赤楊心聽見哀嚎、尖叫、和嘶嘶響，彷彿打鬥瞬間引爆。他耳朵轉向，聽出那是從河族營區傳來的。

眾貓一躍而起，互換驚懼的眼色，頸部的毛漸漸豎起。

「聽起來不妙。」獅焰說。

「照理說應該還沒開打呀，」虎心說。「應該等我們行動再說。看來是出亂子了！」

棘星耳朵攤平，發出一聲嗥叫。「那我們上吧！」

進擊的貓衝出樹叢，沿著湖岸狂奔，然後轉向內陸，朝河族營區疾馳。赤楊心叼起那包葉片裹著的藥草，緊跟在後。

眾貓涉過邊界的小溪，鑽進溪畔的蘆葦叢。赤楊心往上坡爬，進了營區，發現四個河族戰俘正和暗尾的幾個惡棍貓爪牙激烈交戰，殺得難分難解。有一隻虎斑小母貓與他們並肩作戰。

他們揭竿起義了！想到這裡，他便慷慨激昂、心跳加速。照理說，**我們抵達之前，他們不該打起來的——但或許他們比我們想像的還要堅強！**後來，他定睛一看，發現戰場上少了一隻對他意義特別的貓。**等等——紫羅蘭掌呢？**

他心神不寧，毛皮底下開始陣陣刺痛。

不過，戰俘打起仗來相當賣力。他們看起來雖然骨瘦如柴、弱不禁風，卻目露兇光、怒髮衝冠；將所有對惡棍貓的怒氣，透過部族訓練有素的格鬥招數傾瀉而出。隨著一聲駭人的嚎叫，其餘的部族貓也衝上前助陣。

赤楊心在戰場邊徘徊，隨時準備將傷勢太重、無法繼續作戰的貓拖出來急救；令他樂見的是，暗尾的勢力——似乎和他們預期的一樣——愈來愈單薄。可是，再仔細一看，他卻發現蕁麻和另外一兩隻暗尾的親信也在混戰中。他的亢奮退潮了，取而代之的是困惑。

他們怎麼是清醒的？他問自己。**他們應該已經吃了罌粟籽啦。暗尾不知去向。紫羅蘭掌也是。**

她下藥的計劃是不是失敗了？他的目光在哀鴻遍野的戰場上搜尋，卻怎麼也找不著那隻年輕母貓。針尾也不見了——**她不也是囚犯之一嗎？暗尾肯定把她帶到哪兒去了。**恐懼好似一顆沉重的石頭，把赤楊心的胃往下壓。這是不是表示……？要是暗尾發現紫羅蘭掌試圖把罌粟籽偷偷塞進他的食物，會怎麼處置她？光是想到這裡，他就情不自禁地發抖。**不——我不相信。我已經失去嫩枝掌了。無法再接受失去紫羅蘭掌！**

下一秒，蟑螂和光滑鬚從營區外現身，暴跳如雷地放聲尖叫、投身戰局。也有更多的前影族貓加入戰場，但赤楊心發現他們都和戰俘及其他族貓站在同一陣線。他看見焦毛和一隻他不認得的黑色小公貓，水塘光則在他們身後徘徊，和他一樣等待救治傷患。

惡棍貓寡不敵眾，赤楊心想到這裡，心跳再次加速。**我們快打贏了！**

戰爭快要落幕，幾隻惡棍貓選擇撤逃，逃出營區。但蟑螂、光滑鬚、和蕁麻仍頑強抵抗，撐到最後，暗尾現身，他從湖區那頭飛奔而來。

赤楊心不可置信地望著他。暗尾的身上被深深的抓痕犁過，他白色的毛皮非但浸水溼透，還血跡斑斑。

以星族之名，他到底是怎麼了？

一看見暗尾現身，族貓群情激憤，好幾隻從主戰場撤離，張牙舞爪地撲到惡棍貓首領身上。暗尾予以回擊，但勢單力薄，撐不了多久便努力掙脫，放聲嚎叫：「各位家人！咱們撤！」隨後逃出營地，往影族邊界的方向跑。

他的手下隨他一同竄逃。棘星率領族貓上前追，一路追到營區邊界才停下腳步。

「放他們走吧，」他喘著氣說。「短時間內，他們不會回來了。」

「不行，那些長蛆的貓會侵犯我的領土。」花楸星咆哮著說。

「我們很快就會趕走他們的，」棘星胸有成竹地說。「畢竟，你的戰士幾乎都回來了。」

「那還要看我准不准他們回來。」花楸星轉過身，對那群前任影族戰士直眉瞪眼。

戰士們在離他兩條尾巴的地方聚集，不知所措地凝望族長。

「花楸星，我們很抱歉，」焦毛說。「我們多半很早之前就想回來了，只是暗尾不讓我們離開。」

「全是鼠心！」花楸星嗤之以鼻。

「唉，別這樣！」褐皮走到伴侶身旁，用肩膀推推他。「我們都知道暗尾和他的爪牙是什麼德性。一開始誰都沒發覺他是個威脅——就連你也被蒙在鼓裡。」

花楸星多瞪伴侶一眼，然後聳聳肩。「非常好，那就回來吧，」他說。「但要是他們不守規矩……」

影族貓異口同聲地舒了口氣。

「絕對不會！」

「謝謝花楸星！」

赤楊心滿意地望著歸來的戰士簇擁他們的族長，然後轉身檢查河族戰俘的傷勢。他們四個都倒在地上，胸膛不停起伏，腳掌累得癱軟。赤楊心很驚訝他們剛才竟能這樣英勇奮戰。

霧星蹲在他們身邊，待赤楊心走近，她心急如焚，抬頭凝望他。「他們傷得重不重？」她問道。

答話的是她的副族長蘆葦鬚。「我們沒事，」他用沙啞的嗓音說，並設法稍微抬起頭來。「把爪子插進那些疥癬皮，是我們這輩子做過最痛快的事。」

赤楊心仔細檢查每位河族戰士，令他寬慰的是，他們的傷勢都不算嚴重。蘆葦鬚有隻耳朵在流血，薄荷毛和蕨皮的身上都少了幾簇毛，至於冰翅的肩上則有一道長長的抓痕，所幸傷得不深。

「他們沒有大礙，」赤楊心向霧星拍胸脯保證。「我們會把傷口清洗乾淨，再溼敷金盞花。」

「但到底發生了什麼事？」問話的是棘星；他走上前，身邊伴著松鼠飛、焦毛、還有那隻赤楊心不認識的年輕虎斑母貓。

「看樣子紫羅蘭掌打算用罌粟籽把暗尾跟他的親信迷昏，」焦毛回答。「不過這些你們大概都知道了。總之呢，她的計畫沒有成功。暗尾不知在哪兒聽到風聲，結果把她拖去關戰俘的牢房。」

「他把針尾拖出來，」虎斑母貓接著說。「再把她們兩個——紫羅蘭掌跟針尾——帶往湖畔。接下來發生什麼事，我……我就不曉得了。」

酷寒的恐懼開始在赤楊心的胃裡積累。他想馬上離開，尋找他的朋友，可是他明白這裡還有他未盡的職責。

「我們聽到暗尾說他要針尾替紫羅蘭掌的過錯受罰，」蘆葦鬚扯著粗啞的嗓音說。「等他們一走，我們決定揭竿起義。我們知道一定要採取行動，阻止暗尾的惡行。於是我們衝出牢房。塞爾達」——他的尾巴指向這隻年輕虎斑母貓——「當時跟蕁麻一起站崗。我們發動攻勢時，塞爾達選擇加入我們的陣營。大多數的影族貓也是。然後，你們趕來了，」講到這裡，他對棘星點了個頭。「我這輩子從沒因為可以看見貓而這麼開心過。」

「沒錯，」冰翅接著說。「多虧你們，我們才能把暗尾和他的惡棍貓手下趕出領土！」

赤楊心很欽佩河族貓的勇氣，可是他對紫羅蘭掌和針尾的擔憂已快讓他窒息了。**暗尾的身上覆滿抓傷，毛上血跡斑斑。那是誰的血？**

他的胃在翻攪。

「有沒有誰知道紫羅蘭掌跟針尾怎麼了？」他問道。

蘆葦鬚搖搖頭，端詳自己的腳掌。「暗尾說針尾要為紫羅蘭掌的背叛行徑付出代價。他把她倆拖走——就我們所知，她們都沒回來營區。」

不祥的預感令赤楊心腿軟。**她們可能都死了！八成是……這都是因為我請紫羅蘭掌幫忙！**

松鼠飛彷彿可以看穿他的心思，深綠色的眼眸向他投以同情的目光，用脅腹緊挨著他。「撐著點，」她鼓勵他。「你無法預知會發生什麼事，現在放棄的話，等於將所有的貓置於險境。」

「一定要去找她們。」赤楊心輕聲說。

松鼠飛輕輕搖頭。「現在沒時間找她們，」她說。「我們得把這些貓先帶回雷族，讓巫醫好好療傷。」

「妳說什麼？」霧星起身，一臉不悅。「這裡是河族的領土。我們絕不會再讓暗尾把它占走。」

「這點妳可以放心，」棘星一面說，一面尊敬地對她點了個頭。「暗尾要忙的可多著咧；他很清楚，我們接下來會到影族去找他。況且，留在這裡，妳無法提供族貓需要的照護，河族的巫醫還在我們營區呢。」

「他說得對，」花楸星用沙啞的嗓音表示贊同。「還要再費很多工夫，河族才可能重新在這塊土地上定居。」

霧星猶豫片刻，藍眼映著沉思。「那好吧，」最後她說。「但只待個一兩天，等我族的戰士完全康復。」

她輕彈一下尾巴，召喚幾位族貓扶前任戰俘起身。赤楊心環顧營地，發現每隻貓都準備離開了。

那隻名叫塞爾達的虎斑母貓走到棘星面前，客氣地點了個頭。年輕的黑色公貓也跟在她身邊。「我叫塞爾達，」她說：「他叫洛基。我們是寵物貓。」

棘星驚訝地耳朵往前弓。「以寵物貓來說，你們的身手很不賴耶，」他對她說，後來又補一句：「不過寵物貓來這裡幹嘛？」

「暗尾把我們帶到營地，」塞爾達向他解釋：「後來又不肯放我們走。起初我們覺得很好玩，直到漸漸發現他的真面目。」

「我們本來還有另一位同伴，」洛基接著說。「暗尾逼我們攻打河族時，他不幸戰亡了。」講到這裡，他不寒而慄，眼底寫滿哀傷。

棘星感同身受地點點頭。「你們是不是想回家了？」

「還沒那麼快，」塞爾達說。「我們想等到暗尾垮台再走。他殘忍無道……我們想確定他不會東山再起。」

洛基點頭如搗蒜。「我們可以跟你一塊兒走嗎？」

「當然可以。」棘星雙眸流露贊同的微光。「任何與暗尾為敵的貓，我們都竭誠歡迎。」

✦✦✦

赤楊心跟隨棘星和其他戰士返回雷族營地，這時拂曉已將天空照得漸漸灰白，星族的最後幾位戰士也慢慢隱沒。

他們橫越影族領土時，格外小心翼翼，緊挨著湖畔，每隻貓兒都提高警覺，留意暗尾和他剩餘黨羽的行蹤和氣味。不過，這片松樹林一如往常的幽暗寂靜。

惡棍貓全都逃之夭夭了，我是不是奢望太多？赤楊心忖度著。**如果他們不再來騷擾我們，那就太好了！這群惡棍已經給我們帶來太多麻煩了。**

然而，赤楊心主要關切的並不是惡棍貓的下落。他走在隊伍末端，說什麼都無法將紫羅蘭掌和針尾拋諸腦後。

暗尾為什麼要把她們帶到湖邊？他反問自己。**是不是想把她們淹死？**

赤楊心頓了一下，一口氣卡在喉頭。**曦皮和其他失蹤的貓，是否都落得這個下場？**

赤楊心跟著其他貓兒涉過影族邊界的那條小溪，心情並沒有因此而放鬆。回到熟悉的領土固然美好，可是擔憂仍舊占據了他的所有心思。他不曉得該不該請示棘星，讓他帶一支巡邏隊外出搜尋紫羅蘭掌和針尾。

問是可以問……但他大概不會同意。他要全體成員專心備戰，把惡棍貓趕走才是首要任務。

籠罩在愁雲慘霧中的赤楊心穿過荊棘隧道，走進營區。打勝仗的喜悅，在他心中的重要性敵不過害怕紫羅蘭掌犧牲自己的性命——全因為他一手策劃的任務。

赤楊心走進林間空地，突然停下腳步，迷惘地環顧四周。**族裡的貓怎麼比我們出發去河族領土時還要多？**

然後，他看見一隻灰色小母貓，她與他四目相交，瞪大一雙澄澈的綠眼。

嫩枝掌……怎麼可能？

赤楊心衝向前，將口鼻部塞進她肩膀的毛裡，深情款款地挨著她。「嫩枝掌……真的是妳嗎？」他哽咽著說。「我們都以為妳死了！」

「哦，赤楊心！」嫩枝掌呼嚕呼嚕叫。「我也好高興再見到你。對不起——讓你擔心了。」

赤楊心完全不想為她離家出走的事責罵她。能見到她，高興都來不及了。「這些日子妳都跑哪兒去了?」他問道。

「我去找天族，到你夢見的那個穀倉，」嫩枝掌向他解釋。「因為我想知道你看見的那隻貓，到底是不是我的家人。」

她在地上坐好，赤楊心也坐在她身旁，沉醉在她毛髮的溫度，和他以為再也聞不到的氣味。

「結果妳找到他們了?」他問話時也聽見自己驚喜和欽佩的語氣。**這麼久以來，我一直希望能找到他們，帶他們回來……**「妳找到天族，也帶他們回來了?」

嫩枝掌點點頭，自豪地眉開眼笑。「雖然歷經千辛萬苦，」她說：「但我辦到了。」

在一尾距離外徘徊的，正是在他夢裡出現的那隻深灰色公貓。他跟嫩枝掌像是一個模子刻出來的，唯獨眼眸是溫暖的琥珀色——跟紫羅蘭掌一樣。

赤楊心起身。「你是……?」他開口問。

灰色公貓向他跨出一步，客氣地點了個頭。「我叫鷹翅，」他說。「是嫩枝掌的父親。」

「他也是天族的副族長呢!」嫩枝掌引以為傲地宣布。

赤楊心點頭回禮。「歡迎來到雷族。」他說。

「謝謝，」鷹翅點點頭。「很高興受到大家的熱情歡迎。」他趕緊補上一句。

赤楊心掃視這個河族、影族、和雷族貓的大熔爐。這是他第一次發現這麼多貓用猜疑的目光打量鷹翅和其他天族貓。**現在大概不是歡迎別族來我們營區的最好時機……**他揣度著。不過思緒很快就被嫩枝掌轉移了。

「很棒對不對？」她蹦蹦跳跳，雀躍地問。「我以前從沒見過這麼多貓齊聚一堂！回來的時候好驚喜哦，沒想到河族貓也來了。對了，影族也還留在營地呢。可是——」她突然住口，不再那麼激動。「紫羅蘭掌是不是還待在惡棍貓那兒？」

赤楊心無法掩飾他對這個問題的焦慮和哀傷，決定不要向嫩枝掌撒謊。**先前我沒在第一時間對紫羅蘭掌說實話，結果下場這麼難堪。**

「我不曉得紫羅蘭掌現在在哪兒，」他老實說。「暗尾很可能把她跟針尾帶出河族營區了——」

「什麼？」嫩枝掌打岔道。「暗尾怎麼跑到河族營區了？」

「暗尾和他的惡棍貓爪牙突襲河族，趕走族貓。我們才剛出兵攻打惡棍貓，為河族收復失土。」

「那紫羅蘭掌怎麼沒跟你在一起？」嫩枝掌憂心忡忡地問。

「在我們抵達前，她跟針尾就被暗尾帶到營區外懲罰，沒有貓知道她們接下來怎麼了。」

嫩枝掌驚懼地瞪大雙眼，鷹翅的目光也寫滿忐忑。「可是他幹嘛懲罰紫羅蘭掌？」

嫩枝掌質問道。「她犯了什麼錯？怎麼沒其他貓幫她？還有，為什麼——」

「嫩枝掌，這整件事很複雜——」赤楊心正準備解釋，幸好這時棘星在花楸星和霧星的陪伴下走上前，算是替他解了圍。

「你們好，」棘星問好，並介紹自己和另外兩族的族長。「今天對貓族來說是相當重要的日子。我沒料到會在這裡見到天族，和大家一同團聚。」

「天族也很意外。」一隻褐色和奶油色的虎斑母貓走到鷹翅身邊，恭敬地對各族長點頭致意。「我是天族的族長葉星。我們走了千山萬水才找到各位。」

愈來愈多貓兒圍觀，聆聽族長間的對話，赤楊心也聽見群眾彼此交頭接耳的埋怨。

「又多一族跑來了？這是什麼情況？」

「森林裡也擠進太多貓了吧？」

「他們以後要住在哪裡？」

棘星嚴厲地掃視四周，彷彿想用目光鎮壓那些閒言閒語，但他還來不及開口，松鴉羽就跨步向前，用他瞎了的碧眼凝視新到的訪客。

「像窩畫眉鳥嘰嘰喳喳有什麼用？」他問道。「我們該做什麼還不清楚嗎？」

「松鴉羽，大概只有你清楚吧。」棘星說。

松鴉羽輕蔑地哼了一聲鼻息。「棘星，假如你不是族長，我會叫你鼠腦袋。我們必須徵詢星族的建議。」

✦✦✦

赤楊心在前往月池的路上，步履艱難地攀上最後一處斜坡，一陣狂風撲面而來。片片雲朵掠過星族戰士正要匯聚的夜空。

葉池和松鴉羽在赤楊心前面手忙腳亂地爬過一塊又一塊的岩石，蛾翅和柳光緊跟在他身後。恢復影族巫醫身分的水塘光則殿後。

真希望隼翔也與我們同在，赤楊心哀怨地想。**但也沒必要把他從風族抓來。**

赤楊心鑽進圍繞山谷的矮樹叢，順著左彎右拐的小徑走向池水。他的腳掌輕易地滑進遠古貓兒留下的掌印。

月光宛如一層薄薄的爪痕；從石頭間湧出的泉水和底下的水池，除了閃爍微弱星光，其餘盡是陰鬱晦暗。少了平常半月集會池水反照的月光，氣氛格外詭異奇特，赤楊心感覺自己開始毛髮倒豎。

與巫醫夥伴一同蜷在池畔的赤楊心，很想知道他的戰士祖靈這回會給他們捎來什麼信息。他閉上眼，用鼻子輕觸池面，寒意從鼻頭竄入尾梢，凍得他忍不住叫出聲來。

等赤楊心睜開眼，他似乎還在山谷的池畔，只是水面閃耀著反照的光。他抬起頭，只見山谷邊上站滿一排閃閃發光的貓靈，祂們的毛皮覆著星光，眼眸好似無數小小的月亮散發光亮。他驚豔地深吸一口氣。

太美妙了！他心想，瞬時如撥雲見日般心曠神怡。**自從幾個月前傳遞預言，星族就再也沒有向我們任何一位顯過靈了。**

他充滿信心地等待貓靈發言。經歷與暗尾和惡棍貓纏鬥的漫長浩劫，族貓終於找到了天族……如今，他們得學著如何「重見天日」。

葉池迫不及待地起身，率先發言。「他們終於來了——我們找到天族了！他們是不是『在陰影下找到的東西』？」

池塘彼岸有隻火焰色的公貓起身；赤楊心認出祂是火星。「沒錯，」祂答覆。「但你們要做的不只這些。」

赤楊心環視其他巫醫。**大家齊聚一堂的感覺真奇怪！**他發現大家凝視火星時，眼底同樣是藏不住的欣喜若狂。

「那還要做什麼呢？」葉池問道。「我們已經找到『隱沒在陰影下的』——遺落的貓族。天族！現在要怎麼重見天日？」

「貓族還沒有全員到齊，」火星指出重點。「事關復興五族，重返許久之前的榮景——久到在我抵達森林之前。天族還少一位巫醫，貓族裡也還有一族缺席……」

星光點點的貓靈開始從赤楊心的視線中消逝。待光熄滅，他和其他巫醫互換不安的眼色。沒能見證異象的蛾翅好奇地觀望。「發生什麼事了？」

赤楊心用最快的速度解說他們的所見所聞。

「這樣啊。」蛾翅呢喃道，她醍醐灌頂似地瞪大眼。

「這下我們大概知道該怎麼做了……」松鴉羽不甘願地說。

第十八章

嫩枝掌伸長身子，躺在見習生寢室外的地上，靠著父親暖呼呼的毛皮。鷹翅把天族的故事娓娓道來，他們在峽谷的生活，以及尋找他族的旅程，比他在旅途中講的還要鉅細靡遺。

他的聲音，我大概永遠都聽不膩，嫩枝掌心想。**回家的感覺真好，找到親人的感覺更好。**

現在是一大清早，天族一天前才抵達雷族營區。太陽還沒升起，不過天空玫瑰色的光暈已預告它將出現的位置。微風徐拂，將涼爽清新的氣息捎來營地。

一天前的林間空地忙亂喧鬧。巫醫在出發去月池和星族會面前，不忘照料河族的戰俘以及戰場上的傷患。

其他族邀請天族分食新鮮獵物，黛西也領著微雲進育兒室，一方面待產，一方面養精蓄銳、恢復體力。

「感謝星族！」微雲歡呼。「在這兒，我擁有一個完整的部族，他們全都在練習格鬥招數！」

如今，營地裡一片靜謐。天空一露出魚肚白，棘星和其他族長便率領一支未受傷的河族戰士，連同不少他族自告奮勇的貓，前往河族領土探勘災情，並著手重建家園。松鼠飛留下來掌管營區，她派巡邏隊和狩獵隊外出，所以窪地比最近這段時間要空很多。

這裡幾乎像是只住了一族，嫩枝掌暗想。

在父親聲音的撫慰下，嫩枝掌幾乎快要睡著了，只不過她對未來還是很茫然。她對這隻長相與她極為相似的貓有很強的吸引力，但日後能不能一起住仍是個問號。

天族必須趕快找個新的棲身之處，可是會在哪裡呢？湖畔還有地方多容納一族嗎？

各族團聚的短短時間，有的雷族貓已帶著嫩枝掌從未感受過的敬意，前來和她討論預言。**我從他們的眼神看得出來，他們開始認真對待我了，也把我說的話當一回事！**

「妳雖然不是預言中要各大貓族擁抱的東西，」松鼠飛說。「但妳和紫羅蘭掌與遺落的貓族血脈相連。再也不會有貓認為妳們被撿回來是一場意外了。」

「沒有錯，」灰紋表示贊同。「或許這是命中注定？或許在找到妳們之後，欣然接受妳們加入，最終才能使我們與天族團圓。」

嫩枝掌希望事實是如此。**沒有半隻貓知道我來這裡的使命，讓我感覺自己好沒用。但我確實帶天族回來了！也為自己贏得在雷族的地位了！**

荊棘隧道旁的動靜吸引了嫩枝掌的目光。莓鼻鑽進營地，後頭跟著櫻桃落。他倆身後還跟了一隻小貓，一隻黑白交雜、令人十分眼熟的母貓……

「紫羅蘭掌！」她立刻躍起驚呼。「妳沒死呀！」

嫩枝掌飛奔到營區另一頭，與她的同胞手足重逢，如釋重負的她差點失去理智。紫羅蘭掌站在原地，目不轉睛地望著她，喜色染上她琥珀色的雙眸，她也馬上向前疾馳。兩隻年輕的貓互相緊挨，沉浸在彼此的氣味中，愉悅的呼嚕叫聲彷彿永遠都不會停。

「跟妳大打出手的事，我很抱歉！」最後，嫩枝掌氣喘吁吁地說。「只要見到妳還活著，我就樂翻天了！」

「赤楊心說妳肯定已經死了，」紫羅蘭掌回話。「但是我從未放棄希望。我也很抱歉。我真的不該在戰場上對妳動手。」

「這都不重要了，」嫩枝掌向她保證。「況且，妳彌補的夠多了。每隻貓都說：要不是有妳當內應，他們絕不可能把惡棍貓從河族的領土趕走。」

紫羅蘭掌豎直耳朵，驚喜地瞪大雙眼。「惡棍貓被趕走了？」

「對呀，但只成功收復河族的領土。族長們本來準備等戰俘回來後再進攻，」嫩枝掌對她說：「沒想到戰俘們居然自己揭竿起義！暗尾一撤，那些大家庭成員就如一盤散沙。不過他們撤回影族的土地了。總之，族長們都很擔心妳。赤楊心說暗尾把妳抓走了，他返回戰場時身上血跡斑斑、盡是抓痕。大家以為他對妳做了什麼喪盡天良的事——擔心妳已經死了！」

紫羅蘭掌眼中的喜悅逐漸消褪。「暗尾把我跟針尾帶到湖邊，」她解釋道。「他要拿我幫助貓兒潛逃的事，來懲罰針尾，把她淹死。蟑螂和渡鴉還有光滑鬚也在場。」她頓了一下，嚥下一口口水，嫩枝掌把尾巴搭在妹妹的肩上安慰她。

「針尾出其不意地攻擊他們，」過了一會兒，紫羅蘭掌才往下說。「她真的很勇敢！她叫我趕快跑，我聽她的話拔腿就跑……可是，我應該留下來跟她並肩作戰的！」

「妳不該這麼做，」嫩枝掌說。「兩個弱女子對上四個作奸犯科的惡棍貓？肯定兩個都活不成，這樣針尾就白白犧牲了。」

紫羅蘭掌不情願地點點頭。「渡鴉緊追著我，」她繼續說。「我一心只想擺脫她——最後終於把她甩掉了，卻不曉得自己身在何方。」她的頭和尾巴都垂得低低的。「我花了好久時間才找到回湖邊的路，後來在影族的邊界碰見雷族巡邏隊。」

「感謝星族，妳辦到了！」嫩枝掌湊上前，用鼻子緊挨妹妹的肩膀。「來，」她輕聲呢喃。「我想帶妳見一隻貓。」

嫩枝掌領著紫羅蘭掌走進營區深處，發現影族剩餘的戰士都在莓鼻和櫻桃落的通知下步出寢室。他們一瞧見紫羅蘭掌，就瞪大雙眼，流露出深切的敬畏。

「她來了！」焦毛歡呼著奔向她們。「紫羅蘭掌，歡迎妳！妳是我們的大英雄！」

「英雄這個頭銜妳當之無愧，」雪鳥滿足地嗚嗚叫，用尾巴輕撫紫羅蘭掌的脅腹。「見到妳還活著好好的實在太開心了。」

嫩枝掌先讓紫羅蘭掌接受族貓的歡迎，再領她走向見習生窩。鷹翅已起身等待。

「這位是鷹翅，」嫩枝掌對妹妹說，她感覺自己興奮到快要爆炸，宛如山泉要從岩石爆開。「他是天族的副族長——也是我們的父親！」

紫羅蘭掌在他面前止步，驚訝得下巴都要掉到地上了。鷹翅湊向前來，與她輕輕互碰鼻頭。

「我作夢也沒想到兩個孩子會離我那麼近，」他一邊說，琥珀色的雙瞳一邊閃著欣喜的光。「這一定是星族給我的徵兆，親人該永遠待在一塊兒。妳們可以幫我重建天族啊！」

他說話的同時，嫩枝掌的背後傳來急促的腳步聲。她轉過頭，看見赤楊心正奔向他們，葉池、松鴉羽、和其他巫醫也跟著他穿過荊棘隧道。

「紫羅蘭掌！」他驚呼道。「妳還好好的！」他把口鼻伸進她的肩膀，然後抬頭望著鷹翅。嫩枝掌看得出來他再次見到她妹妹的喜悅和興奮，夾雜著幾分不確定性。

「你們跟棘星討論過了嗎？」他問道。顯然他無意間聽到鷹翅說的最後幾句話。

「棘星不在營地，」鷹翅回答。「他跟其他族長帶了幾隻貓到河族去了。怎麼了——有問題嗎？」

「可能有，」赤楊心字斟句酌地回答。「嫩枝掌和紫羅蘭掌都和別族結盟了。」

「可是——」鷹翅準備抗議。

「不過現在沒必要擔心這個，」赤楊心馬上接著講。「紫羅蘭掌，妳看起來又瘦又累，一定要來巫醫窩吃點杜松子補充體力。嫩枝掌，可以請妳到新鮮獵物堆給她拿點吃的嗎？」

他尾巴搭著紫羅蘭掌的肩膀，和她一同離去。

嫩枝掌在幫妹妹拿食物前，鷹翅將她攔下來問話：「妳們兩個真的已和別族結盟了嗎？妳們對雷族和影族的收留和養育之恩心懷感激，這是不爭的事實，可是……我是你們血濃於水的親人啊。親情才更重要，不是嗎？」

起初嫩枝掌不知該如何回答。她低著頭，不敢正視父親的目光。

「妳的身體裡流著天族的血，」鷹翅繼續往下說。「妳是天族的子民。嫩枝掌——」

「突然有了這麼多變化，我一時半刻無法消化，」嫩枝掌趕緊打斷他的話。「也還不確定我的下一步。」

她幾乎不敢看父親琥珀色眼眸流露的失望。她想在腦海中搜索安慰他的辭彙，卻又不知該從何找起。

「我還是去拿食物好了。」她咕噥著說，趕在父親多說什麼之前蹦蹦跳跳地走開了。

嫩枝掌從新鮮獵物堆挑了隻田鼠；在此同時，愈來愈多貓湧出荊棘隧道。帶頭的是棘星，身後跟著花楸星、葉星、及雷族和影族的戰士。他們全都一副精疲力盡的模樣。一直在擎天架守衛營區的松鼠飛，從雨花石上跳下來，到林間空地的中央和返家的貓兒會合。其他戰士也熱切地圍上來。

「一切都好嗎？」松鼠飛問道。

「基本上還好，」棘星回答。「雖然沒看到惡棍貓出沒，但你們絕對無法相信他們怎麼蹂躪河族的領土！營地滿目瘡痍——我無法想像要怎麼在那裡生活。」

葉星搖搖頭。「我不意外，」她說。「他跟他的爪牙把我們趕走之後，也把峽谷糟蹋得千瘡百孔。他一點都沒把族貓或我們生活的方式放在眼裡。」

花楸星也直搖頭。「他確實不當一回事。」

「霧星和她旗下的戰士留在河族開始重建家園，」白翅補充道。「不過，他們會繼續在我們營地待一陣子，直到把最不堪入目的破瓦殘礫清空。」

花楸星跨步向前，挺起胸膛。「我覺得我該為暗尾的惡行負責，那隻長疥癬的森林禍害，」他向大家宣布。「現在我知道該做什麼了：我要回到我的領土，將那些可惡的惡棍貓一舉殲滅。」

其他戰士發出響應的歡呼。嫩枝掌看得出來他們各個興致高昂，目光炯炯有神，而且毛髮倒豎，期待大戰的到來。

「但是不要孤軍奮戰！」棘星提高音量，確保大家都能聽見；熱烈的叫好聲漸漸歸於沉默。「打倒惡棍貓的責任不該落在單一隻貓，或單一個貓族的肩上，」雷族族長繼續往下說。「每隻貓、每個貓族，都要同心協力。」

「天族支持你們，」葉星凝重地說。「暗尾害我們吃了這麼多苦，天族的貓很多都巴不得再次跟他交手。」

花楸星對她點點頭。「影族也是，」他說。「那個跳蚤貓差點把我族搞得四分五裂。是時候叫他滾蛋了。」

「棘星說得對。」有個微弱的聲音介入討論，嫩枝掌發現赤楊心再次從巫醫窩現身，走上前然後站在他的父親身邊。

「每一隻貓、每個貓族，都要同心協力，」他覆述道。「星族認為如果沒把缺席的那一族找齊，我們的努力將會付諸流水……」

第十九章

一陣疾風吹過荒原，捎來遠方的貓味。正在爬坡的紫羅蘭掌，身上的毛貼平兩側，覺得快被風吹得淚眼汪汪了。拂曉的寒意雖然刺骨，但滿懷期待的心替她保暖，給她不斷向前的力量。

各族族長商量大計，又過了一天。「我們必須跟一星把話說清楚，」棘星說：「但是要很有手腕。」

「對。」花楸星立刻表示贊同。「要是一星感受到威脅，立場一定會更為強硬。」

最後族長們決定派各族的副族長出馬，和一星會面。「他不會把我們視為太大的威脅，」松鼠飛指出。「他身為唯一的族長，會覺得自己的地位更舉足輕重。」

「何不讓嫩枝掌和紫羅蘭掌也一塊兒同行？」葉星提議。「她倆都有很多故事可說，也能提醒一星那個預言，以及『重見天日』的重要性。」

於是，今早松鼠飛、虎心、蘆葦鬚和鷹翅，以及紫羅蘭掌和嫩枝掌便浩浩蕩蕩地出發了。蘆葦鬚被暗尾囚禁的傷尚未復元，但他堅稱自己體力充沛，風族之旅不成問題。

「只要能剷除暗尾那個疥癬皮，我這四條腿千山萬水都走得動！」他向大家宣告。

天族族長提議讓她和嫩枝掌參與這趟風族行的任務，紫羅蘭掌感到無限感激，雀躍地腳都快要騰空了，只好不斷自我提醒他們在辦正經事。

紫羅蘭掌和父親並肩同行，發現他不斷左右張望，琥珀色的雙眸不肯放過荒原的每個細節。

「你是不是擔心風族會攻打我們？」她問他。

「其實不是，」鷹翅答覆。「我在估計貓兒在這麼開闊的空間，被攻打的可能性有多高。這裡一望無際……進攻者沒什麼能躲藏的地方。」

紫羅蘭掌跟走在父親另一側的嫩枝掌互換一個眼色。從姊姊略顯擔憂的神情，她知道嫩枝掌和她有同樣的顧忌。

鷹翅是不是在為天族尋找領土？但他絕對不會強占風族的土地……對吧？

紫羅蘭掌還來不及問父親他在想什麼，他就突然止步。

「你們有沒有覺得怪怪的？」他轉頭問其他年長的戰士。

松鼠飛最初一臉困惑，想通之後瞪大雙眼。「我們連一支風族的巡邏隊都沒遇到。這就怪了……黎明巡邏隊應該出門啦，另外也該有一兩支狩獵隊。可是我們一直沒聞到他們的氣味。」

一陣強風突然吹過荒原，彷彿在回答松鼠飛的問題，捎來了尖叫與哀嚎聲。

「是從風族的營區傳來的！」虎心驚呼。「他們是不是遭到攻擊了？」

松鼠飛向前躍進，帶領其他副族長在荒原疾馳。「退到我後面！」鷹翅一面狂奔，一面提醒他的孩子。

紫羅蘭掌和嫩枝掌在隊伍末端跟著跑。風族營地位於荒原的一處深谷。一到丘頂，土地就陡峻下降，一圈茂密的金雀花和灌木叢鎮守著谷口。

如今打鬥聲更響亮了。紫羅蘭掌在灌木叢中曲折穿行，俯視群貓大亂鬥。

暗尾和他的惡棍貓黨羽正在攻打風族！看樣子還占上風呢！

她認為暗尾一定是趁著夜黑風高率領大家庭的成員橫越風族領土。在如此荒涼的土地，夜色是唯一的掩護。況且，趁風族貓酣睡之際，才能出其不意，取得勝算。

暗尾無論如何，都不是笨蛋！

四位副族長下坡衝進營區，投身這場混戰。紫羅蘭掌看鷹翅在交戰的貓群中衝鋒陷陣，把惡棍貓往旁邊甩，直接奔向扭打成一團的暗尾和一星。看見父親這麼驍勇善戰，她從耳朵到尖梢都驕傲地暖了起來。

鷹翅還沒跑到一星那頭，風族的副族長兔躍便向前躍，試著支援族長。但蕁麻鑽進他倆之間，伸出利爪瞄準兔躍。接著，鷹翅趕到了，他攔下蕁麻，在這隻惡棍貓的臉上狠耙一下。蕁麻驚叫著往後退。

紫羅蘭掌和嫩枝掌互使一個眼色。「我們非得幫忙不可！」她說。

嫩枝掌點了個頭，這兩隻年輕母貓就衝進激戰中。紫羅蘭掌看見姊姊煞住腳，因為渡鴉正向她撲過來；嫩枝掌從側面奔馳，瞄準惡棍貓的後腦杓揮拳。

嫩枝掌的拳頭都還沒擊中，渡鴉便猛然轉身，向她出腳，踢中她頭的一側，力道大到她當場倒地。

紫羅蘭掌想飛奔過去幫忙，卻被蟑螂這隻銀灰色的公貓半路攔截，用殺氣騰騰的眼神陰森逼近。紫羅蘭掌挪動身子想向他揮爪，腳掌卻不聽使喚地後退一步。

「住手！」

一聲震耳欲聾的嚎叫威風凜凜地壓住沙場的干戈聲。紫羅蘭掌嚇得倒抽一口氣，因為說話的正是暗尾。蟑螂轉過頭去，凝視營地的彼端；紫羅蘭掌發現每隻打鬥的貓，無論是敵是友，都像被凜冽的禿葉季冰封似地僵在原處。

大家的目光都鎖定在一星和暗尾身上。這兩隻貓鼻對鼻正面交鋒，脅腹鼓起、氣喘吁吁。

「你這隻貓是長了老鼠心吧！」暗尾奚落一星。「就只有這麼一點能耐？寵物貓打得都比你行！不過，話說回來……你一向都是個懦夫。」

族貓間困惑地交頭接耳。紫羅蘭掌和他們一樣迷惘。**這是什麼情況？我不懂。**兔躍道出大家心底的疑惑。「暗尾，你說的好像……好像跟一星是舊識。這怎麼可能？」

一星回話的時候視線依舊沒有離開惡棍貓首領。「這隻貓講的話不能信。看看他做了什麼喪盡天良的事：劫掠營地、囚禁戰俘、殺過的貓數也數不清。他說什麼、做什麼，顯然都是為了竊奪領土。這就是你此行的目的，對吧？」他質問暗尾。

一道邪惡的光點亮白毛公貓深色眼圈的雙眸。「我來當然是為了領土。凡事都能跟領土扯上邊。只有你把部分的風族領土割讓給我才不會有失公允。」他瞇起眼，嗓音隨著一字一句愈加激烈、愈加充滿惡意。「尤其在你對我做了那件事之後！」

暗尾沒等一星答腔，逕自面向其他族貓說話。「你們以為一星是個光明磊落的領袖，是吧？這個嘛，我知道他一些祕密，包管風族貓聽了全都汗毛直豎。」

此刻大家都把目光緊盯一星。「他在說什麼？」兔躍問道。

一星豎直尾巴，爪子一縮，緊抓起泥土地。「你們為什麼要聽他的話？」他反問。「他是怎樣的貓，你們又不是沒見識過！」

暗尾旋即轉身，再次面向一星。「他們也應該見識一下你的真面目，」他輕蔑地說。「他們所認識的一星可不會幹你對我做的事！」

惡棍貓首領的話以仰天長嘯結尾，他再次轉身，面對一星。

不過這一次族貓有備而來，他們再次開戰，惡棍貓顯然寡不敵眾。松鼠飛一把抓起暗尾，把他從一星面前扔開，朝他的喉頭伸出利爪。

惡棍貓首領痛苦地蠕動身體，站得左搖右晃。「我們撤！」他尖聲叫道。

大家庭成員紛紛脫逃，爬坡再鑽進樹叢，一溜煙地離開風族營地。暗尾是最後一個逃跑的；他在谷口轉頭回望，眼底閃著惡心。

「我們現在走了，」他咆哮道。「但還會回來的！一星，我可以跟你打包票！」

他消失之後，紫羅蘭掌掃視族貓。他們的眼眸雖然閃著勝利的光，表情似乎也很驚懼，因為他們知道暗尾只要撂狠話，就會言出必行。她不寒而慄。

這件事還沒了結。

✦✦✦

時間接近正午，紫羅蘭掌和嫩枝掌與鷹翅坐在風族的谷底。他們三個正在分食一隻兔子。

暗尾和他的惡棍貓黨羽逃走後，一星默默杵在原地，凝視周遭的貓兒。最後他挺直腰桿，重拾尊嚴，宛如披上另一件外衣。

「現在我必須向你們吐實，」他說。「但是要等各族族長到了再說。這件事與他們有關，因為並不光采，我說了一遍就不會重覆。」

「好的，」松鼠飛回應。「棘星、花楸星、還有葉星在——」

「葉星？」一星打斷她的話。

松鼠飛點點頭。「哦，對了……你還不知道。葉星是天族的族長。他們回來了！這位，」她繼續往下說，無視風族戰士疑惑的竊竊私語：「是天族的副族長鷹翅。」

鷹翅恭敬地點了個頭。「一星，很榮幸見到你。」

一星咕噥一聲。「等你聽完我的故事，或許就不會這麼說了。」

紫羅蘭掌覺得這句話帶來不祥的預兆；她看得出來風族貓正在互換擔憂的眼色。

「那我回雷族營地，把族長們給請過來。」松鼠飛說，她急中生智，轉移話題，化解這個尷尬時刻。她躍上斜坡，鑽進矮樹叢。

松鼠飛離開後，一星返回寢室，兔躍則派狩獵隊和邊界巡邏隊出門，下令大家提高警戒，嚴防暗尾和他的爪牙，盡量避免開打，戰爭是最後的手段。在那之後，就沒啥事情好做，大夥兒只是分食狩獵隊帶回的食物，等待族長的到來。

「不曉得一星要跟我們說什麼。」紫羅蘭掌邊說邊嚥下最後一口兔肉，伸舌頭舔了嘴巴一圈。

「不曉得，」鷹翅答覆，琥珀色的雙眸寫滿憂慮。「一星藏了什麼不可告人的祕密——看樣子暗尾好像認為這個祕密可以讓他取得優勢，對風族呼風喚雨。」

「不知道這個祕密，是不是大戰期間一星聽了暗尾的幾句話，就從影族領土撤離的原因，」嫩枝掌說。「想必非同小可，否則他怎會說撤就撤。」

她說話的同時，坡頂的矮樹叢窸窣作響，松鼠飛現身了，緊跟而來的是棘星、花楸星、和葉星。他們一同邁開大步，走到谷底。

「一星呢？」花楸星質問。「這到底是怎麼回事？」

「大家好，」兔躍問候各族長，客氣地點了個頭，從離一星寢室門口一尾距離的地方站起來。「一星在窩裡，但是要等族長們都到齊了，他才會跟各位見面。要等霧星來了再說。」

花楸星惱怒地咆哮一聲，腳爪抓耙營區地面的土壤。他還來不及表示抗議，營地遠方的樹叢便有了動靜，虎心和霧星一同現身。

「感謝星族！」花楸星嘀咕道。「或許現在可以把這件事給了結了。」

棘星抽動鬍鬚，瞥了影族族長一眼。「別激動，」他給予忠告。「我們一直在等待星族告知要等多久一星才願意和大家對話。拜託現在別激怒他。」

花楸星只以氣惱地哼一聲鼻息作為回應。

兔躍溜進一星的寢室，沒過多久，風族族長出現了。他簡短招呼一下，便甩了甩尾巴，要族長們靠攏。

「這件事或許就讓族長們私下談吧。」鷹翅起身面向其他貓兒，作此提議。

「不必。」一星的嗓音疲憊卻堅定。「今天你這麼賣命在戰場拚搏，證明了你是一位可敬的戰士——除此之外，或許在場的每位都該留下來聽聽。」

一星始終是站著的，四族族長圍著他坐定位，其餘的貓在一條尾巴的距離外圍成一個不規則的半圓。紫羅蘭掌的每根毛髮都興奮地隱隱作痛，她也從嫩枝掌微光閃爍的綠眼中，看見同樣激動的情緒。

「各貓族慘遭暗尾和他的惡棍貓黨羽迫害，我就是罪魁禍首，」一星開門見山地說。「故事可以回溯至好幾季前，那時我們還住在舊森林，我的本名叫一鬚，當年風族的族長名叫高星。」

聽了族長的話，風族貓不知所措地互換眼色。紫羅蘭掌看得出來即使是資深戰士——那些記得一星所言往事的戰士——都不曉得他接下來要說什麼。

「一星把這個祕密隱藏很久了。」她對嫩枝掌小聲說。

「大家都知道我沒料到自己會被選作副手，或成為你們的領袖，」一星繼續往下說。「高星在他生前最後一刻指派我為族長，其實我比任何貓都更震驚。我覺得族長這個頭銜，我根本不配……」他低著頭，頓了一下。「事實證明我是對的。」

「別說這種話！」與族貓同坐的鴉羽出聲反駁。「一星，你一直是個高風亮節的首領。」

一星抬起頭，哀傷地搖搖頭。「當年在舊森林，我還年輕的時候，」他往下說：「雖然堅守戰士的職責，但也喜歡溜到大麥和烏掌住的農場外，去探索那塊小小的兩腳獸地盤。跟寵物貓相處、跟他們說說族裡的生活，真的很有意思。」

「我怎麼都不知道？」風族長老白尾憤慨地說。「我們的族長居然溜出去跟寵物貓交朋友！」

「這個嘛，他當時還沒當上族長啦。」金雀尾輕聲說。

「三兩句話就能把他們唬得一愣一愣的，」一星坦承。他停下來難為情地舔了一下胸毛，等他再次抬頭，視線在這些群聚的貓身上遊移。他張嘴想往下說，卻啞口無言。紫羅蘭掌看得出來最後他費了多大的工夫，才鼓起勇氣重新開口。「我跟他們說打獵還有學習格鬥招數的故事。其實狩獵和格鬥我並不特別擅長，但寵物貓哪裡知道這些？他們只覺得這一切都很新奇有趣。如果我稍微加油添醋……嗯，吹吹牛皮，他們就會很崇拜我！」

「但這跟暗尾有什麼關係？」棘星問道。

「我快要講到了，」一星答覆。「其中有隻寵物貓……一隻名叫煙兒的年輕母貓。她有一身柔軟的灰毛，還有如此明亮的碧眼……與她對望的時候，就像凝視一池澄澈的水！」

松鼠飛翻了個白眼。「我知道是怎麼回事了。」

「後來煙兒和我的關係……超過了純友誼，」一星坦承。「她很喜歡聽我說貓族生活的故事，總是百聽不厭。她很樂意與我結為伴侶，不過我當然只能在兩腳獸的地盤和她見面，說什麼都沒辦法把她帶到營地。」

花楸星和霧星互換一個眼色。「這還用說嗎？」他犯嘀咕。「這個鼠腦袋到底在想什麼？」

「顯然他腦袋一片空白。」霧星刻薄地說。

「我和她一切進展順利，」一星接著說：「直到我發現煙兒懷上小貓了。她到荒原來找我。感謝星族，當時我獨自外出打獵，在離領土邊界的不遠處碰見她！煙兒快要生了。她說她想加入風族，這樣才能把孩子培育為戰士。」他深深地嘆了口氣。「如你們所知，我編織了那麼多貓族生活的美好情節，彷彿住在野外只有無盡的探險和吃不完的獵物。我完全沒提起嚴峻的禿葉季，我們差點餓死的事，還有我們多常被狗或兩腳獸恐嚇……以及失去族裡的同胞有多悲痛。」

「那你跟她說了什麼？」紫羅蘭掌好奇地問，後來難為情地輕聲尖叫。這個故事聽得她太入迷了，忘了自己見習生的身分向族長提問是否恰當。

「我還能怎麼跟她說呢？」一星似乎沒發現是誰提問的。「我只知道絕對不可能把寵物貓帶回風族。一開始和她結為配偶，我的麻煩就已經夠大了，更糟的是，我很清楚如果高星真讓煙兒留下來，她就會發現我的真面目。我只是個普通的戰士，跟我吹牛所塑造的英雄形象完全不符。總之——」他草草帶過，好像想要盡快講完故事中可恥的情節——「煙兒這麼柔弱嬌貴……要是在荒原上生活，肯定活不過一個月。」

「所以你打發她回家了？」松鼠飛問他。

一星點點頭。「我打發她回家。叫她回去找她的兩腳獸主人，因為那裡比較安全。我跟她之間結束了。她跟我爭執了一會兒，但最後還是走了，我還暗自竊喜，覺得自己走運逃過一劫。從此之後，我再也不去兩腳獸的地盤，以為永遠都不會再聽到煙兒的消息了。」

「但你還是聽到她的消息。」棘星揣度。

「煙兒又來找我一次，」一星答覆。他的眼底盡是悔恨。「身邊還帶了一隻小貓，她跟我說：我們上次見完面，孩子就在她回家的路上出生了。她孤立無援地產下小貓——沒有貓，也沒有兩腳獸在一旁助產。她的——我們的——孩子全都夭折，只有一隻倖存。」

莎草鬚輕聲悲憫，一星像是被哪隻貓攻擊似地退縮。

「煙兒回到她兩腳獸主人的家，但只回去一陣子，」一星接著說。「等把孩子養到大了、能夠獨立生活，她便把他帶到我這兒，求我至少把他帶回營區，因為他年紀輕，還能學習怎麼在族裡生活。可是我……我拒絕了。我不曉得該怎麼跟高星解釋，這件事讓我心煩意亂。」

紫羅蘭掌不自覺地想起自己的經歷，雷族和影族即使沒有貓認識她和嫩枝掌，卻還是收留了她們兩姊妹。

一星如果有心，其實編點故事也能矇騙過去，她心想。**他其實有能力幫助小貓的。**

「煙兒開始指責我，」一星繼續說。「說她會獨立撫養孩子長大，並且教他憎恨那些拒他於門外的貓族。」他垂著頭，紫羅蘭掌看得出來他對揭露過往的錯事有多羞愧。

「等等，」棘星打岔。「那隻小貓——該不會長大之後成了暗尾？暗尾是你的兒子？」

一星陰鬱地點點頭。「我試著說服自己這是在保護煙兒和她的孩子，」他提高音量，蓋過其他貓兒震驚的呢喃。「我以為無論她說了些什麼，都只是一時氣話，她還是會帶孩子回去，乖乖當寵物貓，這樣母子的生活也會比較好過。」

紫羅蘭掌緊貼著嫩枝掌，發覺姊姊也用身子緊挨著她。兩姊妹一同凝視她們的天族父親，在鷹翅回望的眼中看見父愛。

我們所有的掙扎都到此為止，紫羅蘭掌心想。**我們真幸運，被赤楊心在隧道發現，又帶回部族。現在找到我們的生父，更是喜上加喜。他絕不會棄我們於不顧。**

霧星打斷紫羅蘭掌的沉思。「那麼，」她對一星說。「暗尾知道你不要他了。」

一星疲憊地點了個頭。「對，他當時已經懂事了。只有星族知道這麼久以來，他都上哪兒去了，但無論他去了哪裡，都已經變成一隻充滿仇恨、怨天怪地的貓，對他素昧平生的父親悲憤填膺，又憎恨他沒有機會了解的生活方式。」

「這還用說嗎？」虎心犯嘀咕。

就算一星聽見這句話，也是充耳不聞。「他一定四處對惡棍貓招兵買馬，」他往下說。「不久前，他瞎晃到河邊，發現了天族，發起攻勢，將他們逐出家園。」

紫羅蘭掌發現父親繃緊神經，頸部的毛髮倒豎，爪子插進土壤。她知道他一定在重溫那段不堪回首的浩劫。她靠過去，用鼻子輕碰他的耳朵；他漸漸放鬆，用寫滿哀傷的琥珀色雙眸，對她感激地眨眨眼。

在此同時，一星繼續話當年。「當赤楊心抵達探索之旅的目的地，暗尾也得到了他夢寐以求的情資：我跟其他貓族在離開森林領土後，究竟上哪兒去了。而他也因此得到了他朝思暮想的大好機會：發洩他長久以來的怨氣，報復我這個曾經遺棄他的父親，以及貓族的生活方式。」

「我開始明白你當初為什麼會這麼做了。」霧星有感而發。

一星猶豫片刻，好像不確定河族族長口中的憐憫是否發自真心。「惡棍貓來風族領土攻打我們的時候，」最後他說：「戰火延燒到雷族——那是我第一次猜到暗尾是我的親生骨肉。他攻上來，在我耳畔輕聲細語：『我要把你跟全貓族都毀了，來報復你對我的所做所為。』當下我馬上明白暗尾的威脅是衝著所有的貓族而來，特別是風族。花楸星，這也是為什麼我要你把他趕出影族。」

花楸星哼了一聲鼻息。「你一開始跟我說實情我就會幫忙啦。這樣我或許會明白我猶豫的時候，你幹麼那樣火大。」

「我知道，」一星坦承。「問題是我有苦難言哪。我唯一能做的就是封閉邊界。後來，」他接著說：「棘星說明我與別族聯手，一起把惡棍貓從影族攆走。可是，在那一戰……」

一星的嗓音愈來愈小。他弓起肩，垂著尾巴；紫羅蘭掌覺得她從沒看過誰表現得這麼羞愧。

「怎麼了？」霧星問他。「你原本巴不得要把惡棍貓從各族的領土趕跑，但突然間竟帶著所有的戰士撤離。這是為什麼？」

「我的行為並不光采，」一星回答。「我跟暗尾扭打成一團的時候——我從沒跟這麼兇惡的貓交過手——我的親生兒子湊到我身邊，悄悄對我說……」

「說什麼？」松鼠飛緊張地問。

「他說……『你覺得遺棄親生兒子、然後將他殺死的貓會有什麼下場？想必最後會淪落到黑暗森林吧。等你只剩一條命的時候，好好想想吧！』但暗尾不知道其實現在我只剩一條命了。他的那番話，聽得我好害怕……」

聚集的貓全都倒抽一口氣。紫羅蘭掌明白族長公開提及自己只剩下一條命是多麼駭人聽聞的事，更令大家震驚的是他竟直言不諱，表示擔心自己死後的去處。她看見風族的巫醫隼翔身子縮了一下，暫時閉上眼睛。

「你在開什麼玩笑！」花楸星不可置信地驚呼。「拯救部族不受暗尾這個煞星荼毒的領袖，說什麼也不會進黑暗森林——無論他和誰有血親關係！」

「沒錯，」隼翔同意。「只有臣服於邪惡勢力的貓才會進黑暗森林。而你絕對不會，一星。如果你信任我，對我坦白，這句話我老早就會跟你說了。」

一星低頭望著自己的腳掌。「也許吧，」他嘆息道。「我承認這是很自私的恐懼。但是……怎麼說呢，身為族長，只剩一條命可活的時候，看事情的角度也不一樣了。我開始擔心星族會嚴厲地批判我的過錯——我犯了這麼多錯，星族也全都看在眼裡。」

一星告解完是一片沉默。紫羅蘭掌不禁替他感到同情：站在自己族貓和別族族長面前，向大家坦承過去做的糊塗事，一定很不容易。在此同時，她也明白——說不定比很多貓還要清楚——一星從沙戰上棄械撤逃，帶來多麼慘痛的災難。

倘若風族繼續和我們並肩作戰，當下就可以擊敗暗尾了。這樣一來，他肯定沒有機會攻打河族。很多貓兒也不用犧牲生命。

針尾也就不用枉死了……

沉默持續蔓延，一星再次抬起頭來。轉瞬間，他的表情變得更堅定、更果決——更像個族長了。

「我們面臨同樣的問題，」他說。「惡棍貓不斷興兵來犯，竊取領土，威脅柔弱的貓和小貓。我知道這個問題是我種下的因，先前對友邦的求救視若無睹，我很抱歉。我不會重蹈覆轍了；我已不再害怕。無論我有什麼下場，都要解決暗尾和他的惡棍貓爪牙——否則他們會捲土重來，更多善良的貓也會因此喪命。」

「言下之意是——」棘星說。

「是的，」一星證實了。「風族會與其他各族聯手作戰，徹底剷除暗尾，趕出我們的領土。」

第二十章

赤楊心蹲在月池邊，準備把鼻子伸去碰池水。天空依舊留著餘暉斑斕的晚霞，照得水面微紅。他希望這不是個惡兆。

或許太早再次造訪星族了，他心想。**但我們說什麼都得試試。**

棘星和眾貓返回雷族營地後，一星的自白很快就傳遍了貓族上上下下。大家都知道他們將要馬上啟程，殺到影族的領土和暗尾及其黨羽正面交鋒。

這次我們將把他們一舉殲滅，赤楊心沉思，**但即使如此，部族的貓也難免會受傷……有的或許還會戰亡。**

不過，在戰爭開打之前，湖畔四族的巫醫齊聚月池，告訴天族他們已執行上次的指令。五大貓族已團聚了。

只可惜天族沒有巫醫，赤楊心深思。**這件事我們必須盡快解決。**

他的思緒被松鴉羽打斷，他氣惱地甩動毛髮。「喂，我們還在等什麼？」

赤楊心閉上眼，用鼻頭輕觸池面，做好心理準備接觸料峭的池水。沒想到，這回池水溫暖宜人，等他睜開眼，他發現自己坐在一塊林間空地，陽光把地面照得光影斑駁。

除了蛾翅之外，其餘的巫醫皆與他同在。星族在林間空地邊緣的樹下聚集，他們的毛皮閃著寒霜的光，眼眸也微光閃爍。赤楊心凝視他們，既寬慰又激動地打了個顫：寬慰是因為他發覺星族已認可貓族的作為，激動是因為他們之間有好多貓是他未曾看過的。

莫非他們是……？

「天族的祖靈！」葉池欣喜地為他解答。「既然天族已經跟我們團圓了，他們的戰士祖靈就能和我們自家的星族一同翱翔天際。」

赤楊心專注地打量這群新成員；他知道每位生前一定都有段精采的故事，不知道他有沒有機會聽聽這些趣聞軼事。其中他對一隻雜色母貓印象最為深刻，祂看他的眼神熱切，彷彿有話想問他，卻終究沒有開口。

空氣中的喜悅氛圍感染了他的巫醫同伴，有好一會兒，赤楊心什麼也不做，純粹放鬆，沉浸在歡樂的氣氛中。

火星步向林間空地中央，甩尾巴示意巫醫到他那兒去。他跨步向前之際，赤楊心發現這隻火焰色的公貓正站在一株五瓣葉旁，那片葉子與他的毛皮同色。其中一瓣葉片往後彎。

「你知不知道這是什麼意思？」火星用一隻腳掌指著彎曲的那片葉子問。

「我不確定，」赤楊心端詳了葉片幾秒，遲疑地說。「五瓣是不是代表五大貓族？但為什麼這一瓣是彎的？」

「彎的代表影族。」答話的是黃牙，祂躍上前，站在火星身旁。「五大貓族必須在共享領土、和平共處。可是，那塊領土有一部分——我舊族的家園——丟失了。必須收復領土。明白了嗎？」

巫醫低聲呢喃，表示贊同。「我明白了，」赤楊心代表眾巫醫發言。「在想辦法與各族在土地上和平共處之前，我們得先保全整塊領土。我們必須收復影族的失土。」

火星點點頭。「一點也沒錯。想要收復失土，」祂接著說：「貓族一定要記住他們的名字。」

赤楊心目不轉睛地盯著雷族前任族長，試圖釐清他的意思。他注視其他巫醫，發現大家跟他一樣迷惘。

火星的意思是我們應該記住自己的名字嗎？還是星族貓的名字？這就是解答嗎？

星族貓漸漸消逝，輪廓開始模糊，像是樹林間的薄霧，最後徹底不見。林間空地的陽光也逐漸微弱，窸窣的樹葉聲化為死寂，最後只剩巫醫站在黑暗的空無中。

赤楊心睜開眼，發現自己再一次回到月池邊，其他巫醫也在他身旁甦醒過來。他們既懷抱希望、又困惑不解地對彼此眨眨眼。

打破沉默的是松鴉羽，他起身不耐煩地揮了一下尾巴。「他們又來這套了！」他咆哮道。「星族的預言為什麼總是這麼含糊？」

✦✦✦

微弱的陽光灑進石洞，縱使帶來些許溫暖，空氣仍有溼氣；赤楊心猜想可能快要下雨了。巫醫在月池會面是昨天的事，棘星一見到拂曉曙光的徵兆，便召集狩獵隊，能派出去打獵的絕不留在家，叫他們把獵到的食物全都叼回家。

「大家今天都需要充沛的體力，」他說。「因為今天……事情將有個了結。」

此刻，狩獵隊已班師回朝，雷族、影族、河族、和天族的貓快要把食物吃光。赤楊心感覺整個營區瀰漫著一股激昂的情緒。如今，五大貓族再次聚首，大家滿懷希望，但願這次能將暗尾和他的惡棍貓爪牙一網打盡。

「年紀大到能獨立狩獵的貓，全都到擎天架底下開貓族大會！」棘星的嗓音響徹石洞。花楸星、霧星和葉星也跳上了擎天架，坐在他旁邊；已經在林間空地的貓兒紛紛面向他們。葉池和松鴉羽鑽出巫醫窩，後頭跟著薔光，她拖著自己的瘸腿到戶外開會。灰紋、鼠疤、橡毛和蜜妮則坐在長老窩的門外；雪鳥和花落從育兒室的門口現身，小孩圍在她們的身旁嬉戲。待產中的微雲則走到兩位貓后旁邊疲倦地坐下，把腳掌縮到身子底下。

火花皮疾馳穿過林間空地，到赤楊心身邊撲通一坐。「時候到了！」她驚呼道，兩眼興奮地炯炯有神。「棘星肯定是要下令進攻了。」

「等著瞧吧，」赤楊心呢喃道。「我們還是不曉得星族說『記住我們的名字』是什麼意思。」

火花皮聳聳肩，腳爪不耐煩地伸進土地。「管他的。反正風族已經答應加入了，我們貓多勢眾，對付暗尾不成問題！」

「每次我率兵作戰，」等大家坐定位後，棘星打開話閘子：「都希望是打最後一仗。希望這次我的心願能成真。大家都聽到巫醫們月池之旅的所見所聞了：五大貓族共同的問題就是暗尾和他的惡棍貓黨羽。這回五族要團結對抗共同的敵人。今天我們要以盟友的身分抗戰，捍衛我們的生活方式。」

林間空地的貓高聲贊同，鬥志高昂的叫聲響徹雲霄。

「我們會把他們趕走！」

「為貓族的榮譽而戰！」

「暗尾的死期到了！」

「惡棍貓的死期到了！」

棘星舉起尾巴，要大家保持肅靜，喧囂聲漸漸平息。「希望各位都吃飽了，」等眾貓都能聽見他的聲音，他繼續往下說。「現在請你們休息片刻、儲存體力。我們日落出發。」

赤楊心在營區裡踱步，看戰士做好行為準備，或集中精神、保持冷靜放鬆，他心頭還是有點疑慮揮之不去。

假如不用去想星族的弦外之音，那他們幹麼要特地跟我們說？

他也對自己在即將到來的大戰所扮演的角色感到不安。雖然做不成錢鼠鬚旗下的見習生，這件事他老早就釋懷了，但無法和族貓並肩作戰仍令他感到內疚。

我還是可以幫助負傷的戰士，他安慰自己，但光治療傷患似乎不夠。

赤楊心決心撇開這些煩擾，朝紫羅蘭掌、嫩枝掌和她們的父親鷹翅坐著的地方走去。白翅和樺落正在附近嚼舌根。

「我好期待這場大戰哦！」赤楊心走近時，嫩枝掌說。「我想把暗尾的毛給剝了！」

「我也是，」紫羅蘭掌同意，不過嗓音要比姊姊更陰鬱。「暗尾要替他對針尾犯的惡行付出代價。」

「她是隻勇敢的貓。」赤楊心邊說邊往她身旁坐下。他的話似乎給了紫羅蘭掌一點慰藉。「我們都得提防暗尾，」過了一會兒，她繼續說：「萬一在水邊打起來的話，更要小心。暗尾很諳水性。」

白翅忽然興奮地喵喵叫，她挺直腰桿坐著，撐大雙眼。「我有個點子！」她驚呼道。

她七手八腳地起身，奔向棘星和松鼠飛蜷坐的雨花石底部，那兒通向棘星的寢室。她的伴侶樺落凝望她的背影。「她有什麼毛病？」他嘀咕道。

鷹翅伸長前掌、弓起背拉筋。「也休息夠了吧，」他說。「我們在天族總是一鼓作氣、趁勢而為。等愈久，就愈緊張──帶著緊張的情緒上戰場不是好事。」

嫩枝掌眨眨眼，抬頭看父親。「你知道天族的名字是怎麼來的嗎？」她問道。

「天族是以許久以前的一隻貓來命名，」鷹翅答覆。「他名叫天星，是天族的第一位族長。他在我們的巫醫回颯死前，對她顯靈過好幾次。」

赤楊心很好奇，不明白遠古時期的貓怎麼可能還留在星族，跟一隻活生生的貓說話。「這是真的嗎？」他問道。

「我們認為是真的，」鷹翅對他說。「總之，無論天族的名字是怎麼來的，我們都名符其實。天族擅長從高處發動攻勢——比方樹上或高聳的岩石。跟天族作戰肯定像是遭到空襲！」

赤楊心靈光乍現，宛如天空劃過一道閃電。他一躍而起跟隨白翅的腳步，疾馳穿過石洞，奔向他的父親棘星。

「葉池！松鴉羽！水塘光！蛾翅和柳光！快過來！」他一邊跑一邊嚷嚷。「我知道星族的暗語是什麼意思了！」

第二十一章

嫩枝掌走在族貓大會師的盡頭，全身的毛都興奮地隱隱作痛。紫羅蘭掌與她並肩同行，近到毛髮相互拂掠，一起邁向影族的領土。風族已在黃昏和他們會合，現在四族的戰士挺進對抗暗尾和他的大家庭。

傍晚空氣冷颼颼的，嫩枝掌抖開身上的毛禦寒。她頭頂的天空暗了下來，不只因為夕陽西下，連烏雲也在湖的上方聚集，因雨水而膨脹。嫩枝掌有預感暴風雨即將來襲。

暴風雨對族貓來說可能是阻力，也可能是助力，她一邊想，一邊涉過分隔雷族和影族領土的小溪。**我只知道一路走來真是千里迢迢。**

貓族挺進影族領土，成排的松樹矗立在他們眼前，在幽暗的餘光下陰森地現蹤。嫩枝掌很清楚，只要一進這個林區，幾乎等同在眼盲的狀況下交戰。

嫩枝掌一想到這裡，恐懼就如利爪揪心，她努力將懼怕拋開。**到時候一定很可怕……只能仰賴氣味來分辨敵友。**

赤楊心破解了星族的暗語後，隨即向棘星報告，於是族長與副族長們馬上召開緊急會議。接著棘星派刺爪捎信息給一星，再告知留守營區的貓兒他們在大戰中要扮演什麼角色。

嫩枝掌抽動鼻頭，張嘴嚐嚐空氣，快被飄進口中的惡棍貓臭味給噎著。「我們快到影族營地了。」她對妹妹輕聲說。

紫羅蘭掌瞇起眼。「就要開戰了。」她呢喃道。

棘星止步，並抬高尾巴，要眾貓也停下來。雷族、影族、風族和天族的戰士全都聚攏，眾兵將腳掌踏過林地厚厚的一層針葉，幾乎沒出半點聲息，他們很激動，雙眸炯炯有神。

「準備好了嗎？」棘星問葉星。

天族族長對他點了個頭，隨後跳上附近一棵松樹的矮樹枝。她尾巴一甩，命令族貓跟她走。

這就是天族擅長的招數，嫩枝掌暗忖；她愈看內心愈激動。**一如鷹翅所言，他們會從高處發動攻勢。**

嫩枝掌知道別族也會拿出看家本領；星族的火星要他們記住自己的名字，正是這個意思。雷族將雷霆萬鈞似地出招：全速強勢進攻；影族將神不知鬼不覺地溜進自家領土的暗處，比起初來乍到的惡棍貓，他們對環境瞭若指掌；風族則將來無影去無蹤地出擊，行動有如風馳電掣。

那河族呢？這是嫩枝掌長久以來第一次樂得肚子和胸口宛如針扎，連喉頭都發癢。**河族的招數最厲害了！白翅真是個智多星！**

頭頂的嘶嘶聲打斷嫩枝掌的思緒。她抬頭一看，只見鷹翅蜷伏在她跟紫羅蘭掌上方的樹枝。

「要不要上來？」他說。「妳們在我身邊，我會比較安心。」

紫羅蘭掌馬上搖頭。「謝了，不過我在地面比較自在，」她回答。「我在這塊土地已是識途老馬。」

「那妳好好保重，」鷹翅答覆。「嫩枝掌，妳呢？」

嫩枝掌以行動作為回應，她七手八腳地爬上樹幹，在父親身邊的枝頭保持平衡，亢奮的血液在體內奔流。

可是上來要幹麼呢？她很納悶，用疑惑的眼神看鷹翅。

「跟我走就對了，」他彷彿看出她的心事，對她說。「妳不會有事的。」

於是嫩枝掌緊跟著鷹翅，開始在不同的樹木間穿梭。她放膽俯視地面，看見雷族、影族、和風族都在林間潛行，目標都是暗尾和惡棍貓埋伏的營地。

太不可思議了！沒過多久，她暗自驚嘆，沒想到自己居然能在短時間內於細小的樹枝暢行無阻，最初擔心會墜落的憂慮正煙消雲散。

「葉星指示：靠近營地就呈扇形散開，」一會兒過後，鷹翅對她說。「地面上的貓族將以直線進攻，所以天族貓要準備撲向企圖從斜線逃跑的惡棍貓。」

這麼說，他把我當作天族貓囉，嫩枝掌暗自下註解。**我不曉得自己適不適任欸……但現在也沒時間討論這個。況且，他八成沒有多想。**

嫩枝掌腦中閃過這些話語的同時，一聲淒厲的嚎叫劃破夜空。地面上的貓往佈滿岩石的斜坡群起直衝，斜坡往上爬就是影族營地的邊境。嫩枝掌在林間穿梭，看見斜坡後頭是圍繞營地的纏結刺藤，再往裡走就是營區了。

惡棍貓們手忙腳亂地爬出寢室，他們顯然在睡覺，沒料到敵軍傾巢而出、大軍壓境。嫩枝掌瞥見暗尾，那微光下的灰白身影正對著手下狂吼下令，可是在一團混亂中，似乎沒有半隻貓理會。

轉瞬間，窪地便充斥尖嘯和扭打的貓。棘星的計畫一旦施展開來，就能看出惡棍貓的數量遠遠不及部族貓；雷族戰士帶頭首攻，風族從營區的邊界衝進去突襲，又趁敵軍回擊前撤退。影族貓在坡頂徘徊，蟄伏在暗影中，只要惡棍貓想從營區逃跑，他們隨時可以往外撲。

天族的計劃也奏效了。嫩枝掌看見蕁麻掙脫了與虎心的纏鬥，嚎叫著往上坡逃，但他還沒搆著包圍營區的刺藤，鷹翅就一躍而下，在這隻惡棍公貓的面前落地。

蕁麻驚恐地尖叫，又原路折返，想逃離鷹翅的魔爪。但鷹翅箭步如飛，撲到蕁麻的背上，利爪插進他的肩膀。他勝利的嚎叫直達嫩枝掌蹲伏的枝頭老位子。

哦，我們的計畫真是天衣無縫！嫩枝掌暗忖，她對父親的崇拜如暖流般湧上心頭。

營區上方的天際愈加昏暗。雷聲在空氣中震盪，幾乎要蓋過貓兒打鬥的尖嘯。下雨了，一大滴雨水濺到嫩枝掌的皮毛上。

嫩枝掌的欣喜消退了。**下雨意味著毛髮沉重，毛髮沉重代表作戰艱難。就算毛髮沒溼，我在樹上也沒辦法和敵軍廝殺啊。**

嫩枝掌俯視地面，發現妹妹正和一隻體型幾乎是她兩倍大的惡棍公貓纏鬥著。她不假思索便從枝頭躍下，落在了柔軟的營區泥地上。「紫羅蘭掌，我來了！」她嘶吼著加入戰局。

嫩枝掌用腳爪緊扣惡棍貓的毛皮，把他從同胞手足前拽開，這時一道閃電點亮整座森林。藉著閃電，嫩枝掌瞥見一星在突如其來的寂靜中，不動如山地怒視暗尾。

閃電稍縱即逝，但仍有足夠的光，只見暗尾用後腿直立，使勁耙了一下風族族長的臉。一星失去平衡，尖叫著倒地，腿和尾巴在半空中擺盪。

又有一陣雷鳴隆隆響起，不過暗尾的嗓門竟壓過雷聲。「大家庭！跟我走！聰明的話，跟我撤退——你們都該活下去！」

惡棍貓們：蟑螂、渡鴉、和其他貓聽見首領一聲令下，不再與族貓繼續廝殺，都隨著暗尾逃離營地。嫩枝掌發現光滑鬚和其他幾位影族的年輕戰士選擇留在暗尾的陣營，如今也跟他一塊兒逃逸。族貓不加阻撓，放他們走。

倘若是參與其他戰爭，看見敵人這麼輕易就逃跑了，嫩枝掌一定會很氣餒，不過如今她卻志得意滿。**局勢發展完全跟我們計畫的一樣！**

「快追惡棍貓！」棘星咆哮道；他奔上斜坡，穿過刺藤，追殺漸漸消失在眼前的大家庭。

嫩枝掌攀上離她最近的一棵樹，開始在樹枝間跳躍，緊追暗尾和他的黨羽；她發現其他的天族貓也在各處枝頭急起直追。

她發現一星在地上一躍而起，加入追殺的陣營。「棘星！」他邊追邊吼。「暗尾是我的！」

暗尾和惡棍貓奔向湖畔，部族貓也一湧而上、窮追不捨。此刻大雨滂沱，淋得嫩枝掌兩側的毛緊貼身子，松樹下的土地也成了黏稠的爛泥。嫩枝掌在樹林間穿行，樹枝抖落更多雨水，她的腳步卻絲毫沒有遲疑，一路追到森林盡頭的最後一棵樹，底下是鋪滿鵝卵石的湖濱，石子一路蔓延到岸邊。惡棍貓衝上湖畔，她也剛好抵達。

就趁現在！嫩枝掌在心裡吶喊。

一個個暗影從湖畔的淺水區升起。惡棍貓嚇得煞住腳、瞪大眼，沒想到河族戰士居然在那裡埋伏。他們緩緩前進，斷了惡棍貓的退路。

惡棍貓只好旋即轉身，朝森林那頭竄逃，卻遇上以棘星和一星為首的部族貓，他們在樹林邊緣排成一列凶險的隊伍。

一星向前躍前，部族貓們也緊跟在後，惡棍貓大多選擇投降，驚叫著閃躲，面對張牙舞爪的部族貓只能壓低身子，試圖潛逃。

唯獨暗尾紋風不動，與一星正面交鋒。兩隻公貓面對面繞圈子，看得嫩枝掌呼吸急促、心跳捶擂。他倆被傾盆大雨淋得渾身溼透，閃電劃過他們頭頂的天際，照得湖面閃閃發光。震耳欲聾的雷聲緊接而來；嫩枝掌用爪子抓緊樹枝，感覺天地快要裂開了。

「你永遠都當不成戰士，」一星奚落暗尾。「還是當寵物貓比較稱頭。」

暗尾發出怒吼，撲向一星。兩隻公貓扭打起來，有如一團浸溼的、張牙舞爪的毛球。他們相互纏鬥，從湖畔滾入舔舐鵝卵石的波浪。

持續糾纏的一星和暗尾滾落湖裡——你壓我、我壓你，情勢互有消長。有個想法如激烈的閃電，劃過嫩枝掌的腦海。

萬一暗尾要淹死一星，像他淹死針尾那樣，該怎麼辦？

兩隻交戰的貓漸漸離開湖畔，愈來愈往深水處移動。嫩枝掌有一會兒還能瞥見頭呀、尾巴、或抓耙的腳掌，但最後他倆雙雙沉入湖中，不見蹤影，而且再也沒有出現。被雨水擊打的湖面泛著漣漪、激動地震顫，可是沒有貓兒擾動湖水的跡象。

嫩枝掌聽到一名風族戰士的嗓音響徹湖區。「一星！一星！」

族貓早就把惡棍貓拋在腦後，大家全都圍在湖邊，任波浪舔舐他們的腳掌。大夥兒凝望暗尾和一星打鬥的那一區。嫩枝掌和天族戰士也在樹上觀望。

他們等了好久，但兩隻貓都沒浮出水面。

第二十二章

「我真的會很想念妳，」紫羅蘭掌邊說邊伸長脖子，和塞爾達互碰鼻頭。「妳一定要回家嗎？」

年輕的虎斑母貓點點頭。「紫羅蘭掌，我也會很想妳的，」她嘆息道。「可是我必須回兩腳獸主人身邊。」

「我也是。」洛基與塞爾達並肩而站，靦腆地低著頭。「我猜他們一定很擔心我。」

紫羅蘭掌心裡有數，這兩隻寵物貓說得沒錯。**他們渾身是膽，與我們攜手抗戰，直到確定暗尾垮臺為止，但這裡不是他們的歸屬。跟兩腳獸住一起，他們會比較快樂。**她也明白，離別之苦並不是唯一籠罩他們的陰霾。照理說，麥斯也該與他們同在，只可惜這隻年長的寵物貓在進攻河族的時候白白犧牲生命，再也回不來了。

洛基和塞爾達曾經是那麼無憂無慮，紫羅蘭掌心想。**但如今，他們永遠也忘不了在暗尾的暴政下，所見到的殘忍無道。**

塞爾達走上前，深情款款地用鼻子蹭紫羅蘭掌。「我偶爾會過來找妳的，」她向好友保證。「你們父女重逢，我真替妳開心！」

「你們自己上路行嗎？」紫羅蘭掌問道。「確定不要我跟你們同行？」

「不了，謝謝，我們知道回家的路，」洛基向她擔保。「況且，剷除暗尾這個禍害之後，也沒什麼好怕的了。」

「那麼，珍重再見，」紫羅蘭掌說。「願星族照亮你們回家的路。」

她站在原處，目送兩隻寵物貓鑽進荊棘隧道。

升起的太陽照耀雷族營區。昨晚的暴風雨已過去了，留下被大雨洗淨的淡藍色天空，飄著幾縷白雲。貓兒在營地裡慵懶地走動；影族和河族也返回此地，畢竟他們自家的營地滿目瘡痍，他們暫時無法回去休息調養。依紫羅蘭掌的觀察，大戰過後，雖然大夥兒都筋疲力盡，但是沒有一隻貓睡得好。

自從一星和暗尾沉入湖裡，繼續在湖中激戰，就再也沒浮出水面。風族貓震驚悲慟，無法安葬族長更令他們抱撼。其他幾族撤兵之後，他們留在湖畔為一星守夜，隼翔也發言引領一星加入星族。

「他高尚地為族捐軀，」巫醫說。「他為我們剷除暗尾這個禍害時，就已經彌補了自己所犯的過錯。」

紫羅蘭掌同樣徹夜未眠。她無法停止思考：一族之長以這麼極端的方式結束自己的最後一條命，是多麼駭人聽聞的事啊。

我得保持忙碌，她一邊對自己說，一邊橫越營區，出於本能地繞到育兒室。赤楊心在她面前東奔西跑，忙著去檢查貓后和小貓的身體狀況。

微雲一定快生小貓了。

但紫羅蘭掌來不及跟赤楊心走進育兒室，就聽見姊姊的呼喚而停下腳步。

「紫羅蘭掌——過來一下！影族貓要走了，」嫩枝掌繼續對三步併作兩步朝她跑來的紫羅蘭掌說。「快過來跟他們道別。」

影族貓聚集在荊棘隧道的出口附近，棘星、松鼠飛，還有一些來自雷族、河族、和天族的戰士也在他們身旁。

「我們得把暗尾的臭味趕出營區，」紫羅蘭掌和姊姊走來時，聽到花楸星這麼說。「還要確保他那些長疥癬的惡棍貓殘餘勢力，徹底從我們的領土斬草除根。」

紫羅蘭掌從沒聽過他對雷族貓說話的語氣像現在這樣友善。

「希望一切順利解決，」棘星輕輕點頭回應。「但如果你有需要，雷族隨時樂意效勞。」

「我們應該可以搞定。」花楸星的雙眸閃著微光。「下次大集會見了。」

他掃尾巴召喚其餘族貓，轉身之際瞧見了紫羅蘭掌。「妳要在這裡待久一點也行，」他說：「如果妳想和家人多點時間相處的話。」

「那太好了，」鷹翅打岔，走上前用鼻子碰紫羅蘭掌的耳朵。「花楸星，謝謝你。」

其實他真正的意思是要我跟他待在天族，紫羅蘭掌聽出父親嗓音裡的嚮往，不禁暗自揣想。這件事她不想大聲討論，只把下個心中的疑問說出口。「天族要去哪裡？」

答覆的是棘星。「他們暫時要住在我們的領土上。不過很快就得另外找地方紮營了。」

鷹翅凝視紫羅蘭掌和嫩枝掌的目光炯炯有神。「探索發掘新領土的主意聽起來不錯。」

棘星挺直腰桿，從他抬頭和保持尾巴豎起的姿態可看出他有多自豪。「真不敢相信天族歸隊了！」他說。「我們應該舉行什麼儀式慶祝一下。或許可以請巫醫問問星族，看我們該怎麼做。」

松鼠飛用力推他一下。「你敢打擾兔躍的九命儀式啊！」她故意逗他。

棘星難為情地朝自個兒的胸毛舔了兩下。「我不敢相信我居然把這個忘了！」

花楸星再次掃視族貓，召集他們一同道別。紫羅蘭掌發現虎心仍坐在幾尾遠的地方；鴿翅在他身旁，兩隻貓兒竊竊私語。紫羅蘭掌雖然聽不見對話的內容，卻能從他們的眼神和嗓音猜出事態有多嚴重。

花楸星也看在眼裡，他用奇怪的眼色注視他們好一陣子，然後毅然決然地拂了一下尾巴。「虎心！」他厲聲叫道。「快給我過來！我們要回家了。」

虎心手忙腳亂地起身，蹦蹦跳跳地和其他族貓會合，並和鴿翅道別。「抱歉。」他奔向族長，同時向她道歉。

這是怎麼回事？紫羅蘭掌很納悶。

花楸星帶領影族貓穿出荊棘隧道的同時，鷹翅用肢體動作把兩個女兒叫到一邊，到雷族貓聽覺範圍外的地方。「等天族創建新的版圖，」他對她們說：「我要妳們兩個過來跟我住。妳們在天族出生，身上流著天族的血。那裡才是妳們的歸屬。」

紫羅蘭掌和姊姊互使一個眼色。**這一切真是始料未及呀**，她心想。**不久以前我們還以為除了彼此，我們沒有其他親戚；但是現在，我們不只多了個爸爸，還各有一個可以**

稱作家園的貓族。

鷹翅彷彿可以看穿紫羅蘭掌的心思，傾身向前，充滿父愛地用鼻子蹭了兩姊妹一下。「妳們不用現在決定，」他說。「只要知道長大以後，妳們都會成為優秀的戰士——只要妳們願意，天族永遠都為妳們保留一個位子。」

紫羅蘭掌盯著嫩枝掌，她看起來跟自己一樣困惑。然後她又朝逐漸消失在隧道的影族貓瞥了最後一眼。

經歷過這麼多風風雨雨，我真的還能回去影族追隨花楸星嗎？她反問自己。**如今針尾已不在了，影族還算不算是我的家？**

與父親團圓的喜悅刺痲感已不復在，取而代之的是恐懼引發的胃痛。**但花楸星會這麼輕易地放我走嗎？影族的勢力削弱，只要是可用之貓，一隻都不能少。**

後來，紫羅蘭掌望著父親：她的家人。她很難抗拒想和他與嫩枝掌共同生活的嚮往。但她也嗅到山雨欲來的氣息，未來會是什麼模樣，她一點把握都沒有。

只希望我們三個最後都好好的。經歷了這些生離死別，我們值得過安穩的日子……

國家圖書館出版品預編目資料

貓戰士幽暗異象六部曲．三，破碎天空 / 艾琳・杭特（Erin Hunter）著；謝雅文譯．-- 初版．-- 臺中市；晨星，2018.05
面；　公分．--（Warriors；48）
譯自：Warriors : Shattered Sky
ISBN 978-986-443-433-6（平裝）

874.59　　107004339

貓戰士六部曲幽暗異象之III

破碎天空 *Shattered Sky*

作者	艾琳・杭特（Erin Hunter）
譯者	謝雅文
責任編輯	謝宜真
文字編輯	許仁豪、陳品蓉、蔡雅莉
協力編輯	呂曉婕
美術編輯	張蘊方
封面繪圖	萬伯
封面設計	陳嘉吟
創辦人	陳銘民
發行所	晨星出版有限公司 407台中市西屯區工業區30路1號1樓 TEL：04-23595820　FAX：04-23550581 行政院新聞局局版台業字第2500號
法律顧問	陳思成律師
初版	西元2018年05月01日 西元2024年06月30日（六刷）
讀者訂購專線	TEL：（02）23672044 /（04）23595819#212
讀者傳真專線	FAX：（02）23635741 /（04）23595493
讀者專用信箱	service@morningstar.com.tw
網路書店	http://www.morningstar.com.tw
郵政劃撥	15060393（知己圖書股份有限公司）
印刷	上好印刷股份有限公司

定價250元

（缺頁或破損的書，請寄回更換）
ISBN 978-986-443-433-6

請填妥後對折裝訂，再貼妥郵票寄出

請黏貼
8 元郵票

407

台中市工業區30路1號

晨星出版有限公司

TEL：（04）23595820　FAX：（04）23550581
e-mail：service@morningstar.com.tw
http://www.morningstar.com.tw

請沿虛線摺下裝訂，謝謝！

貓戰士VIP會員

加入即享會員限定優惠折扣、不定期抽獎活動好禮、最新消息搶先看。

【三個方法成為貓戰士VIP會員！】

1. 填妥本張回函，並寄回此回函。
2. 拍照本回函資料，回傳至少年晨星Line。
3. 掃描右方QR Code，線上申辦。

Line ID：@api6044d

線上申辦

★因人工作業，回函寄出後需約兩週作業時間。
感謝您的耐心等候。

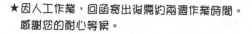

□ 我已經是會員，卡號 ______________

□ 我不是會員，我要成為貓戰士VIP會員

姓　名：__________ 性　別：______ 生　日：__________

e-mail：______________________________

地　址：□□□ ______ 縣／市 ______ 鄉／鎮／市／區 ______ 路／街

______ 段 ______ 巷 ______ 弄 ______ 號 ______ 樓／室

電　話：______________________________

我要收到貓戰士最新消息　□要　□不要

我要成為晨星出版官網會員　□要　□不要

貓戰士鐵製鉛筆盒抽獎活動

請將書條的蘋果文庫點數與貓戰士點數黏貼於此，集滿2個貓爪與1顆蘋果（點數在蘋果文庫書籍）後寄回，就有機會獲得晨星出版獨家設計「貓戰士鐵製鉛筆盒」乙個！

點數黏貼處

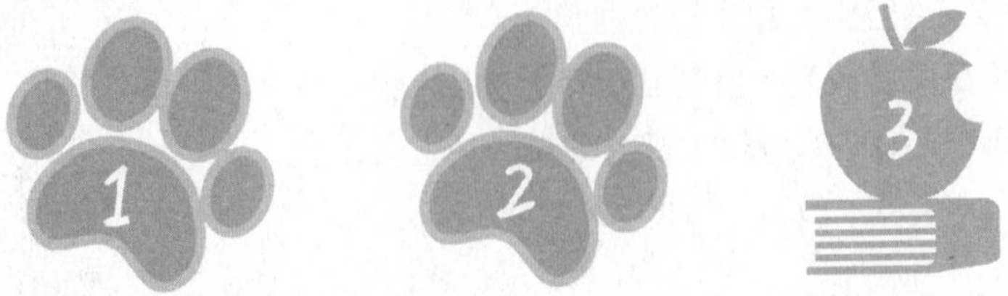

若有問題，歡迎至官方Line詢問